裏声で歌へ君が代（上）

Saiichi
MaRuyA

丸谷才一

P+D
BOOKS
小学館

目次

1

秋も終りに近い日の午後五時だから外はもう宵闇《よひやみ》だが、地下鉄の駅のなかは螢光燈《けいこうとう》の白い光で偏平に染められてゐて、どこにも影はない。これから五分か十分たつと、帰りを急ぐ人々でごつたがへすはずなのに、今はまだ、プラットフォームもそれから急勾配の長いエスカレーターも、わりあひすいてゐた。歩いて昇り降りする階段はない。何しろ川の流れでゑぐられた深い谷のすぐそばにある駅なので、線路が川の下をくぐるせいか、プラットフォームは地の底に横たはつてゐて、電車から降りた客が空の下に立つまでには、五十度近い傾斜で六十メートルもつづくエスカレーターに運ばれなければならないのである。下から振り仰いで、左の二つが上り、右の二つが下り、全部エスカレーターばかり。動く金属の坂が四つ、整然と並んでゐる。

その左はしのエスカレーターで男がひとり昇つてゆく。手には何も持つてゐないし、どちらの手も手すりをつかまへてゐない。年恰好は初老と言つてもいいし、中年と言つてもよからう。これは一つには、今の日本では、この男がまだ子供だつたころにくらべて中年の範囲が広がつたせいだし、それに彼が、黒い髪がふさふさしてゐて、年よりはずつと若く見えるからである。いささか中年ぶとりの気味はあるが、まあ中肉中背といふところか。ひげは生やしてゐない。

顔立ちは美男でも醜男《ぶをとこ》でもなくごく普通のところで、ただし生き生きした精悍な感じと照れくささうなはにかんだ感じとがいりまじつて、入り組んだ効果をあげてゐる。それは時によつて、ひどく人なつつこかつたり、づうづうしい印象を与へたりする顔だが、今は何か落莫《らくばく》とした風《ふ》情《ぜい》で、口をへの字に結んでゐる。外套《がいとう》はもちろんレインコートも着てゐない。緑つぽい替上衣《かへうはぎ》に茶いろいシャツで、灰いろのズボン。ネクタイはなし。商売柄《がら》、服装にはわりに気を使つてゐて、当人としては画家と会社員のちようど中間くらゐを狙つてゐるつもりだが、はたから見ると画家のほうにすこし寄つてゐるかもしれない。彼は梨田雄吉《なしだゆうきち》といふ画商なのである。

　中年の画商は、二つのエスカレーターでなめらかに降りてゆく人々を、無表情と不機嫌のちようど中間くらゐの顔で見るともなしに見ながら、上へ昇つてゆく。彼の前には五メートルばかり誰もゐないし、すぐ右の上りも同じやうに人影がまばらだが、その向うを流れ降りる二つのエスカレーターには三四段おきに、時にはもつと離れて、一人づつ、あるいはごくまれに二人ならんで立つ人々が、彼のほうへ近づき、彼とすれ違ひ、そしてすぐに別れて、すべり降りてゆく。買物帰りの主婦、白人の男、黒ずんだレインコートを着て上から下までボタンを全部きちんとかけてゐる老人、会社員、何国人かわからない少年、白人の女、ジャンパーの若者、女学生二人、会社員。

　あと十五メートルばかりで上に着かうといふころ、梨田の顔が急に明るくなつた。一つ置いて隣りのエスカレーターで降りて来る若い女を見かけたからである。女は銀いろがかつた灰いろのワンピースに葡萄酒《ぶどうしゅ》いろのカーディガンを羽織つてゐる。整つた白い顔で眼が大きく、賢さうなのに、一刷毛《ひとはけ》あはくはいたやうな寂しい雰囲気がある。その寂しさは、かういふ場所で一人でエスカレーターに乗つてゐるときに誰でも陥りやすい一種の放心状態のせいでいよいよ強められてゐた。梨田は白い顔をじつとみつめ、このあひだ小さな編物の店に版画を納めに行つたとき紹介された女に間違ひないと考へ、しかしあのときの女の愛想のいい、愛嬌のある、おだやかな様子とはどうも違ふ、ひよつとするとあの女は妹でこれは姉かもしれないし、あるいはまつたくの他人かもしれないと怪しみ、もし人違ひだつたら謝るまでだと咄嗟《とっさ》に肚《はら》をきめて、大きな声で呼びかけた。

「朝子さん、朝子さん」

朝子はまづ自分に呼びかけた男がどこにゐるのかとあわてて探し（さうしてゐるうちに一メートルくらゐ降りてゆくし、男のほうも同じだけ寄つてゆく）、次いで、手をひらひらさせて嬉しさうにしてゐる男が誰なのかと一瞬とまどひ（そこでまたかなりの距離が縮まる）、しかしすぐに微笑を浮べて、

「あ、このあひだはどうも」

と挨拶した。

「やあ、やあ。お元気ですか」

「はい」

「帰るところ?」

「はい」

ちようどこのあたりで二人はすれ違ひ、上と下に別れるはずだつた。朝子はそのつもりで微笑をつづけながら軽く会釈する。

しかし梨田はこのときすばやく振返つて、下を見おろし、自分の乗つてゐるエスカレーターに人影がまばらなのを確めると、激しく身をねぢつて向き直り、大変な急勾配の坂、絶え間なく昇つて来る金属の階段を、小走りにそして事もなげに降りて行つたのだ。朝子が小さく何か叫んだが、意に介さない。彼の身のこなしは敏捷で、足どりは至つて軽やかだし、手すりには相変らずつかまらうとしない。

十段ばかり下に乗つてゐた若者が、呆気《あつけ》に取られて身を片側に寄せると、画商は、

「ありがたう」

と叫んだ。その三段下にゐた、大きな紙袋を下げてゐる白髪の老婆は不機嫌に睨《にら》みつけたが、彼が、

「どうも、どうも」

と愛想よく声をかけたので、やむを得ず若者とは反対の側に、しかし睨みながら寄ることになり、梨田は右手を胸のあたりに軽くかざして謝意を表し、通り抜けた。そのすこしさきには、三人づれの会社員が一段づつ別の段に乗つてゐて、

「何だ、この人」

「これはないよ」

「ないよな」

などとつぶやいたが、梨田は陽気な声で謝りながらすり抜ける。四つのエスカレーターの全乗客のうちほぼ半数の（あるいはもつと多くの）視線を浴びながら、この調子で数十メートルを降りて行つた彼は、朝子よりもさきにプラットフォームに立つて、一つ置いて隣りのエスカレーターの降り口でにやにやしながら、しかしさすがにすこし息をはづませて待つてゐる。そこへ、上気した顔の若い女がゆるゆると近づいて行つた。

朝子がまづ言つたのは、

「無鉄砲ねえ」

といふ台詞《せりふ》であつた。彼女はそれを、咎《とが》めるといふよりはむしろ嘆くやうな口調で言つた。二人のあひだの気持のへだたりは、今の出来事のせいで一気に縮まつてゐる。

梨田が三村朝子と知りあひになつたのは、つい一昨日のことだつた。小さな編物の店に版画を届けに行つたら、この店にしてはずいぶん若い客が手編みのワンピースを注文に来てゐて、その女に彼が露骨に関心を示し、ぜひ紹介してもらひたいと女主人に頼んだのである。紹介と言つてもごくあつさりしたものだつたが、絵の話やファッションの話の合間合間に彼のほうからいろいろ訊《たづ》ねた末、カメラ会社に勤めてゐたのがそこの技術のほうの社員と結婚して退職し、夫に先立たれたので元の会社の嘱託になつたといふことがわかつた。画商は、未亡人と聞くと、さう言へばぼくも独身だつた、とおどけた声で言ひ、二人の女を苦笑させたのだが、女主人がほんのすこし意地悪な、しかし充分に社交的な口調で、梨田さんはヨーロッパふうでいらつしやるから、と批評したのは、表面はしよつちゆうヨーロッパへゆくことを踏まへてだけれど、むしろイタリアふう、つまり女に手が早いといふ意味なのだらう。が、画商はいつこうひるまずに、ちようど車で来てゐるからお送りすると誘つて断られ、それでは今度、電話をかけませうと言つて別れた、ただそれだけの仲だつたのである。それゆゑ彼女のつぶやいた短い言葉は、エスカレーターを反対に降りたことを咎めるだけではなく、自分に対するなれなれしさをも責めてゐたのだらう。

しかし梨田は、

「さう、無鉄砲」

と鸚鵡《おうむ》がへしに言つて大きくうなづき、人々の邪魔にならないやう、降り口から離れ、売店のほうへ歩いてゆく。そして朝子がついて来たのを確めてから、

「無鉄砲……。何度も言はれました。ぼくが今まで一番たくさん言はれた人物評論は、それかもしれません」

「やはり、さう?」

「うん。たいていの人が言つたな、いろんなとき」

その口ぶりは、彼らの見当違ひな批評が自分にはどうしても納得できないといふふうである。

くすりと笑つてから、朝子が訊ねた。

「たとへば？」

「さうですね、たとへば画商をはじめるとき。銀行をやめるとき。それから陸軍の学校をやめるときも。まあ、いつでも判を押したやうに、無鉄砲だと言つて叱られるんだけど。一番はじめはいつだらう？　あのときかな？」

と画商はまるで自分の生涯を見わたすやうな目つきになつて、ほんのすこし首をかしげる。

「あのときつて？」

「中学の一年生のとき。剣道の教師を卒倒させましてね、蛇のせいで」

「卒倒したんですの？」

「いや、させたんです」

「まあ」

と女は笑つたが、どうやら「蛇のせいで」といふところは聞きもらしたらしく、

「剣道で？　まさか」

「そんなことできやしない。蛇なんですよ」

「蛇？　あの長い……」

「ええ、これくらゐ」

男は両手を八十センチくらゐにひろげた。

それはかういふことだつた。剣道の教師でむやみに忠君愛国を説く脂《あぶら》ぎつた四十男がゐたが、これが梨田の隣りの家の、亭主が上海事変で戦死した後家と以前から親しくしてゐて、ときどき通つて来る。そのことがいくぶん自慢だつたのだらう、それとも惚気《のろけ》の一種かもしれない、あるとき隣りの主婦が梨田の家の茶の間で、あの先生に教はつてゐるかと訊ね、このあひだおつしやつてゐたけれど、あんな大男なのに蛇を見ると身の毛がよだつんですつて、と言つたのだ。おそらく寝物語に聞いた話なのだらう。隣りの女が帰つてから、母親は梨田に、さつきのことは誰にも言つてはいけないと、こはい顔で口どめした。梨田は思想と男女関係との矛盾についてはこのころからわりあひ寛大なたちだつたから、そんなことくらゐわかつてゐる、と大人ぶつた口調で答へたが、数日後、自習の時間に教室から抜け出して、校庭のはづれを流れる小川のほとりで寝ころんでゐると、同級生が一人、小さな青大将を枯枝にからませて持つて来た。蛇はぐつたりしてゐるが、それでもつつかれるとうるささうにして紅《あか》い舌を出す。梨田はそれをおもちやにして遊んでゐるうちに、ふと、しかしあの先生が本当に蛇が嫌ひなのだらうか、自分は平気なのに、あの剣道の達人（五段）がこんなものをこはがるなんてあり得ない気がする、と思つた。それは何か世界の謎を相手どつてゐるやうな、不思議で不思議で仕方がない感じだつたが、そのうちにとつぜん、それなら試してみればいい、といふ考へが浮んで、もう矢も盾《たて》もたまらなくなり、梨田は剣道場へ走つて行つた。ちようどベルが鳴つて、学校全体がざわざわと騒しくなる。校舎から出て来た生徒たちが、青大将を持つて走つて来る彼を見て、はやしたてたり、露骨な軽蔑の目つきをしたりするので、まるで自分が他人には意義のわからない真理の探求のためかうして駈《か》けてゐるやうに興奮して来る。梨田が道場の入口へはいらうとしたとき、稽古着に袴《はかま》の剣道教師が、黒い漆塗りの胴をつけたままで悠然と出て来たので、「ほら、先生」と枯枝を差出したところ、蛇が枝からはづれてコンクリートの上にころげ落ちた。梨田は笑ひかけた。彼としては枯枝ごと渡すつもりだつたのに、さうはゆかなかつたことが、まるで計画が齟齬《そご》を来《きた》したやうに感じられて、ひどくをかしかつたのである。しかし驚いたことに、いかめしい黒胴をつけた剣道教師は、笛のやうに哀れな声を出して、妙にゆつくりと尻餅をついた。腰を抜かしたのである。

道場の神聖をけがしたといふ理由で剣道教師は停学三日を主張したが、学級主任の博物の教師がしきりにとりなしてくれて、譴責《けんせき》、つまり校長室でちよつと叱られて放免になつた。梨田は自分をかばふといふよりは母親との約束を守る気持のせいで、剣道教師が蛇嫌ひだと知つてゐたことをおくびにも出さず、ただ、蛇をもらつたので誰か先生に見せたいと思つた、と言ひ張つた。そして博物の教師はかねがね剣道教師とソリが合はなかつたらしい。ただし梨田は半月ほど経つてから、剣道の時間にチヤンバラ映画の真似をしてゐるところをみつかつて、稽古に名を借りた、ひどいいぢめ方をされたけれど。

「ひどいいぢめ方つて?」

「ほかの生徒がみんな坐つて見てゐる前で、剣道教師とぼくの一対一の稽古。つまりリンチですね。倒れても倒れても向つてゆかなくちやならないし、倒れて息をついてゐると、竹刀《しなひ》でぶたれたり、蹴られたり……」

と朝子が訊ねた。

「……」

朝子が、聞くだけでも辛いといふ感じで顔をしかめた。

「結局、柔道の教師が上手にとめてくれたからよかつたけれど、あれがなければ半殺しになるところだつた」

「くやしかつたでせう？」

「それはくやしい。でもね、さんざんひつぱたかれながら、キナくさい面《めん》のなかで思つてゐた。蛇がありさへすればなあつて」

朝子が泣き笑ひの顔になつたとき、梨田はだしぬけに、

「うまいフランス料理屋があるんですよ。値段も安い。ゆきませう」

と誘つた。女は、

「これから？」

と驚いてから、

「でも、こんな服でいいかしら」

と答へたが、これはすでにゆく気があることの表明だつた。男が一《ひと》押し二《ふた》押しすると、女は断ることができない。かうして二人は、もうラッシュ・アワーがはじまつてさつきとは打つて変つて混雑してゐるエスカレーターに、並んで乗ることになる。彼らは、黙りこんでゐる老夫婦と、麻雀の話に夢中の会社員二人とのあひだに立つて、上へ上へと昇つてゆく。

しかし梨田は改札口を出ると、歩きながら、

「うん、さうだつた」

とつぶやいて、それから、さすがにすこしバツが悪さうな顔で、

「食事の前に一つ寄るところがありました。顔を出して、それからレストランへゆきませう。三十分ばかりつきあつて下さい。ちよつとした会なんです」

「どういふ会ですの？」

と朝子が訊ねたのは当然のことで、いはば彼女はエスカレーターの件と蛇の話で打ちとけたその分だけかへつて逆に用心しようとしてゐる様子だつた。だから、もし梨田が中途はんぱに突飛なことを言つたなら、ついてゆくことを断つたに相違ない。しかし画商の返事は意表を衝いてゐた。

「なに、大統領の就任パーティですよ」

と平気な顔で言つたのである。

「あの……」

と朝子がまじめな顔でためらつてから、意を決したやうに、

「アメリカの？」

と半信半疑で、といふよりはむしろ笑はうと努めながら言つたのに、画商も、これはこだはりなく笑つて、

「いや、これは説明が足りなかつたな。アメリカぢやありません。台湾。といつても飛行機に乗るんぢやなくて、もちろん東京。近所なんです。台湾の、まあ亡命政権といふのかな、台湾民主共和国準備政府。それが東京にあつて、ぼくの友達の台湾人が、その大統領に今度なりましてね」

「まあ」

「つまり彼らは、蔣介石《しようかいせき》、今はその息子の蔣経国ですが、この政府が日本の敗戦後、中国本土からはいつて来て、台湾を支配してゐるのに反対して、台湾独立を企ててゐる。彼らは台湾人、と言つても高砂《たかさご》族ではなくもとは中国系なんですが、台湾人による台湾の統治を目標にして、ずいぶん前からこの運動をやつてるんです。その二代目大統領がこのあひだ病気で亡くなつて、副大統領が昇格するわけです。ルーズベルトのときのトルーマンみたいにね。ケネディのときのジョンソンと言つてもいいけれど」

「ぢやあ、無い国の大統領ですね」

その無邪気でしかも冷酷な言ひまはしに画商は思はず苦笑して、

「それはまあ、無いと言へばたしかに無いけれど、でも、頭のなかには在るわけですね。心のなかといふか。地図の上には無い。将来ひよつとするとその国の領土になるかもしれない土地は、芋みたいな恰好で描いてあるけれど。どの年鑑を見たつて、そんな共和国のこと、載つてない。でも、心のなかには熱烈に在る……」

「さうなのね、心のなかの国……」

とつぶやいてから、朝子はちよつと考へて、

「つまり梨田さんはシンパ？」

「いや、彼らの心のなかに在るんですよ、その国は。ぼくの心のなかはともかく。ぼくは別にこの運動を支援してるわけぢやありませんが、何しろ友達が大統領になつたんですから、ひとことお祝ひを言はないと義理が悪い。いい奴でしてね。ちよつとつきあつて下さい」

「でも……」

「台湾旅行をなさる障りにはなりませんよ。大丈夫。蔣経国の政府は妙にさばけてましてね、彼らとつきあつてる日本人を毛嫌ひしませんから。わたしも前にゆきましたし、ほかにも行つた連中がゐます」

「いいえ、さうぢやなくて。そんな正式の席にこんな服で……」

「心配いりません。ぼくの服装よりずつといいぢやありませんか。就任式はもうすんでしまつて、平服のパーティなんですよ。亡命政権がタキシードにイヴニング・ドレスなんて宴会をす

るはず、ないでせう。そんな宴会をするやうぢや、見込みはないし。何しろ、みんな苦労して働いてるんですから。新大統領は、スーパーマーケットと連れ込み宿の経営者です。大臣は、パチンコ屋だつたり、ラーメン屋だつたり……」

「でも……」

ともぢもぢしてから朝子は言つた。

「さういふまじめな人たちの席に、ひやかし半分で出るなんて」

「なるほど、さう言はれるとぼくも恥ぢ入るけど、しかし彼ら喜びますよ。何しろ孤立無援ですからね。台北の政府はもちろん、北京の政府も敵だし。日本にもアメリカにも見捨てられてゐるし。関心を示されるだけでも嬉しいんです。せいぜい四十人くらゐの寂しい会ですから、あなたのやうなきれいな人が出ると景気がつく」

「そんなうまいことおつしやつても……」

「それとも、何か政治的信条に反することになりますか? たとへば……毛沢東主義を信奉してゐるとか」

と微笑して訊ねた男に、女も同じやうな表情で答へた。

「いいえ」

「ぢやあ、つきあひなさい。いいぢやありませんか。この機会をのがすと、一生、大統領就任パーティに出ることができませんよ。日本は当分、共和国になりさうもない」

そのきつい冗談に朝子は笑ひ出してしまつて、つまり花やかな笑ひ声が承諾のしるしになつた。闇の色はずいぶん濃くなつてゐた。もうほとんど夜空と言つていい空の下で、タクシーが来るのを待ちながら、画商は、

「お酒を飲まなくちやならないから、車で来なかつたんですが、かうなるとやはり不便だな」

とつぶやいた。女がくすりと笑つたのは、一昨日、車で送つてゆくとしきりに言はれたことを思ひ出してなのか、会に出るつもりでゐたくせに自分を見かけるとたちまちそれを忘れて追ひかけたことがをかしいのか、そのへんははつきりしない。男が車を呼びとめ、二人は乗つた。

「絵がお好きな方ですの?」

と朝子が訊ねたのは、もちろん台湾の大統領がといふ意味である。

「いや、別にさうぢやありません。ときどき安物の画集を買つたり、何かのついでにデパートの展覧会をのぞいたりはするけれど、買はうとはしない。あ、それでも一枚、買つてくれたか。シャガールの版画。商売のお客ぢやなくて、変なキッカケで洪《こう》さんと知りあひになつたんです。洪圭樹《けいじゆ》といふんですがね」

十年ばかり前、まだ画廊を開いて間もないころ、梨田は美術記者に連れられて銀座裏の小さな酒場へ行つた。ビルの三階にある、マダム一人だけの店で、エレベーターはないし、階段はすこぶる急である。何軒も歩いたあとなので、ここでお開きにしようといふわけだつたが、美術記者は同僚と出会つてダイスをはじめた。それを見物してゐるうち不意に酔ひがまはつて来

たので、さきに帰ることにして、忙しさうなマダムの見送りは断つて外に出る。二階まで来たとき、ちよつと腰をおろしたくなり、最初は踊り場に腰かけて両膝をかかへてゐたが、やがて横になつて寝こんだらしい。そして五分か十分後、二階の、これも小さな酒場から帰る客が、送りに出たホステスの目の前で彼の体につまづき、階段をころげ落ちたのである。

その男の怪我は奇蹟的に軽く、左の肱《ひじ》を傷めただけだつたが、ホステスがけたたましい悲鳴をあげたため大変な騒ぎになり、誰かが救急車を呼んだ。目覚めて降りて行つた画商が、しやんとした姿勢で立つてゐるその長身の男に謝ると、向うは自分がぼんやりしてゐたのが悪かつた、気にしないでくれと逆に慰めてくれる。さうかうしてゐるうちに救急車が来た。白い上つ張りの男たち二人が長身の客をかかへるやうにしながら、誰かついて来てもらひたいと言つたとき、梨田はごく自然に車に乗りこんだ。怪我をした男はベンチのやうなベッド二つのうちの一つに横になり、怪我をさせたほうはもう一つのベッドに腰かけて、薄くらがりのなかの顔を見おろした。画商があわてて名刺を差出したことは言ふまでもない。その男は丁寧に礼を述べてから、暗くて読めるはずはないのに名刺を出して挨拶した。

「診察室のドアの外でポケットから出して見ると、スーパーマーケットの社長の名刺でした。台湾民主共和国のほうぢやなくて」

じつと身を殺して聞いてゐた女が、もうこのへんで気が楽になつたらしく、

「大統領の名刺だつたら、びつくりなさつたでせうね」

と軽口を叩いた。梨田はにぎやかに笑って、

「それはさうでせう。でも、あのころは副大統領ではなくて、まだ平《ひら》の大臣。で、その名刺で外国系の人だってことがわかったんです。改めて緊張しましたよ。どうやらものわかりのいい人らしいけど、言ひがかりをつけられちや大変ですもの。一応の手当てがすむと、あとは明日詳しく調べるから帰っていいと言はれて、送ってゆきました。心配なので翌晩もその翌晩も電話しましたし、もし何なら治療費もこちらですこし出さうと言ったのに、払はせてくれない」

「でも、向うだって……」

「それはまあ、さうですがね。しかしこっちも多少は責任があるから。仕方がないので、全快したと聞いたときに一席まうけました。すると今度はお返しに招《よ》ばれて……。あれが台湾の流儀なんですね。とにかく義理がたい。そんなことで親しくなって、毎年、二人きりで忘年会と……夏の会をするやうになりました」

と言ってから梨田は別の口調で、

「渋滞に引つかかってしまった」

「今日は朝から、ほうぼうでかうなんで」

と運転手が答へたとき、同時に、

「会は何時からですの?」

と朝子が訊ねた。梨田は、まづ運転手のほうに何か相槌《あひづち》を打ってから、

「ごめんなさい。五時からの会。もう、とうにはじまつてるでせう。でも、最初は挨拶ですからね。何しろ長いつきあひなので、台湾独立論は耳にタコが出来るくらゐなんですよ。別に聞かなくたつていい。しかし、とにかく顔だけは出さないと。近頃は同じマンションですからね。洪さんの世話で買つたんです」

「親友ですのね」

「莫逆《ばくぎやく》の友……といふほどでもないか。こんな年になつてから新しい友達が出来るなんて珍しいでせう。大体、友達とは縁遠くなるばかりなのに」

そして梨田はだしぬけに妙な名前を持ち出した。

「大田黒周道つて知つてますか？　右翼の思想家」

女はほんのすこし考へ、

「いいえ」

「東京裁判のとき気ちがひの真似をした……のか、それとも本当に発狂して、うまく切抜けた人。その人に囲はれてゐたお妾《めかけ》さんが生きてましてね。昔、赤坂から出てゐた藝者《げいしや》なんですが、その人がマンションを建てるからいつしよにどうだと洪さんにすすめられたんです。大物の愛人はやはり金を持つてますね」

「もう、かなりのお年でせう？」

「それはもう、大変なお婆さん」

そのとき車が動きだした。運転手が嬉しさうに、

「ここからさきは早い」

とつぶやいたが、梨田はそれには答へずに、

「亡くなつた大統領のチワワが、そのお妾さんのところへ来てるんですよ。奥さんがあまり犬好きぢやないので、洪さんが世話したんです。ですから、マンションの三番目くらゐいいところにその犬が住んでゐる」

「チワワつて、小さくて痩せてる犬でせう。近所に一匹ゐます」

「いや、それが老犬でしてね。牝《めす》ぢやないかな。かなり肥《ふと》つてゐる」

それから犬の話になつた。女が、チワワは兎《うさぎ》のやうでもあればバンビのやうでもあると言ひ、男は、まあさう言へばさうだが、むしろ猫や狸《たぬき》に近いと言ひ張つたのは、どちらも自分の僅《わづ》かばかりの観察を大事にしてゐたからである。二人はそのことにすぐに気づいて喜んだ。しばらくしてから朝子がまたくすくす笑つたので、梨田が訊ねた。

「何ですか？　チワワのこと？」

「いいえ。ごめんなさい。その大統領なら、階段でひどい目に会つてゐるから、エスカレーターを逆に駈け降りたりはしないんぢやないかしら」

画商は低い声で笑つた。

2

青地に白い太陽と二つの黄いろい三日月の、

といふ図柄の旗が壁に画鋲でとめてあるのは、台湾民主共和国の国旗だらう。その壁の前で、黒つぽい背広の胸に大きな造花を飾つた、丈《せい》の高い、目鼻立ちが大ぶりでのんびりした顔の男が演説をしてゐる。机の上に置いたマイクロフォンに向つて、ときどき原稿に目をやりながら読んでゐるのだが、マイクロフォンの使ひ方はあまり上手でなく、ときによつて離れすぎたり近づきすぎたりする。

その部屋には、三十人ばかりの出席者が、かなりまばらに、椅子に腰かけてゐた。ほとんど男ばかりで女は数人しかゐないし、男女どちらもたいてい中年以上である。受付で襟《えり》のところに白いリボンをつけられた梨田と朝子は、最初、後ろの壁際《かべぎは》に立つてゐようとしたのだが、黄いろいリボンの男に案内されて、やむを得ず最前列の右端に坐らせられてしまつた。二人のすぐ前には、中国ふうの細長い上手な字で書いた式次第が壁に貼つてある。

式次第
一、開会の辞
二、大統領挨拶
三、来賓祝辞
四、国歌合唱
五、閉会の辞

朝子が梨田の顔を見て目まぜしたのは、こんなに前の席に坐るのは厭《いや》よ、といふ意味にちがひない。梨田は、まあさう言はずに我慢しなさいといふ気持を眼で伝へてから、神妙な顔で演説に聞き入り、ははあ、洪さんが老眼鏡をかけてゐないところを見ると原稿の字はずいぶん大きいのだな、とか、普段しやべるときと違つて日本語がぎごちないのはあがつてゐるせいだ、とか、心のなかで思つた。事実、洪大統領は、一度「台湾独立」をタイワンロクリツと読んでしまひ、その次に「自主独立」といふ言葉が出て来たときはすこしゆるやかに一音づつ区切つて発音した。

「……至つて簡単明瞭であります。台湾人が台湾を統治する、台湾人の台湾にするといふ、ただそれだけのことにすぎません。しかも本省人、つまり台湾本来の住民は、全住民の九割を占めるのでありますから、これは別に改めてそのことの妥当を主張する必要もない、当然至極《しごく》な話なのでありますが、不幸にして今日の台湾は、御承知の通り、わづか一割の外省人、つまり第二次大戦後に渡つて来た中国人によつて統治されてゐる。これは民族自決、住民自決といふ二十世紀世界政治を貫く大原則に反する、異様な事態と言はなければなりません。われわれはこの異常を正常に戻さうとしてゐるのであります。

「ここで一言、申し添へておかなければならないのは、台湾人は中国人ではないといふことであります。中国大陸の中南部、なかんづく現在の福建省に住んでゐた漢民族が台湾に渡つたその子孫が台湾人であると世間では漠然と考へられてゐるやうでありますが、これは誤解にすぎない。中南シナに住んでゐたのは漢民族ではなく、彼らにとつては異民族であり、彼らをさんざん苦しめた越人なのであります。その越人は百越と呼ばれるほど多かつたのでありますが、大別して三つに分け、福建が閩越《びんえつ》、広東《カントン》が南越、ベトナムが駱越《らくえつ》と言はれてゐました。この越人、殊《こと》に閩越が漢民族に圧迫され、自在に舟を操つて一衣帯水の台湾を訪れ、原始農業しか知らない高砂族――これが台湾の原住民族であります――と争つたり、協調したり、さらには混血したりしながら台湾を自分たちの国土としたわけであります。中国大陸に残つた越人は、漢民族にしひたげられるのを避けるため、みづから漢民族であると称したり、あるいはまた彼らとの混血をおこなつたりしたでせう。そしてそれよりは遙《はる》かにすくなくではありますが、同様のことは台湾の越人においてもあつたと推定されます。が、それにもかかはらず台湾人は総体として漢民族ではない。中国人ではないのであります。

「先年、蔣経国は立法院における演説のなかで、本省籍（つまり台湾人）と大陸系（つまり中国系）は共に黄帝の子孫であつてその間に人種、文化の区別はないと述べたさうでありますが、もちろんこれは詭弁《きべん》にすぎない。黄帝は伝説の人物、神話の王でありまして、彼の存在を実《じつ》證《しょう》することは不可能である。お伽話《とぎばなし》を引合ひに出して現代政治を論ずるのは愚しいことでありませう。

「このへんの事情を人類学のほうから、つまり体格や体質によつて論證することは、もちろんわたしの手に余りますし、それに専門家のほうも、調査が不充分だつたり、学者によつていろいろ説が分れたりしてゐるやうであります。何しろ広汎《こうはん》な地域にわたる詳しい調査をしなければならない事柄でありますので、これはやはり将来の課題とするしかないでありませう。

「しかしわたしの論旨が正しいことを最もよく、そしてまことに手早く示すものは、台湾語と中国語の決定的な相違であります。台湾語につきましても、中国語の一方言にすぎないといふ考へがゆきわたつてゐるやうでありますが、これもまた非常な誤解でありまして、台湾語は中国語とまつたく違ふ言語である。われわれの初代大統領、王銘伝は、語学の才の豊かな人でありましたが、台湾語と中国語とはフランス語とドイツ語くらゐ違ふとつねづね言つてをりました。ところがわたしの友人、ただいま着席なさつた梨田雄吉氏は、いつぞや日本有数の言語学者、某氏にこのことについて質問したところ、その大学教授は、フランス語とドイツ語よりももつと違ふと答へたさうであります。二国語間の距離につきましては、これを明確にはかる学問的なものさしなどあり得るはずがなく、いはば感じで言ふしかないものでありませうが、しかしとにかく、もつてその懸隔のいかにはなはだしいかを察すべきでありませう。台湾語と近いのはむしろベトナム語でありまして、ベトナム語辞典は台湾語辞典として充分に役立つといふのは、われわれの同志、郭《かく》政府委員の持論であります。わたしが当つてみたところでは、充分にかどうかはともかく、かなりの程度、役に立つことは明らかなやうに思ひます。台湾人が漢字を用ゐてをりますのは、ほかに表記すべき文字がないための仮りの処置にすぎないのでありまして、実はあれではどうも台湾語はうまく写せない。われわれは日本の仮名や朝鮮のハングルのやうな自国の文字を持たないため、かやうな結果になるのであります。が、これは将来は、キリスト教会が布教に用ゐて成功しました教会ローマ字を用ゐることになるでありませう。この件につきましては、台湾民主共和国準備憲法、第十一章第百三条に『台湾民主共和国の公用文字はローマ字とする。独立後五年以内にこれを実現しなければならない』とある通りであります。

「このやうに、台湾人は中国人ではないのでありまして、それゆゑ僅か一割の中国人の下風に立つて九割の台湾人があへいでゐる現状は、典型的な異民族支配にほかならない。台湾における蔣政権は、単なる占領軍、それも本国を失つて占領地に居坐《ゐすわ》つてゐる占領軍にすぎないのであります。さながら旧日本軍がアメリカに敗れて日本を追はれたあげく満洲を支配してゐるやうなもの、と見立てればわかりやすいかもしれません。

「しかもその異民族統治は、関東軍と満鉄が結託しての満洲支配などとは比較にならない、悪質にしてかつ陋劣《ろうれつ》なものであります。そのことを最もよく示すのは戒厳令でありまして、蔣政権は一九四八年、すなはち昭和二十三年五月十九日に戒厳令を公布、即日これを施行して以来、実に三十年にわたつてこれを解除せず、死刑と投獄をもつて台湾人を恫喝《どうかつ》する独裁政治、恐怖政治をおこなつてゐる。これはその前年、一九四七年に公布した中華民国憲法を実質的に無効にする狡猾《こうかつ》な策略でありまして、すなはち、はなはだ奇妙な言ひ方になりますが、台湾は法治国家でないといふことが法律的に保證されてゐるわけであります。この三十年ぶつつづけの戒厳状態は、世界史における最も長期にわたる戒厳令としてギネス・ブックに載せていいものでありませう」

この冗談を聞いて出席者はみな陰気な声で笑つた。笑はなかつたのは洪大統領と三村朝子だけである。梨田は隣りの席の朝子が体をこはばらせてゐるのを意識しながら、この会に連れて来たのはまづかつたかもしれない、せめてもうすこし遅れて来ればよかつたと悔んでゐた。

「しかし、いきなり戒厳令のことを持出したのは唐突のそしりを免《まぬか》れないかもしれません。ここはやはり、台湾の政治の三機関がどうなつてゐるかといふことから説明するのがよろしいやうに思はれます。三機関とは、第一に国民の政治参加の最高機関である国民大会……これに当るものは諸外国にありません。強ひてあげればソビエト・ロシアの党大会かもしれませんが、これもずいぶん違ふ。そして第二に衆議院に当る立法院、第三に参議院とも言ふべき監察院の三つでありますが、この三機関の議員総計が四〇四一名。ところがそのうち台湾人の議員は最初は三五名。比率で言へば〇・九パーセント。数回の増補選挙を経た今日では一四六名。比率では三・六パーセント。人口比では九〇パーセントを占める台湾人が僅か三・六パーセントの議員で代表されてゐるのであります。これがどのやうに公正を欠くことかは、説明するまでもありません。なほ、ただ今わたしは増補選挙といふ妙な言葉を用ゐ、改選とは言ひませんでしたが、これには理由があるのでありまして、この三十年間、三機関の議員の改選は一度もなされなかつた。未改選のまま三十年も居坐つてゐるのでありまして、ただし政府が民心をなだめようと思ひ立つたとき、自然淘汰《とうた》を補ふ一種の補欠選挙をおこなふにすぎないのであります。これは民主政治といふやうなものではありません。

「ここでついでに大臣級の人事を一瞥《いちべつ》しておきませう。台湾で普通、閣僚級と見なされるのは、副首相、大臣、無任所大臣にはじまり、省主席、台北市長までの二十三席といふことになつてをりますが、蔣経国の代になつて大幅の手直しをしました現在でも、そのうち九席が台湾人に割当てられてゐるにすぎない。二十三人中の九人なら四割弱で、かなり多いやうに見えるかもしれませんが、実はこの九人の大半は、日本統治中に大陸に逃れて国民政府に忠誠を誓つてゐた、いはゆる『半山』、半分は中国人である連中なのであります。そしてたとひ半山ではなくとも、蔣政権に取り込まれた者が閣僚となつてゐることは言ふまでもありません。

「かういふ上層部の下でおこなはれてゐる政治はどのやうなものか。悪政の極みであります。民衆が重税にあへいでゐることはもちろんでありますが、蔣家、孔家、宋《そう》家、陳家の四大家族による官僚資本は国営公営企業といふ形で、大陸時代の官僚資本を完全に復活、むしろそれをいよいよ拡大し、軍隊と特務と官僚とがこれを助け、土着資本は次々に公営企業に吸収され、つまり四大家族のものとなつてゆく。彼らの悪辣《あくらつ》な儲《まう》けぶりを一例だけあげるならば、肥料輸入の独占といふことがありまして、しかもその肥料を農民に渡す場合、肥料一トンと米一トンの実物交換を要求し、暴利をむさぼつてゐるのであります。国民党名物の情実人事と汚職は大陸時代よりもいつそうはなはだしく、人事は、大臣の人選からはじまり留学生の選考に至るまですべて公正なものではない。この結果、新聞をさかさに持つて読む文盲が大都市の市長になつたり、ドイツが西ドイツと東ドイツに分れてゐることを知らない男が大使に任命されたり、ABCの順序を覚えてゐないため英語の辞書を引くことのできない青年がアメリカ留学生に選ばれたりすると言はれてゐるのであります。そして汚職は、官紀粛正をいくら力説してもつひに改まることがない。これは、何しろ蔣父子が二代にわたつて汚職の手本を示してゐるのでありますから、上《かみ》の好むところ下《しも》これにならふのは当然の話と言はなければなりません。汚職取締の条令には、最高は死刑といふ厳罰が定めてありますが、もちろんこれは空文にすぎない。そして、常に空文ならばまだしもいいのでありますが、この条項はときどき生きることがある。蔣経国が政敵を粛清するときに、汚職といふ言ひがかりをつけて死刑にするのであります。

「かういふ政治は台湾人にどう迎へられてゐるか。言ふまでもなく呪咀《じゆそ》と怨嗟《えんさ》の声は天下にみちみちてゐます。だが、台湾の政治には民意はまつたく反映してゐない。選挙といふ制度はあつても、名目だけのものであります。蔣政権は、何とか選挙をしないですむやうにともつぱら心がけてゐますし、たとへやむを得ず選挙をおこなふ場合でも、干渉と妨害は猛烈を極めるからであります。国民党の候補の買収と饗応《きようおう》はすべて見のがされ、といふよりもむしろ国家の事業としておこなはれ、国民党外の候補に対する中傷と讒謗《ざんぼう》と逆宣伝、迫害と脅迫は、軍官の総力をあげてなされる。たとへば、国民党外の候補が圧倒的に優勢な場合、まづおこなはれるのは彼の支持者たちに召集令を出して軍隊に入隊させることであります。これをやれば召集された人数だけ運動員がへるし、さらにほかの者も怖気《おぢけ》づいて浮足だちますから、選挙運動が弱体化するのはわかりきつた話であります。日本におきまして、いはゆる翼賛選挙の際に選挙干渉がはなはだしかつたことはよく知られてゐますが、さすがの東条政権も、大政翼賛会公認でない候補の支持者や運動員に赤紙を出すことまでは考へませんでした。当然のことながら、この召集令はをかしいといふ批判ないし抗議が新聞雑誌に出ます。すると、それを待ち構へてゐて、編集者や筆者を反軍行為の名の下に投獄する。もちろん長期刑でありますが、これが蔣政権の第二の策であります。そしていよいよ最後の策は、選挙の一日か二日前、候補者自身を逮捕することである。逮捕の名目は……これは何でもかまはない。適当にでつちあげるのでありまして、候補者がつかまつてしまへば投票しても無駄だと思ふ人はかなり多いでせうから、これはずいぶん効果があります。

「いや、この三つ以外にもまだいろいろ策略があります。識字率が非常に高いにもかかはらず、台湾の選挙は記名制ではありません。つまり日本の場合のやうに、有権者が当選させたいと思ふ候補者の名前を投票用紙に書くのではない。識字率の低い中国のやり方を踏襲して、ずらりと列記してある候補者たちの名の上に赤い丸を打つのでありますが、これはインチキをするのに絶好の条件で、そのためほうぼうでまことに不思議なことが起る。ある村では、投票者総数が十八人だつたのに、国民党候補が四百五十票を獲得しました」

聴衆の半分くらゐ、どうやら台湾人らしい人々がここでまた笑ひ声を立てたが、それは決して陽気なものではなく、自虐的な寂しい笑ひだつた。梨田が日本人なのに笑つたのは、洪大統領の演説に活気を添へてやりたいといふ気持のあらはれで、その笑ひ声は耳で聞いてみると自分でも思ひがけないほど暗い。そばで朝子は黙つてゐる。しかし梨田がちらりと視線を送ると、向うも彼を見て、ほんのちよつとうなづき、それからほほゑんだ。それはどうやら、洪大統領の演説を興味深く聞いてゐる、退屈はしてゐないといふことのしるしらしい。

「票のすりかへや塗りつぶしも頻繁におこなはれます。塗りつぶしといふのは、有効票を何万票も刷毛で塗つて廃票にしてしまふのでありまして、もちろんこんなことは人目につく所ではできない。それゆゑ開票の夜には、一晩に四回も五回も停電になるのであります。そこで最近では、国民党外の候補者の出す監視員は、懐中電燈持参で開票に立ち会ふやうになつたため、懐中電燈がよく売れて電気屋が喜ぶといふ。まさに日本で言ふ、『大風が吹けば桶屋《をけや》が儲る』類《たぐひ》の現象であります。

「そんなひどい目に会ひながらなぜ黙つてゐるのかと不思議に思ふ向きもあるかもしれませんが、デモやストは戒厳令によつて禁じられてをりまして、しかも禁を犯した者の処分は苛酷を極める。平和行進に加はつたといふただそれだけのことで無期懲役になつた者さへゐるくらゐなのであります。言論の自由はもちろんありません。新聞、雑誌のなかには御用機関でないものもすこしはありますが、これとてもまことに婉曲《えんきよく》に、微温的に、批判を口にすることしか許されないのであります。それゆゑ敢《あ》へて直言したいと欲する者は、壁新聞やビラを用ゐるわけでありますが、当然のことながらこれははなはだ危険な、いはば自殺的行為である。数年前の増補選挙の際、ある候補者は、選挙用のビラによつて蔣経国に対する質問書を出し、第一、私有財産を公開せよ、第二、故蔣介石の遺産相続に当つての相続税を公表せよ、にはじまる二十九ケ条の要求を並べました。このビラはごく僅かの枚数が配られただけで、候補者はただちに逮捕、関係者数名とともに無期懲役を科せられ、火焼島――これは現在は緑島と名を改めましたが、台湾東南部の絶海の孤島――この徒刑者の島へ送られたのであります。

「このやうに普通の国でならごく当り前の意見を発表しても終身刑なのでありますから、政治犯が多くなるのは自明のことで、その数は九千人から一万人と推定されます。人口総数一六〇〇万のうちの一万。一六〇〇人に一人は政治犯といふことになるわけで、これはかなりの割合と言はなければなりません。もつて台湾人の自由への欲求がいかにはなはだしいかを知るべきでありませう。そしてこの約一万人の大部分は、単なる言論のゆゑで政治犯とされた者なのですが、直接行動に及んだ者もごく少数はゐるやうであります。反政府的立場の政治家がデッチアゲの反乱罪容疑によつて罰されることはしばしばでありますし、いくつかの電力施設の破壊が果して蔣政権の言ふがごとく台湾独立を企てる者の所業かどうかはずいぶん疑問がありますが、要人に対して送られた一連の手紙爆弾や、蔣経国訪米の際の狙撃事件は、過激分子の行為と推定してほぼ差支《さしつか》へないでありませう。われわれは、そこまで追ひ込まれた彼らの心情に対しては同情と共感を禁じ得ないのでありますが、しかしかういふ暴力行為は台湾独立運動にとつて有益なものとは信じがたい。この種のテロリスト的行動はむしろ台湾独立運動の前途をそこなふ妨害行為と言はなければならない。われわれの目ざすものは、一部分子による軽はづみな兇行《きようこう》ではなく、全台湾人の自由と独立への目ざめ、そしてその必然の結果としての全台湾人の反逆と蜂起《ほうき》なのであります」

「そこだな」

と静かに言ふ声があつて、出席者はみな彼のほうを見た。声の主は、中央の前から三列目にゐる、眉の白い禿頭《はげあたま》の老人で、腕を組んで大きくうなづいてゐる。よくはわからないがどうやら日本人らしい。そのとき奥のほうで、まるで老人の野次に促されたやうに誰かが手をたたき、次いで室内のたいていの者が拍手した。梨田も、それから朝子もさうした。しかし洪大統領は左手でそれを軽く制し、これまでとすこしも変らない淡々たる口調で演説をつづける。

「冒頭に述べました二・二八の悲劇、すなはち一九四七年二月二十八日、台北において闇煙草《やみたばこ》売りの老婆が警官に殴られたことに端を発して全国的暴動が勃発し、つひに八万人の台湾人が虐殺された事件の意義を、もちろんわたしは過小評価する者ではありません。あの大規模な蜂起はまさしく台湾人の意志を示すものであつた。しかし必要なのは、もつと周到な計画にもとづく、もつと持続的な、もつと広汎な層を含む、そしてもつと自覚的な反抗である。われわれはそのやうな反抗をおこなはなければならないし、また、それをおこなふ基盤は充分にあると思はれます。その基盤とは、さきほどもちよつと触れた、台湾における教育の普及でありまして、小児を除いての識字率は八五パーセント、小学校への進学率は実に九九・三パーセント。これはアジアにおいては日本に次いで第二位である。あるアメリカ人学者はこれによつて見るならばもはや台湾は発展途上国とは言ひがたいと述べましたが、この高い識字率、進学率こそは自主独立の精神を鼓吹宣伝するのに最適の条件であると考へられます。それはたとへば、国府軍下級兵士の八〇パーセントを占める台湾人にわれわれが滲透《しんとう》し、働きかけることを可能にするのであります。すなはちわれわれは、この条件を利用し、全台湾人の総力をあげて蔣政権と闘ひ、これを倒さなければなりません。

「この場合、重要なのは、北京の政権との関係をどうするかといふ問題でありますが、あくまでも外国の政府、隣国の政府であると判断し、その前提の上で健全な友交を結びたいと考へます。台湾民主共和国が共産主義を排し、全体主義、独裁主義による政治を……」

洪大統領の演説はそこで中断された。梨田のずつとうしろで、甲高い叫び声——日本語ではない——があつたからである。最初、彼はそれを賛成の意を示す景気つけの弥次だと取つたが、洪の反応を見るとどうやらさうではなかつたらしい。洪は険しい表情でその方角を睨みつけたからである。みんなが振返つた。彼らが見たのは水いろのワンピース、と言ふよりはむしろマターニティ・ドレスの、血色の悪い女に二人の男が飛びかかつて、一人は彼女の顔をしたたか打ち、一人は片手をとらへてしぼりあげる情景であつた。女は悲鳴をあげて何か叫んだ。別の男がうしろから女を羽がひじめして、三人のうちの誰かが獣のやうに低く唸《うな》り、三人の男が彼女を室外へ連れ出した。水いろのマターニティ・ドレス（?）が扉の外へ消えるのを見てゐる人々の耳に、大統領の声がはいつた。それはこれまでと変らない、淡々たる口調である。

「台湾が中華人民共和国の領土となることは絶対に拒否します。ただしさういふ条件の上で、中華人民共和国と親善関係を保ちたいと望むのであります。マルクス・レーニン主義は台湾民主共和国のとるところではありません。そもそも中国人が、北は蒙古《もうこ》から南は台湾にまで及ぶ中華大帝国を形成しようとするのは現実的に無謀な企てでありまして、これはむしろいくつかの地域に分割し、たとへば満洲、たとへば蒙古など、各民族が独立国を建てるのが実状に添つてゐると考へられますが、そのやうな理想論はしばらくおいて、今はただ台湾本土と澎湖《ほうこ》群島が、漢民族ではない越民族の国土、中国人ではない台湾人の国土となり、台湾民主共和国として独立することを求めるにとどめます。もちろんそれ以外の諸外国との友交もまた衷心から希望するものでありまして、このことは台湾民主共和国準備憲法前文に、『国連憲章の精神に則《のつと》り、世界の平和に寄与し』と記す通りであります。

「われわれは台湾民主共和国に対する諸外国の関心と好意を望むものでありますが、さしあたり特に重要なのは、カイロ宣言およびポツダム宣言の関係国のうち、アメリカ、イギリス、ソビエトの三国、およびその宣言の対象である日本に理解を求めることである。といふのは、台湾はカイロ宣言によつて日本が放棄し、蔣政権が現在これを領有してゐるものだからでありますが、これは台湾および台湾人を賠償としてあつかふ態度であつて、断じて受入れることができない。これらの国々は、台湾人が中国人とは異る民族、異る人種であることを知らなかつたため、民族自決の原理を忘れることになつたのであります。台湾の統治方式はあくまでも住民の自由な意志によつて、すなはち公正な選挙によつて定められなければなりません。われわれはこれらの国々の世論がこの方向へ進むことを望むものであります。

「しかしながら台湾独立の主体はあくまでも台湾人なのでありまして、台湾の変革と自立に当つて最も必要なものは台湾人の目ざめと勇気である。台湾の人はおとなしすぎる、あれではとても独立などできるはずがないといふのは、よく耳にする批判でありますが、おとなしいといふ評語はむしろ多分に儀礼的なものでありませう。ここで思ひ出されるのは十八世紀アイルランドの政治――言ふまでもなくイギリスの植民地支配――を評して、小説家スウィフトが、『奴隷制とは被統治者の同意を得ない政治のことである』と述べたことであります。台湾の政治は久しきにわたり、スウィフトのいはゆる奴隷制であつたため、われわれ台湾人はとかく奴隷根性に甘んじ、長いものには巻かれろの態度でその日その日を過しがちになつてゐる。心のなかでは蔣政権を徹底的に嫌ひながら、しかし身の安全を願ふため、積極的な行動に出ることをためらつてゐる。あるいは、さういふ行動を蔑視してゐる。今日、台湾人が為さなければならないのは、この安逸と臆病をかなぐり捨てて、果敢な抵抗をおこなふことなのであります。台湾人の過半数とは言はない、三割でも、いや、二割でもいい、それだけ多数の台湾人男女が、権力に対して従順に屈伏する態度をやめるならば、状況はたちまち一変するでありませう。そのとき台湾全土において中華民国国旗が引きずりおろされ、ポルトガル人のいはゆるイリャ・フォルモーサ、美麗の島、われわれの台湾のいたるところに青地日月旗がひるがへることは言ふまでもありません」

このあたりで洪大統領の演説はやうやく高揚し、声にも張りが出た。梨田が心のなかで、なかなか名調子ぢやないかとつぶやいたくらゐである。激しい拍手がいつせいに起つた。梨田も朝子も前後左右の硬く響く音のなかで手を叩く。全員のその拍手に、先程の中国共産党員(?)の妨害に反対する気持がこもつてゐることはもちろんである。そして洪大統領も今度は、喝采《かつさい》を手で制してさきを急がうとはせず、固く口を結んだままゆつたりと立つてゐる。聴衆はその姿に向つてさらに拍手をつづけたし、彼らのなかには短く叫んで共感と賛同を示す者も数人ゐた。

しかし拍手がをさまつて大統領がふたたび話をはじめたとき、その口調は意外に湿つぽいものに変つてゐたのである。高揚も陶酔もそこにはなかつた。洪はもう原稿に頼らないで、日ごろ思ひ悩んでゐることを無器用に打ち明けてゐた。彼は沈痛な声でつかへつかへ語つたし、その辛さうな口ぶりは演説の末尾までつづくことになる。

「だが、誤解しないでいただきたい。このやうなことを述べるとはいへ、わたしはむしろ、安全な外地にあつて台湾独立を叫ぶことを恥ぢてゐるのであります。たとへばわたしは日本国籍の身でありまして、日本国憲法によつて守られてゐます。そして、日本国籍ではなくても、われわれのやうに言論の自由の保障されてゐる国にゐれば、どのやうなことも言へます。身の危険はいささかもない。さういふ恵まれた条件をいいことにして、台湾で苦難にあへいでゐる同胞を罵り、快をむさぼるつもりはわたしにはありません。台湾にあつて無党派の政治運動をおこなひながら蔣政権打倒の道を模索してゐる人々に、わたしは深く敬意を表する。彼らは、親族にまで罰が及ぶといふ苛酷な条件のなかで勇敢に闘つてゐるのであります。それはまことに英雄的な反抗であり、抵抗であると言はなければなりません。それからまた、たとへば――これはまつたくの仮定でありますが、心ならずも蔣政権に仕へて他日を期してゐる人もゐるかもしれません。おそらく、絶無とは言へないでありませう。そして、もしそのやうな人がゐるならば、われわれは彼ともまた手をつなぎたい。われわれは真の台湾独立を望む人々――すなはち蔣政権の抑圧に甘んじるのではなく、また北京の政権によるそれを求めるのでもなく、台湾人による台湾の統治を望んでゐるあらゆる人々と協調し、連帯して、台湾民主共和国の誕生をはかりたいと欲するのであります。それは艱難《かんなん》と辛苦にみちた道ではありませうが、しかしわれわれはその道を歩みつづけて台湾の民衆を蔣政権の暴政から解放し、この奴隷的状態に終止符を打つて、正義と人道を実現しなければならないのであります。もしそのことを怠つて現状に満足するならば、イリヤ・フォルモーサ、美麗の島とは、あの徒刑者たちの島、火焼島を、大々的に拡張した巨大な面積の美称にすぎないでありませう。以上、まことに簡単ではありますが、大統領就任の挨拶といたします」

拍手が起つた。洪大統領はまづふかぶかと一礼し、それから草稿をゆつくりと揃《そろ》へ、揃へ終つてもまだつづいてゐる拍手のなかでうつむいて、よほど咽喉《のど》が渇いたのか、舌のさきで両唇をなめてゐる。その大柄な体のなかには、演説を終へての安堵や疲れよりもむしろ途方もない哀愁が詰まつてゐるやうに見える。梨田は、洪は一体どういふつもりであんな自己批判を言ひ添へたのだらう、いくら何でも良心的に過ぎるし、気勢をそぐことおびただしいぢやないか、と腹立たしい思ひで、しかしそれでも右手の三本の指を左の掌の、うんと手首に近いあたりに軽く当てて、小さな音を立てつづけた。さういふ気持のせいかもしれない、場内の盛んな拍手も、みんなが洪大統領の自己批判（ひいては独立運動全体への批判）に当惑し、やけになつて手をたたいてゐるやうに聞えて仕方がない。その騒音は彼の耳には、異様に不景気な感じで響いてゐた。

だが、梨田はやがて、さういふ印象はすべて誤りだつたのかと疑ふことになる。洪大統領は会釈して引下り、壁の国旗の左手、ごく近くの、空いてゐる椅子に腰をおろしたのだが、隣りの椅子には、副大統領にちがひない、これも造花を胸に飾つた、かなりの年配の痩せた男がゐて、微笑しながら何かささやいた。すると洪は、今までの無表情とは打つて変つた嬉しさうな顔で、大きくうなづいたのである。彼らのその様子には、梨田がたつたいま感じ取つたやうな翳りはまつたくないし、怪訝《けげん》に思つてあたりを見まはすと、聴衆もまた正副二人の大統領と同じやうにこの儀式の進行ぶりに満足してゐるらしい。朝子にしても、梨田と視線が合ふと、小声で、

「チワワの方、いらしてる？」

と訊《き》いたくらゐだから（彼は黙つて首を振つた）、洪の発言によつて別に衝撃は受けなかつたやうに見える。みんなはいささかもつともらしく、ひつそりとざわめいてゐる。それはまさ

しく大統領の就任演説が無事に終つたときの情景であつた。小ぜりあひが一つあつたことも、むしろ台湾民主共和国が実在の国だといふ感じを強めて結構、と喜ばれてゐるやうに見えた。

そのとき、明るい背広を着た、四十歳くらゐの小ぶとりの司会者が進み出、祝辞を述べる来賓として、「政治評論家として活躍していらつしやる村川厳太郎先生」といふ、つひぞ聞いたことのない評論家を指名した。その口調は流暢《りゆうちよう》といふよりもいささか軽薄なもので、よほど熱心にテレビを見て練習してゐるにちがひないと思はせる。

中央の最前列、つまり梨田のごく近くで、椅子をがたがたさせながら、チョビひげを生やした初老の男が立ちあがつた。紺の背広に白いワイシャツ、そして紺一色のネクタイで、わづか数歩のところにあるテーブルまでひどく大儀さうにゆるゆると足を運ぶ。その様子を見て、これはずいぶん芝居気たつぷりの男にちがひないといふ印象を梨田は受けた。

そして村川厳太郎の甲高い声での祝辞は、その印象を裏切らない。彼はまづ、自分が東南アジア歴訪の旅において、インドの与野党双方の大物、タイの外相、シンガポールの首相および蔵相《ぞうしよう》、フィリピンの大統領と大学総長に会見して種々の情報を交換したこと、マニラで原因不明の高熱を発し、大統領夫妻が狼狽して侍医を派遣してくれ、それからいろいろあつて一週間前に日本に帰り、すぐに入院したこと、今日はさういふわけでとても挨拶などできる体ではないが、古くからの友人、洪氏が大統領に就任したお祝ひなので主治医の黙認の下に病院を脱け出したこと、などを述べ、さういふわけでまことに申しわけないが椅子に腰かけて話をすることを許していただくと詫びて、しづしづと着席するのだつたが、このかなり長い前置きの主眼は明らかに、アジアの政治家たちの名をひけらかしての自己宣伝にあつたし、本論にはいると自己宣伝臭はいよいよ露骨になつた。もちろん一応は台湾の政治的運命について論ずるのだが、その合間合間に何かにつけて思ひ出話がはいり、しかもそれはかならず、とうの昔に亡くなつた偉人ないし名士のうち今の日本でわりあひ人気のある者と自分がどんなに親しかつたかといふ自慢話である。いや、この種の回想の途中、ときどき台湾問題に触れるといふほうがむしろ正しいかもしれない。中野正剛とは自決の一年前、信州の温泉宿でいつしよに風呂にはいつてから鯉こくを食べた。山本五十六《いそろく》とは祇園《ぎおん》で雑魚寝《ざこね》をした。吉田茂とは築地《つきぢ》の料亭で飲み明かした。尾崎咢堂《がくどう》とは二人ならんで志摩の海の夕凪《ゆふなぎ》をぼんやり眺めた。「死人に口なし」みたいな、この豪華な交遊録の例外としては現存のアメリカ人が一人ゐて、

「一九七三年五月のこと、ニューヨーク・プラザ・ホテル十八階の一室においてジョージア州知事と懇談、日米関係についてほぼ完全な意見の一致を見たことがありました。実を申しますれば、みづからの不明を恥ぢるしかないのでありまするが、しかし未来を予測する能力の欠けてゐるのは単にわたくしだけではなく、おそらく世界中に誰ひとり、その三年後にこのジョージア州知事ジミー・カーターがアメリカ合衆国大統領に就任すると見通してゐた者はなかつたでありませう」

だから、これとまつたく同様に台湾独立も将来あり得るといふ具合に話は進むのだつた。こ

れはずいぶん心細い論法で、本来ならば気勢のあがらぬことおびただしいはずなのに、村川は頬を紅潮させて熱弁をふるつてゐる。梨田は内心、洪さんは一体どういふわけでこんなのを引張つて来たのかと呆《あき》れてゐたが、しかしそれにもかかはらず村川の自己宣伝をしながらアジるあの手この手はなかなか巧妙で、何となく人を引き込むし、要所要所ではいきなり声を張り上げるので変に景気がつく。出て来る人名や地名がにぎやかなため、つい気を取られて、中身のある話のやうな気がしてしまふし、とつぜん物騒なことを口走つて眠気を覚ますといふ戦術も効果があつた。しかも彼は台湾独立論が一段落したところで、耳新しい話題を一つ取り出したのである。

「本日はせつかくお招きをいただきましたのに、病中の不出来な祝辞しか述べられませず、まことに慚愧《ざんき》に堪へません。お詫びのこころと申しましては何でありまするが、この席の方々に重大な関連のある最新の情報を提供いたさうかと存じます。これはわたくしもごく最近、耳にしたばかりでありまするから、みな様はおそらく御存じないに相違ない。もちろん風聞の段階にすぎないのではありまするが、しかし出所その他から見てかなり信用して差支へない情報とわたくしは評価するのであります」

さう勿体《もったい》をつけてからゆつくりと水を飲み(聴衆は静まり返つた)、やがて村川が披露したのは、蔣経国政権が日本から日本刀一万本を買はうとしてゐる、あひだに立つのは日本の某商事会社で、台湾からは元陸軍中将が東京に来る予定だといふ驚くべき噂であつた。梨田はこのときすばやく洪大統領の顔を見ようとしたが、それは政治評論家のかげに隠れて見えない。そして副大統領は一瞬、顔をこはばらせ、次にまつたくの無表情になつたから、すくなくとも彼には初耳の情報にちがひないと思はれた。聴衆は誰も彼もこの意外な情報に衝撃を受け、聞耳を立ててゐる気配だし、梨田の視野の隅《すみ》では、例の明るい背広の司会者が口をすこしあけて身を乗り出してゐる。場内の反応を一わたり見まはすやうにしてから村川はつづけた。

「言ふまでもなく武器としてでありませう。美術品としての買付ではありませぬ。刀剣を美術品として鑑賞する趣味は日本文化だけのもので、中国人とはまつたく縁遠いものだからであります。しかしそれにしても武器として日本刀を買ふとは時代錯誤もはなはだしい。火器が高度に発達し、原水爆の使用によつて人類の運命があやふい時代に、古めかしい日本刀など実用性はまつたくなからうと人々は怪しむかもしれませぬ。その疑惑はもつともでありまするが、しかしわたくしはこの刀剣買付に蔣政権の苦悶を見るものであります。わたくしの推定によれば、蔣経国総統は台湾軍一万の将校の指揮刀として一万本の日本刀を求めようとしてゐるのではないか。それ以外のことは到底考へられないのであります」

いくら何でも突飛すぎるといふ気持だらう、ここで聴衆はかすかにざわめいた。異議を唱へたり笑つたりする者がゐなかつたのは来賓に礼を失しないためで、かなりの人数は笑ひをこらへてゐたにちがひない。事実、梨田は、司会者が薄ら笑ひを浮べてすばやくそれを顔から消し取る、一瞬の表情の移り変りを見のがさなかつた。しかし村川はすばやくつづける。

「もちろんわたくしは、蔣経国総統が若年のころソビエトに学んだ人であつて、その夫人はソビエト人、夫妻いづれも日本文化にまつたく親しんでゐないといふことをよく存じてをります。しかしながら彼はいま日本の旧植民地を統治してゐる身でありまして、その意味では日本とは否応なしに関係がある。関係を強ひられてゐる。そのことはよく認識し、かつ対応策を講じようとしてゐるに相違ありませぬ。そのあたりの消息は、活眼をもつてこれを見れば、中華民国政府の閣僚が最近、日本の大学の卒業生である知日派をもつてその過半を占めてゐることでも充分に察しがつくのであります。さらに、先考、蔣介石総統はどういふ経歴の人であつたでありませうか。日本への留学生であり、二等兵として越後高田の連隊に入隊し、師団長、ヒゲの長岡外史将軍のもと——ついでながら一言すればわたくしの亡父は外史将軍のスキーの弟子でありまして、日本スキー界の草分けの一人なのでありまするが——それはともかく蔣介石総統はその長岡師団長のもと、日本陸軍の訓練と内務を実地に学んだ人、明治維新を深く尊敬し、日本は第二の故郷であると公言してはばからなかつた人にほかなりません。彼は日本軍の武士道のモラル、清潔と規律、勤勉と節約、冷たい水で顔を洗ひ、弁当が冷飯であること、下士官の重要な位置、などに感心し、われわれはこれを学ばねばならぬと力説してをります。それにもかかはらず彼が、昭和二十年秋、光復の際に台湾の人々が迎へたやうな、極めて程度の低い軍隊しか持てなかつたことはまことに皮肉な話ではありまするが、しかしとにかく蔣介石総統が日本軍の教育と組織に多大の感銘を受け、これを摂取しようとしたことは事実である。おそらく彼は日本軍の将校の指揮ぶりを鋭意観察したことでありませうし、その際に、将校の帯びる指揮刀が武士道の象徴、日本刀であることの特異な効果に注目しなかつたはずはない、冷たい水での洗顔や冷飯の弁当までも見のがさぬ炯々《けいけい》たる眼光が、将校たちの指揮刀の特殊性を見すごすはずはないと考へるのであります。然《しか》り、彼は日本軍将校の指揮刀、三尺の秋水《しゆうすい》に注目した。とすれば蔣介石総統は、日本軍の規律と統制の鍵としての日本刀について語ること、再三再四であつたに相違ないと想像するのでありまするが、この老父の言を息子である蔣経国氏は、現実に遠いピントのぼけた思ひ出話として聞き流してゐたものでありませう。人類のいかなる時代の、いかなる家庭におきましても、年老いた父の語ることはこのやうに受取られるのでありませう。それはいはば宿命的なことである。いささか私事にわたりまするが、わたくしの場合にもまた亡父が生前にしばしば語つたにもかかはらず意に留めなかつたことがいくつかあります。一例をあげますれば、犬養木堂《いぬかひぼくどう》先生に揮毫《きごう》していただきました為書《ためがき》のある大字がマクリのままはふつてあるのが心苦しい、あれはぜひ表装しなければ、と病床の父が何度となく語りましたのに、わたくしはただお座なりに相槌を打つだけでありましたが、父の死後、五年、十年たつうちに次第に気にするやうになつて、つひに先年、日本橋のさる表装店に依頼したのであります。これこそはおのづからなる親子の情といふものであります。事の軽重は異りまするが、同じやうな心境の変化が蔣経国総統に生じなかつたとは言ひ得ないやうに思はれます。すなはち歳月の推移と共にかへつて寂しさは増し、亡父君の遺教はそぞろに心にしみて、ここに日本刀の大量買付といふ事態が生じたのではありますまいか」

湿つぽい声で語られるその論法は、臆断に臆断を重ねた強引きはまるものであつたが、論理よりも情感に訴へる性格のため何となく逆らひにくいし、儒教的なモラルといふ漢字文化圏の急所を衝いてゐるので、奇妙な力があつた。梨田はすくなくとも、半信半疑くらゐの気持にはなつたのである。もちろんそれは、蔣政権による日本刀の大量買付といふ思ひがけない現象に接して、うろたへてゐるせいもあつたかもしれない。異様な謎をつきつけられたとき、一応の答でさへあれば答がまつたくないよりはマシだからそれで間に合せるといふやうな、そんな気持も働いてゐたに相違ない。

村川が次に述べたのは（これは湿つぽい口調ではない）、蔣経国自身の成熟といふことであつた。つまり、彼は以前、漢民族の伝統やソ連仕込みの自分の教養によつて台湾人を統御できると自負してゐたのに、経験を積むにつれ、日本文化の力を借りてもいいし、日本が植民地支配に成功した土地を治めるのにそれはむしろ当然のことだ、と考へるやうになつたのではないか。ところが台湾人は、長期にわたる日本の統治のせいで、植民地支配の象徴である日本刀に対し、濃密な畏《い》怖《ふ》感《かん》ないし恐怖感を、意識の表面でも底のほうでもいだいてゐる。さういふ心理は、日本支配の時代をなつかしむ気持とまじりあつていよいよ強まつたとさへ言へるかもしれない。そこで、日本刀をうまく使へば、八割までが台湾人である下級兵士の統率と掌握がうまくゆくと思つたのではないか。さらには一般民衆の精神をも御しやすくなると計算したのではないか。これはつまり、台湾人のかつて受けたカルチュラル・ショックを一ひねりした形で利用しようといふ戦術で、まことに恐しい知謀と言はなければならないが、この知謀の背後には、あらゆる手段を用ゐることを恥ぢない政治家になつたといふ、蔣経国の人間的成熟があるのだらう。

が、このことは逆に、蔣経国がそこまで追ひつめられてゐることを意味するとも考へられる。国府軍の弛緩《しかん》と頽廃《たいはい》がはなはだしく、大陸反攻が絶望的となつてもはや何の目標もない事態がそれに輪をかけてゐるとき、手段は何でもいい、日本文化のおかげを蒙《かうむ》つてもいい、とにかく何だらうと国府軍の士気をふるひたたせたいと彼は願つてゐるに相違ない。このことに失敗すればつひには台湾全土の統治に失敗すると思ひつめてゐるのであらう。もちろんこれは日本刀買付の情報が正しいといふ前提に立つての話である。しかし、台湾がいま一万本の日本刀を求めるとすれば、これ以外の事情は考へられないと信ずる。われわれは東京にありながら、わづか一片の情報を手がかりにして、国府軍の乱脈と無統制に蔣経国がどれほど心を悩ましてゐるかを知ることができるのである。

村川厳太郎はここでまたコップに水をつぎ、重々しく飲んでから、語りつづけた。

「ここで重大なのは、日本刀買付に対する諸君の態度であります。極めて多数の刀剣が海路はるばる日本から台湾へと運ばれ、あるいは国府軍将校の腰間《ようかん》にあつて軍紀を正し、あるいはその右手に抜きはなたれて兵を指揮する事態となり、それによつて国府軍の戦力が増強することは、必然的に独立運動の進展をその分だけ確実に妨げるでありませう。さらにこのことが、東京にあつて台湾独立を画する台湾民主共和国準備政府の面目を失墜することは、火を見るよりも明らかと言はねばなりませぬ。

「ここでわたくしは無礼をかへりみず敢へて申しあげなければなりませんが、率直に申せば、台湾民主共和国準備政府は在来、憂国の至情烈々たるものはありながらも、現実面においては無為無策のうちに便々《べんべん》として日を送つて来た。偸安《とうあん》の夢をむさぼつてきた。台湾民衆の悲願に答へるところなく、兄弟垣《けいてい》にせめぐがごとき内訌《ないこう》に耽《ふけ》つて四半世紀虚しくその情熱を浪費してきたとそしられても仕方がないのであります。諸君果して、国府の日本刀買付に対してもまた拱手《きようしゆ》傍観する所存なりや否《いな》や。

「以上、洪圭樹大統領就任の引出物にかへて、一介の貧しき文筆業者が贈る最新の情報とその分析であります。長時間にわたる御静聴に感謝し、また、言たまたま非礼にわたるところがありましたならば、野人礼を知らざるものとして寛恕《かんじよ》を請《こ》ふ次第であります」

大時代な言ひまはしが台湾人にどれだけ理解できたかは問題だが、おほよそのところはたどれたらしい。ふらりと立ちあがつて一礼した村川厳太郎に対し、聴衆は一斉に拍手を贈つた。もつとも、それが単なる儀礼なのか、それ以上の何かなのかはさだかでないし、村川の呈した苦言に憤慨してゐるかどうかもよくわからない。正副二人の大統領は仮面のやうな表情で静かに拍手をつづけてゐて、聴衆はそれを手本に拍手してゐるやうである。梨田も朝子もさうした。

そして政治評論家は、さういふ喝采を浴びながら、まるで歌舞伎役者のやうにゆるやかに歩いて、元の席へ戻つてゆく。梨田はそれを見ながら、この演説は一体どういふ内容なのだらう、村川厳太郎は台湾独立について何も語ることがないので（もつと好意的な見方をすれば、台湾独立について率直に語ることは気の毒でとてもできないので）法螺話《ほらばなし》や最新情報やそれにもとづく臆測や、そしてさらにまた、台湾民主共和国準備政府の内輪もめに対する苦言などでお茶を濁したのだと思つた。いや、正確に言へばそこまではつきりと考へたわけではなく、さう考へる直前くらゐのところまで不満を煮つめて行つたとき、司会者が椅子から立ちあがる大きな音によつて邪魔されたのである。

司会者は、これまでになく厳粛な表情で進み出、重々しい声で、

「では台湾民主共和国国歌を合唱いたします。御起立を願ひます」

と言つた。それはまるで、存在しない国の国歌を歌ふをかしさを消すにはかういふ態度を装ふしかないと覚悟を決めたやうな、顔と口調である。みんなが立ちあがるあひだ、司会者は自分が今まで腰かけてゐた椅子をすこし前に引出し、その上に黒いラジオ・カセットを置いてスイッチを入れた。

ピアノが胡弓《こきゆう》のやうな侘《わび》しい旋律を一しきり響かせ、それから司会者が片手をあげて合図する。十人かせいぜい十五人が歌ひ出したのは、『荒城の月』のやうでもあれば『雪の降る町を』のやうでもあり、『明治一代女』のやうでもあればスコットランド民謡に似てゐないこともな

い陰鬱《いんうつ》な唄《うた》で、歌詞はもちろん台湾語である。大統領は眼を大きくあけ、副大統領は眼をつぶり、そして二人とも口をパクパクさせて唸つてゐたし、司会者はしきりに首を振つてゐた。

不そろひな国歌が終つて全員が着席した。司会者がもとの愛想のいい顔と声に戻つて閉会を宣し、

「つづいて別室でのパーティに移ります。どうも有難うございました」

と言つてお辞儀をすると、これまでいちばん大きな喝采があつて、しかしその大きさに照れたやうに、拍手は短く終つた。

立ちあがつて見ると、後ろの壁際にはかなりの人数が立つてゐて、出席者は全部で六十人を越えてゐることが明らかである。梨田は心の一方で盛会を喜びながら、他方で、今の国歌を歌つたのがあんなに小人数なところを見ると洪の同志は寥々《りようりよう》たるものなのだと寂しく思つた。

隣りの部屋へぞろぞろ歩いてゆきながら、梨田がその寂しさを振り払ふやうにして、

「あとがありますから、そのつもりで」

とささやいた。朝子は目だけで笑つて、小さくうなづく。

「やはりこれで失礼しませう。何しろ病中ですので」

といふ甲高い声がどこかで聞えたのは村川厳太郎に相違ない。

戸口まで来たとき、そこに立つてゐた男二人の会話が耳にはいつた。列がゆるやかにしか進まないので、自然に立ち聞きするかたちになる。

「……もケチな妨害をするよ」

と一人が言ふと、それに答へてもう一人が言つた。

「いや、あの女は台北でせう。容共だと言ひがかりをつけるために」

相手がすぐに言ひ返した。

「ソビエトかもしれない」

台湾民主共和国は赤いと言ひ触らすため、蔣政権があの女を使つたといふのが第二の男の説であることは、梨田にも見当がついた。しかしソビエトが出て来るのは？　と考へたとき、二人の男は急に台湾語で話をはじめたが、今度は気楽なやりとりであることは、そのなかにまじる日本語（「ウィスキー」）でわかつた。

小さな宴会場にはいると、三つ置いてあるテーブルのそれぞれに、黄いろい春巻、牛肉と何かの煮物、前菜（鶏肉の白蒸しと海月《くらげ》の酢のものと焼豚）をはじめ、いろいろの大皿がつややかに光りながらぎつしりと並んでゐる。その眺めは食欲を刺戟《しげき》したし、自分はこれに箸をつけないのだと思ふといつそううまさうに見え、それに、台湾人が選んだ料理屋だから味がいいにちがひないといふ気さへして来る。梨田がそのことを言ふと、朝子は、

「あたしも」

と言つて笑つた。

酒は紹興酒とビールで、そのほかに頼めばウィスキーの水割りもある。彼らのそばに立つて

ゐた、白髪に白くて長い頰ひげの、黄いろいリボンをつけてゐる男が、まづ朝子に、次いで梨田にグラスを渡し、紹興酒をついだ。燗をつけてある茶いろい液体のぬくもりがグラスを通して掌と指に伝はる。梨田があわてて酒びんを持たうとしたときには、頰ひげの男はもう自分でつぎかけてゐて、

「乾杯はまだでも勝手にはじめませうよ」

と促したが、その日本語の発音は洪大統領と司会の男との中間くらゐ上手で、普通のところで聞けば誰でも日本人と思ふにちがひない。二人の男と一人の女はグラスに口をつけ、二人の男はそれから名刺を交換した。頰ひげの台湾人は画商の名刺をうんと遠くに離してみつめ、

「おや、あなたでしたか。国府の招待旅行で台湾へ行つても態度が変らないのは梨田さんだけだと大統領が言つてゐました。ほかの日本人はみな、買収されてしまつた……」

招待旅行といふのは七八年前、美術関係者が十五人ばかり台湾に招かれ、費用はすべて国民政府もちで、二週間ほど気楽な旅をしたことを指す。そのうち、画商とジャーナリストが三人づつで、あとは画家だつた。梨田としては、どうしてほかの画商を差し置いて新参の自分が指名されたのか、ちよつと不思議だつたが、例の呑気《のんき》なたちのせいか、洪の友達なので狙はれたとは思はなかつた。出発の前日、新宿で偶然に洪と出会つたときも、「何かお土産の希望はありますか？　誰かの首なんてのは困りますがね」と冗談を言つて、相手を苦笑させたくらゐである。そして旅行中はもちろん、以前も以後も、独立運動関係者とつきあふなどとは、ほの

めかされもしなかつた。ところがその翌年、二人だけで忘年会をしてゐると、洪がぽつりと、「梨田さんは貴重な例外ですよ」とつぶやいたのだ。詳しく訊いてみると、いろいろの業種、いろいろの地方の招待旅行団にはいつも一人か二人、台湾独立運動のシンパがまぜてあつて、さういふ人は帰つて来るとかならず遠のいてしまふといふ。梨田はいささか感傷的な表情の洪に向つて、「シンパだなんて。そんな立派なものぢやない。わたしが今までしたことと言へば洪さんを救急病院へ連れて行つたことだけでせう」と答へ、そして洪は、「いや、もう一つ。階段からおつことしたことを忘れちやいけません」と笑ひながら応じた。

さういふわけだから、梨田は紹興酒を一口すすつてから、

「いや、あれは買収ぢやないでせう。さうぢやなくて、何と言ふのかな……。わたしはもともと政治的にはいい加減でしてね。洪さんとは友達なだけで……。シンパといふわけぢやないし……。ですから、変りやうがないわけです」

「なるほど、それが一番よろしいですな」

と頰ひげの男は、社交が半分に本音が半分といふ口調で言つた。名刺によれば、京都で玉山飯店を経営してゐる呉連宗といふ男である。梨田が朝子を紹介すると、呉は、

「きれいな人だなと思つて見てゐましたよ。かういふ美人にいらしていただけるのは、台湾にとつてまことに光栄なことですな」

とお世辞を言つて、彼女を喜ばせる。梨田は朝子の白い肌が恥ぢらひで赤く染まるのを見な

がら、この女はかういふふうに礼儀ただしくぬけぬけと褒めるほうがいいらしいと思つた。

誰かが拍手すると、それに気がついた何人かがまた拍手に加はる。村川厳太郎を見送つてゐたらしい洪大統領が戻つて来たのである。副大統領の、これはわざと台湾語による発声で乾杯があり、あとは自由な宴会で、みんなの声がいつそうにぎやかになつた。

呉は料理をすすめ、前菜を小皿に取り分けてくれた。

「この店は上海料理でせうか?」

と梨田が訊くと、呉は、

「まぜこぜですな。つまり日本の中華料理。うちの店もさうですよ。一番よく出るのが餃子ですから。あれは北の料理でしてね」

そして朝子を相手に餃子の作り方の講義をはじめたが、それによると、本当は水餃子と蒸餃子が主で、日本人の好む焼餃子は中国人はあまり食べないし、大蒜《にんにく》は肉のなかにまぜないで、タレのなかに散らすのが正しい。肉餃子は日本のものと違つて皮をうんと厚くし（かうすれば肉汁が外へ出ない）、肉の分量を多くして、野菜は葱と生姜を薬味程度に入れる。

「お祝ひのときには、金魚や蝶々や菊のかたちの餃子も作ります。色をつけましてね。翡翠《ひすい》いろは菠薐草《ほうれんそう》のしぼり汁で。珊瑚《さんご》いろはすりおろした人参のしぼり汁。近頃はトマト・ピューレも使ひます」

「きれいでせうね」

「ええ、とてもきれい」

「お店でも作つていらつしやいますの？」

「いや、あれは本職のすること。わたしの本職は……革命です。つまり大高源吾が笹を売つて歩くやうなものですから」

と呉が愉快さうに笑つたとき、朝子がお世辞を言つた。

「ずいぶんお詳しいんですのね」

「日本のことに、ですか？」

「ええ」

「だつて、昔はこれでも日本人でしたから、四十七士くらゐ何でもない。『水滸伝《すいこでん》』と同じくらゐ『忠臣蔵』のことを知つてゐます」

梨田は、この爺さんならうまく相手をしてくれるだらうと考へ、朝子を彼に任せて洪大統領を探しに歩きだしたが、その途端、小づくりの丸顔の男に愛想よくお辞儀をされた。紺のダブルの背広の下にけばけばしい緑いろの毛糸のチョッキをのぞかせてゐるが、黄いろいリボンで準備政府の一員とわかる。どうやら彼らはみな、来賓には積極的に話しかけようと申し合せてゐるらしい。その男は某興業の社長といふ名刺を出して、上野でパチンコ屋をしてゐると自己紹介し、それから梨田の名刺を見ると、呉と同様、台湾へ招待旅行で行つたのに態度を変へなかつたことを褒めちぎつた。そこで梨田は照れながら別の冗談を言ふ。

「いや、国府の側からすれば、わたしは食ひ逃げをした悪い奴といふわけでせう」

「それは仕方がない。立場が反対ですから」

とうなづきながら、その男はグラスを渡して紹興酒をつぎ、「台湾では」といふ副詞句を省略してだらう、

「近頃はこれにレモンの輪切りを入れるのがはやつてるさうですが、わたしはあれは嫌ひで……」

「ええ、レモンね。ちよつと変つた味になりますね。食ひ逃げのときに飲みました」

と梨田は答へ、あの飲み方のほうがうまいと言ふのは控へて、

「洪さんも今度は大変ですね。もちろん非常に光栄なことでせうけど」

「本当は大統領になりたくなかつたやうですね。名誉欲とか野心といふものがない人ですから」

とパチンコ屋はいくぶん声を低めて言つた。

「でも副大統領である以上……」

「それは仕方がありません。辞退はできない。辞退したら、なぜ副大統領を引受けたと言はれます」

「しかし、名誉欲や権勢欲のない大統領といふのは珍しいですね。かういふ政府だからこそ……」

と梨田はついうつかり言ひかけて、これでは準備政府を軽んずるやうに取られかねないと困

つてゐると、パチンコ屋はそれにこだはらずに、

「商人になつたのも、不本意だつたのぢやないでせうか。学者になりたかつたらしい。工学部の研究室に残つて……」

「そのくせ、金儲けはなかなか上手でせう?」

と梨田が言ふと、パチンコ屋はグラスを持つてゐないほうの手をひらひらさせて、思はず陽気な声をあげた。

「それはもう、わたしなんかとてもかなひません。何しろ最初はバナナの輸入でぼろ儲けした人ですから」

「バナナ王だつたんですつてね」

「あはは、バナナ王。あのころの洪さんは、内心はともかく表面では蔣政権寄りでしてね。賄賂をどんどん使つて平気だつたらしい。つまり政商ですな。もちろん独立運動に踏み切つてからは違ひますが。今でもなかなか儲かつてますよ。スーパーマーケットもホテルも、ずいぶん利益をあげてゐるでせう。喫茶店は大したことないらしいが。あんなのんびりした顔をしてゐるのに……」

「なるほど、学者になつても発明で稼いでゐたでせうね」

「さうです。政治家といふよりはむしろ……」

「さうですよ。政治家ぢやありません」

と横から不意に口を出したのは、顔の黒い馬面《うまづら》の男である。灰いろのよれよれの背広に真新しいネクタイをしてゐて、黄いろいリボンをつけてゐるから準備政府の一員とわかる。彼は、

「洪さんの話でせう？」

と確め、二人がうなづくと、

「あの人はね、政治家になるには妥協つてことを知りませんから。あれは困つたところだなあ。しかし、あれでいいんですよ。もう出来てしまつた共和国の大統領ぢやないんだから」

「さうさう。あれで商売のときは平気で妥協する。そこがおもしろい」

とパチンコ屋の主人は同調したが、彼は顔の黒い男を梨田に紹介しようともしないし、その男のほうも、名のらうとも名刺を出さうともしない。

梨田が二人のやりとりのそばで、

「なるほど」

などと曖昧な受答へをしながら遠くを見ると、洪大統領が両手を大げさに動かしながら、新聞記者らしい若い白人と上機嫌で話をしてゐるのが眼にはいる。きつと英語でしやべつてゐるのだらう、洪さんが英語を使ふところはまだ立会つたことがないな、と彼は思つた。髪の薄い大柄の男が寄つて来て梨田に挨拶した。洪に紹介してもらつて任せてゐる税理士である。

「御無沙汰してをります」

「これはこれは。お久しぶり」

「なかなかの盛会ですな。さすがに洪さんの……」

「浜口君はどうしてます?」

と梨田が訊ねたのは、税理事務所で働いてゐる中年者のことで、これが梨田の(そして洪の)担当だつた。税理士は、浜口が今日は地方出張で来られないと告げてから、その中年男が最近、草野球で殊勲選手になつたといふ話をして、にぎやかに笑ひながら離れて行つた。

そのあひだも二人の台湾人は話をつづけてゐる。顔の黒い馬面の男は自分のグラスに威勢よく紹興酒をついで、それを一気に飲みほしてから、梨田に向つて、

「日本の大学の卒業生が大統領になつたのははじめてなんですよ」

「ほほう」

「今までの二人はアメリカの大学でした」

するとパチンコ屋の主人がそばから説明した。

「初代の大統領の王銘伝氏、この人は自分がプリンストンの出でしたので、日本の大学の卒業生を毛嫌ひしましてね。人事を見てゐますと、とかくさういふ傾向があつた。日本に対する軽蔑……といふと何ですが」

「……まあやはりアメリカが上だといふ……」

「なるほど、学閥……」

「副大統領も秘書長もアメリカの大学の卒業生でした。それから政府委員、つまり日本で言へば大臣ですな、これの人選にしてもさうなりがちでした」

「いや、秘書長はオハイオの中途退学……」

「ええ、まあ。とにかく、それはいけない……」

「……とわれわれは言つたんですが駄目でした。ところが二人とも脱落して……」

「ははあ」

「二代目の大統領はテキサスの大学の出で……。そのときわれわれはやうやく洪さんを副大統領に推すことができました」

「あのときは大変だつた」

「何しろ対立候補が……」

「いや、対立候補はなかつたんですが、中傷がひどかつた。つまり洪さんがああいふ種類の……」

と声をすこし低めて、

「……ホテルをやつてゐるのが副大統領としていかがなものかといふ……」

「それは君が当時の事情に詳しくないからで、対立候補を出しかけたんです、一時はね」

「ふむ。しかしホテルがいけないといふのは無茶だ、とわたしはみんなの前で言ひましたよ。生身の人間なんですから、何か商売をして食つてゆかなくちやならない。ところが今の日本で台湾人にやれる業種は非常に限られてゐる。銀行が好意的ぢやありませんから」

「さうさう。でもね、あれはまあ言ひがかりといふもので、やはり本質的にはアメリカの大学と日本の大学……」

「奥さんが日本人だといふこともありました。やはり副大統領夫人は台湾人でなくてはいけないと言ふ者がゐて……」

「ふむ」

「その連中は、たいてい脱落してしまひましたが……」

「なるほど、それで今日、出席しないわけですか？」

と梨田が洪の妻のことを訊ねると、パチンコ屋の主人は、

「さうだと思ひますよ」

と大きくうなづいた。馬面の男は今までよりももつと声を低めて、

「いや、それよりも、正式に籍にはいつてゐないからでせう。それで遠慮……」

「ははあ」

「つまり内縁の妻といふわけで……」

「いや、それはね、わたしの聞いたところでは……」

とパチンコ屋の主人もひそひそ話になつたとき、梨田は、

「ちよつと洪さんに挨拶して来ますから」

と断つて二人から離れた。自分が聞いてゐていいのか、よくわからないし、それに何よりも話がおもしろくないからである。

梨田は、蔣経国の息子の不行跡の話をしてゐる三人（「婦女暴行で有名なんだつてね」「うん、ひどいらしい」「陸士の学生のとき、校長を脅迫して通信簿を書きかへさせたといふから偉い」「ほう、お前の娘を……するぞ〔……の部分は聞き取れない〕なんておどしたのかな？」）の横を通り抜け、ウィスキーの水割りとフルーツ・ジュースの盆を持つた給仕人にあやふくぶつかりさうになり、彼にすすめられて水割りのグラスを取り、それから、大阪のビジネス・ホテルではどこがいいかを論じてゐる二人の男の横に立つ。しかし大統領は、今度は、訪問着を着て子供を連れてゐる中年の女と話し込んでゐるし（子供は駈けまはるのが好きで、母親はそれを叱りながら話をやめない）、彼女の後ろには、次に彼と話をしようとして待つてゐるらしい、コールテンの服を着た禿頭の男が控へてゐる。梨田はやむを得ず、朝子のゐるほうへ戻つた。たどり着くと、ちようど、

「その八つは何々でせうか？」

と朝子が呉に訊ねてゐるところである。彼女の手にしてゐるグラスの紹興酒はちつともへつてゐない。

「八つですか。それはね」

と呉が指を折りながら言ふ。

「まづ雲南。順不同ですよ。次がチベット。新疆《しんきよう》。吉林《きつりん》。つまり満洲ですな」

ここで朝子が梨田に目くばせするのに気がつき、ちよつと会釈してから、

「外蒙《がいもう》。これはしかしソビエトの衛星国ですよね、モンゴル人民共和国……」

と独言のやうに言ひながら、それでも指を折り、

「内蒙」

のところで小指を立て、

「北京。これがつまり中国になるわけですね。この北京には、昔の言ひ方で言へば、北支、中支、南支を含む。そして……台湾」

白くて長い頰ひげの男は、親指と人さし指は折つたまま他の三本の指を立て、大きくうなづいて言つた。

「これで八つ。ね、さうでせう。この八つに分れるのが正しい。中華大帝国を作らうといふのは間違つてゐるといふわけです」

最後に威勢よく立てられた太くて長い中指は、第三関節に生えてゐる十本ほどの黒い毛を、油松や香杉や亜杉、黄肉樹や薄皮や扁柏《へんぱく》の森林地帯のやうに光らせながら、まるですこし長めの台湾島のやうに天井を突いて、ピクピクふるへてゐる。その黒い森のある肉いろの島をみつめながら画商は横から話しかけた。

「つまりローマ帝国が分れて、イタリアとかフランスとか、いろんな近代国家になつたやうな

ものですね」

呉は喜んで、

「さうです、近代国家。さうです」

とくりかへした。その喜び方で、京都の餃子屋であるこの台湾人が、近代国家といふ概念にどれほど魅惑されてゐるかがよくわかる。

「でも……」

と朝子が言ひかけてためらつてゐると、呉は微笑して、

「どうぞ、どうぞ。遠慮は要りませんよ」

と促す。それに励まされて、朝子はすこし顔を赤らめながら、

「でも、たとへば新疆といふやうな国にさうなるだけの力はあるのでせうか。文化的な力……。あたしは何も知らないで、当てずつぽうに言ふんですけれど。ですから、間違つてゐたらごめんなさい。それはもちろん台湾には近代国家になるだけの力があると思ひますが、でも……」

「識字率から見てもすごいですよね、台湾は」

と梨田が口を添へた。

「いや、それはね……」

と呉が言ひかけたとき、不意に、

「やあ、梨田さん」

といふ声があつた。洪大統領が近づいて来たのである。

「梨田さん、どうも有難う。お忙しいところをよく……」

と大統領はにぎやかに声をかけ、画商が何も言はないうちに、

「隅に置けないぢやないですか、かういふ美人をお連れになるとは。いや、おかげ様でこの会も非常に花やかになりました」

梨田が洪大統領に朝子を紹介すると、呉が笑ひながら大統領に言つた。

「今、この方にいぢめられてゐたんですよ。中華帝国分割案の欠点を鋭く衝かれましてね」

「ほう、例のあれがやられましたか。それは重大だ。あの八つに分ける説はわたしも非常に感心して取入れたんです」

と洪が陽気に言ふと、朝子は困つて、

「そんなことをおつしやつて。あたしはただ……」

「さうだよね。ちよつと質問しただけですよ」

と梨田が微笑しながら取り成したが、洪はいよいよはしやいで、

「いやいや、質問といふのはやんはりと疑惑を表明するのに一番いい形式ですからね。わたしはそのへんが下手でいけないさうです。政治性がないなんて、みんなに叱られる。これは一つコツを教へていただかなくては」

と陽気に言つた。それを受けて呉が朝子に、

「なかなかいい所を上手におつしやつた。うん。これで決りましたね。台湾民主共和国が本式に出来あがつたら、初代の日本大使は三村朝子さんがいい」

「あら、そんな年ぢやありません」

と朝子が言ふと、呉はさらにつづけて、

「是非いらつしやい。台湾の果物は美容にいいですよ。龍眼《りゆうがん》、パパイヤ、バンザクロ、マンゴー、茘枝《れいし》、桶柑《たんかん》……」

そのとき洪大統領が画商にささやいた。

「明日の朝、お目にかかりたいんですよ。九時？」

梨田は、ひよつとするとこの女といつしよに朝食を食べることになるかもしれない、と考へて、

「十時にこちらから伺ひませう」

洪はうなづいて言つた。

「では十時にお待ちしてます。ちよつと教へていただきたいんですよ、さつきの日本刀の件で」

3

「独立の見込み、あるのでせうか？」

「ないでせう。まあ無理だと思ふな」

「かはいさう」

「でせう。ぼくもかはいさうで仕方がないんですよ、あの連中のことを思ふと」

　梨田と朝子はフランス料理屋の隅のテーブルで向ひ合つてゐた。全部で六つのテーブルのうち、一つでは四人の日本人（一人は女）がにぎやかに話しながら、ブランデーを飲んだりお菓子を食べたりしてゐる。もう一つでは西洋人の男女二人がひつそりとスープを飲んでゐる。客はそれだけである。梨田と朝子は料理と葡萄酒を決め、シェリー酒を頼んで、それから黙つて相手の顔を見てゐたのだ。その表情と視線の意味は、これでやうやく二人きりになれたからくつろげる、とか、それにしてもなかなか会を抜け出せなくて夕食が遅れたのはすまなかつた、あの会に誘つたのはすこし無茶だつたらしい、とか、しかし感じのいい会だつたからかまはない、とか、そんなことだといふのがお互ひによくわかつてゐる。男はさう感じて満足してゐたし、にぎやかな会のあとで仄暗《ほのぐら》いところに差向ひでゐる落ちつきと静けさには、何か幸福感に似たものがあつた。そのしばらくの沈黙のあと、女がふと、今夜の会の総まとめのやうにして、台湾独立の可能性について訊ねたのである。ここへ来るタクシーのなかでは、二人はそのことには触れずに料理の話ばかりしてゐた、「これはやはり、かなりお腹がすいたんですね」などとおもしろがりながら。

給仕人が来てシェリー酒をついだ。梨田はグラスを持ち、「台湾独立のために」と言はうとしたが、その乾杯の辞はよして、

「東京の地下鉄のために」

に切替へると、すぐにつづけて朝子が、グラスの縁越しに彼を見ながら、

「エスカレーターの発明者のために」

二人は笑つてシェリー酒に口をつけたが、一口飲んでから、女が小さく、

「あ」

と言つて男を驚かせた。

「どうしました?」

「逆乗りつていふんですね、あれは」

「さうですよ」

「ずつと気にかかつてゐて、でも、どうしても思ひ出せなくて……。咄嗟に出て来なかつたので、黙つてましたの」

「あのとき？」

「ええ、あのとき」

「もし出て来てたら？」

「叫んだんぢやないかしら、『逆乗りはいけません』つて」

「何だか子供を叱るみたいだ。お子さんはいらつしやらないんでしたね」

「はい」

梨田は、あとはもうその話はよして、シェリー酒を楽しみ楽しみ半分ほど飲んでから、

「でも、かうは言へますね」

とさつきの話題に戻つた。

「朝鮮が独立できると思つた人はすくなかつたんぢやないかな、昭和十九年や二十年ならともかく、昭和十年代の前半には。明治維新だつてさうだつたでせう。徳川幕府が倒れるなんて、最後の最後まで信じられなかつたでせう。レーニンだつて、チューリッヒの靴屋の二階か三階に間借りして図書館がよひしてたころは、ロシア革命が成功するなんてほんとに思つてゐたかどうか、かなり疑はしい。封印列車に乗り込んでロシアに帰るときだつて、案外、絶望してゐたかもしれない、内心はね。まして、チューリッヒの靴屋や、その隣りのソーセージ工場の主人や、図書館の出納係の眼から見れば……」

「ええ」

朝子はうなづいて言つた。

「帝政ロシアがいつまでもつづくやうに見えたでせうね」

「さう思ふな。当り前でせう。でも、ほら、よく言ふぢやありませんか、政治は一寸さきが闇だなんて。それを裏返しにすれば、いつだしぬけに夜明けになるかわからない。それに、国際政治の関係は不意に変りますからね。何しろ、義理も人情もないんだから。もしも何かの拍子で、台湾の帰属は住民投票で決めようとアメリカが言ひ出したら、洪さんが大統領になるかもしれない。せいぜい副大統領ぐらゐかな？　ですから、わかりませんね、結局のところ」

「さうですね」

と朝子はもう一度うなづいてから、とつぜん、今までの愁《うれ》ひ顔とはまつたく違ふいたづらつぽい表情になつてつぶやいた。

「でも……何となくカーター大統領の話みたい」

「なるほど」

と梨田はつぶやいてから、とつぜん胸を張つて威儀を正し、村川厳太郎の声色《こわいろ》を使つた。

「わたくしは大野伴睦《ばんぼく》先生とごいつしよに岐阜羽島《ぎふはしま》の駅頭で立喰ひそばをすすりながら、民主政治の本質について教へていただく光栄に浴した者でありまするが、何ぞはからん、その一ケ月後、先生が収賄の罪によつて捕へられんとは」

朝子が笑つた。その笑ひ声はまぶしい光のやうで、梨田は微笑しながら、この女は大野伴睦といふ名を知つてゐるからすくなくともその点ではぼくの同世代人と言へると考へた。

葡萄酒係が来て、赤葡萄酒の汚れたレッテルを見せ、梨田がそれを読んでうなづくと、気取つた手つきで封を切つて、コルクを抜いた。半分ほど赤く染まつたコルクを梨田は二度ばかりもつともらしく嗅ぎ、自分の右前に立てた。それは白いテーブル・クロースから生えた茸のやうである。葡萄酒係が去ると、朝子が、

「どうしてあんな人が……」

と言ひかけてちよつとためらつてから、

「あんな人と言ふとよくないかもしれませんが……来賓代表なのかしら？」

「うん、それはねえ」

と唸るやうにつぶやいてから画商は答へた。

「つまり、これも言ひにくいことだけど、台湾独立運動の程度がちようどあのくらゐなんぢやないでせうか。もつとましな評論家とは縁がないし、たとへあつたとしても愛想を盡《つ》かされるし……。政治評論家といふのは現金ですからね。二人しか知りませんが……。美術評論や文藝評論の連中ほどおめでたくはないでせう。だから、見込みがないとなつたら、さつさと離れてゆくでせうね。たぶんさうだと思ふな、よくは知らないけど。一国の国民は自分にふさはしいだけの総理大臣しか持てないと言ふでせう。あれとおんなしで、ある独立運動はそれにふさはしいだけのシンパしか持てない。残酷な言ひ方になるけれど」

「かはいさうね」

「ええ、それはまつたく同感」

とうなづいてから梨田はつづけた。

「あんな奴に言ひたい放題のことを言はれてね。もつともあの先生だつて、かなり遠慮してるんでせうね、あれでも。でもね、風向きが変ればもつとましなのが寄つて来ますよ。だから、実力の勝負だな、結局のところ。絵かきとおんなしですよ。いい絵を描けば画商がつく……」

梨田が自分の商売を例に引くと、朝子もそれにつられて仕事の話をした。カメラ会社の宣伝部に勤めてゐるのでデザイナーたちといろいろ接触する機会が多いし（ただし誰にどういふものを頼むかは上役の判断で決るのだが）、彼らの作品には関心がある。さういふ立場で見てゐると、やはり優秀なデザイナーには注文がゆくやうだ。そんな事情をちよつと説明してから、朝子は国旗を褒めちぎつた。

「あれはとてもしやれてますね。シャープな感じで……。台湾の人なのかしら？」

「うん、なかなかいいですね。ぼくもはじめて見たんだ」

とそれには賛成してから、梨田は言ひ添へた。

「でも、国歌のほうはひどいや」

朝子が、

「『アメリカ生れのセルロイド』つて唄みたい」

と言つて首をすくめた。

「『やさしい日本の嬢ちゃんよ』？」

「ええ」

二人は陰気な笑ひ方をした。梨田はさつき心に浮んだいくつかの曲のことは引合ひに出さずに、

「それもあるかな？　とにかくいろんなふしを思ひ出させるんで困る。いい作曲家がゐないんでせうね。つまりこれも文化程度の問題でね。さつきあなたが言つた通りなんですよ。しかし『君が代』だつてひどいからな。もつとひどいかもしれない」

「さう言へば……さうみたい」

「ね」

と画商は女の瞳の底をのぞきこむやうにしてから、右手をあげて給仕人を呼び、

「シェリー」

そして女のグラスにまだ半分ほど残つてゐるのを見て、

「一つでいい。でもね、明治のはじめのころの日本ぢや、あれしか仕方がなかつたでせうね。雅楽と民謡しかなかつたわけだから。清元や長唄ぢや国歌になりませんしね。作曲家なんかゐなかつた。瀧廉太郎《たきれんたろう》だつてまだ赤ん坊か、生れてないか……」

「『荒城の月』の人？」

「ええ」

「あたし、西ドイツのふしが好きなんです」

と朝子は言つて、西独の国歌をハミングした。

「だつてあれは……ハイドンでせう?」

「さうです」

「そんな大物とくらべちやいけない。何しろ一人もゐなかつたんだもの、作曲家が」

「歌詞がいけないつてよく言はれますけど……」

「ずいぶん変な文句だけど、あれもやはり仕方がなかつたんだらうな。ほかに何も思ひつかなかつたから、ああいふ小唄を使ふしかなかつた……」

「小唄? 和歌でせう?」

「いや、それはもちろん和歌なんですよ。五七五七七だもの。三十一音だからもちろん和歌。でも、そのさきがちよつと厄介なんだな。うろ覚えで間違つてるかもしれないが、大体のところを言へば……」

といふ前置きで、梨田が二杯目のシェリーを飲みながら説明したのは、次のやうなことである。

明治のはじめ、軍楽隊の傭《やと》つてゐる外人が、日本は国歌を定めるほうがいいと提案した。軍楽隊にゐる薩摩出身の若者たちがそれを聞いて、国歌にはあの文句が恰好だと言ひ出したのは、彼らの郷里の村でお祭りのときに歌ふ「君が代は千代に八千代に」といふ唄であつた。思ひついた理由は、一つには、鎮守の祭礼の唄だから儀式性があるといふことだつたらうし、もう一つは、この歌詞が、イギリスの国歌の「ゴッド・セイヴ・キング」（神が国王を守りたまはんことを）に対応してゐるといふ気持だつたにちがひない。明治の日本は何につけてもイギリスにあやからうとしてゐた。しかしこの対応は、実は、無学な薩摩藩士の誤解によつて生じたもので、「君が代」の「君」は天皇を指すものではなく、一般的な二人称である。「わが君は千代にましませ」と、はじめのほうだけ違ふ和歌が『古今集』にあるが、この場合の「わが君」も天皇といふ意味ではなかつた。

ところで、九州南端の村祭りの唄は、おそらく『隆達《りゆうたつ》小歌集』の唄が流れて行つて、幕末まで残つてゐたものだらう。これは戦国時代から江戸初期にかけて、三味線や竹の笛に合せて歌はれた隆達ぶしといふ小唄の集だが、この本の最初にあるのが「君が代は千代に八千代に」なのである。何しろ小唄集だから、収められてゐるのは恋の唄が圧倒的に多く、たとへば二首目は、「思ひ切れとは身のままか、誰《たれ》かは切らん、恋のみち」といふ情痴の嘆きである。そこから類推して、「君が代」も、恋人に長生きしてもらひたいと祈る恋ごころの唄と見ることもできないではない。恋慕の情のせいで長寿を祈るなんて妙な取合せのやうに見えるかもしれないし、年寄りが恋をするみたいで滑稽かもしれないが、あのころはむやみに若死《わかじに》する時代だつたのだ。恋人の長生きを祈つたとて不思議はない。そして、「君が代」が恋の歌だといふこの考へ方の支へになるものとしては、同じ『隆達小歌集』の異本に、一首目を、「末の松山さざ波をこすとも御身と我とは千代をふるまで」としてゐるものがあることをあげればいい。これは明らかに恋歌である。

「ほら、『末の松山』は例の『古今』の恋歌で有名な歌枕《うたまくら》でせう。『御身と我と』は男女のちぎりで……」

と梨田が説明したとき、それまでうなづきながら聞いてゐた朝子が言つた。

「恋の歌を国歌に？　ぢやあ、あれは百人一首の『行方《ゆくへ》もしらぬ恋のみちかな』みたいな歌？」

梨田はあわてて手を振つて、

「いや、ここで話がもつれるんですよ。ちよつと面倒なことになるんでしてね」

給仕人が二人のオルドーブルを恭《うやうや》しく運んで来た。朝子はメロンと生ハムである。薄みどりの果肉を覆ふハムの桃いろが涼しいいし、その色彩の衝突がかへつて味の調和を予感させる。梨田は鴨のテリーヌである。黄金《きん》いろのゼリーの粒々に飾られながら、厚いテリーヌが皿の中央で、いかにもうまさうに威張つてゐる。

「きれいね」

とカメラ会社の嘱託がつぶやいた。

「さうですね。日本の洋食といふのはまるで奥村土牛の絵みたいで……」

と画商が同意したとき、その台詞へのうなづき方で、女が土牛といふ名を知つてゐることがわかつた。給仕人が赤葡萄酒を彼のグラスにすこしつぐ。画商はそれをゆるやかにゆすつて匂ひを嗅ぎ、満足した様子で口に含んで、それからいかにもうまさうに、答へるといふよりはむしろつぶやいた。

「いいね。結構」

それがひどく感じが出てゐたせいだらう、朝子のグラスが下から上へゆるやかに赤く染まつてゆくとき、彼女は言つた。

「葡萄酒、ずいぶんお好きなんですね」

「いや。水ほどは好きぢやない」

梨田は照れながら答へたが、朝子が笑はないのを見て(そのとき彼のグラスに葡萄酒がつぎ足されてゐる)、彼はかう言つた。

「やはりまづかつたかな。実は盗作なんですよ。オリジナルはね、昔ぼくがスペインへ行つたばかりのころ、隣りの百姓家の爺さんが一日中、猫を抱いて日なたぼつこしてゐるのを見て、『猫はお好きですか?』と訊ねたら、ニコリともしないで、『いや。わたしは人間のほうがずつと好きだ』」

朝子が花やかな笑ひ声を立てた。

「人間といふのは、つまり、女の人のこと?」

「さう、その通り。別に税務署の役人が好きだと言つてるわけぢやないんでしてね」

梨田はナイフとフォークを使ひながら答へ、

「何か言ひ返したかつたけれど、あの当時のぼくのスペイン語ぢや無理なんですよ。ただ笑つてるだけでした」

「スペイン語つてむづかしいんでせう？」

「いや、易しい。と言ふと、上手みたいだけれど、さうぢやなくてね。発音が易しいんです、日本語のアイウエオと同じですから。英語やフランス語の発音はさうはゆかない。妙にややこしくつて」

朝子はそれから生ハムとメロンの合間合間にスペインのことを訊ね、梨田は鴨のテリーヌよりはむしろ赤葡萄酒とパンを楽しみながら答へてゐたが、やがて、一体どういふわけでスペインへ行つたのかといふ話になつた。

彼は大学の経済学部を卒業して銀行に勤めてから五年目に結婚したのだが、その四年後に退職し、妻は日本に置いて単身スペインへ行つた。きつかけになつたのは、ある女の家で見たカレンダーの粗末な印刷の写真で、古い帽子のやうな奇怪な建物がだしぬけに心をとらへたのである。グロテスクではあるけれどそのくせ異様に典雅な現代建築の、無遠慮で野放図でそれにもかかはらず知的な感じは、ほとんど衝撃的だつた。彼は写真の下に添へてある説明でガウディといふ名を覚え、それがどういふ建築家なのかをずいぶん苦心して調べたあげく（昭和三十年代のはじめの日本ではガウディは有名でなかつたし、第一スペイン大使館に問合せても、電話に出て来た一人の女と二人の男はその名を知らなかつた）、これはどうしてもスペインへゆくしかない、銀行が休職させてくれないならやめるしかない、とまで思ひつめたのだ。上役が、もう二三年すればきつとヨーロッパ勤務にしてやるからと引きとめたが、とても待てなかつた。ガウディの作品——建築や家具を見たいことはもちろんだけれど、ああいふものを創らせる(そして創ることを許す)人々がゐた国がどういふ国なのか、自分の眼で確めたかつたのである。

銀行員が建築にのぼせあがるのはをかしいといふ批評はほうぼうから受けたが、何度もさう言はれてゐるうちに、むしろ自分は間違つて職業を選んだのだといふ気になつた。どうやらそれまでは、九年間まじめに勤めつづけた銀行に内心あきあきしてゐることがよくわかつてゐなかつたらしい。彼は今までの九年間を他人の歳月を見るやうな目つきで眺め、結局、辞表を出すことにした。

「それで奥様は?」

と朝子が訊ねたのは、給仕人が皿を引きに来たときである。梨田は苦笑した。そして、まだ半分ちかく残つてゐるテリーヌを切りながらからかう答へた。

「いつしよにゆかうと誘つたのに、承知しませんでした。心配だつたんでせうね、さきのことが。退職金とそれから遺産の一部の前渡しみたいな金で、スペインへ行つて暮さうといふのですから、たしかに心細い。もともと共稼ぎでしたから、彼女ひとりで何とかやつてゆけるんですよ。それで、東京に残ることになりました、すつたもんだの揚句ね。子供がなかつたから、具合がよかつたんです。一年たつたらきつと帰つて来てくれ、と言つてましたが、ちようど一年目に別れたいといふ手紙をよこしました。男が出来たんですね」

「まあ」

「自然なことですよ。あいつが悪いんぢやない。と言つて、ぼくが悪いわけでもないんだが……」

と梨田がつぶやいた。

「それで、その方、再婚なさいましたの」

「いや。そのつもりだつたんでせうが、向うの男に女房子供がゐて、さうはゆかなかつたらしい」

「まあ」

給仕人がテリーヌの皿を下げた。そして別の給仕人が二人のポタージュを運んで来た。

「深刻な話になつた。何かもつとおもしろい話をしませう。ええと……」

と、スプーンを手にした梨田が話題を探して、みつからないので困つてゐると、朝子がすばやく助けた。

「『君が代』のつづき……」

「さうだつた、『君が代』。途中で身上話に脱線してしまつて……」

画商は女の思ひやりに心のなかで感謝しながら、また快活な声に戻つた。

「『隆達小歌集』といふのはほとんど恋の小唄ばかりの集で、その最初の一首が『君が代』だと言つたでせう。ですから、その線でゆけば『君が代』も恋の唄で、恋の小唄を国歌にしたのかもしれない。さういふわけぢや絶対ない、とは言へないでせう。この場合には、もちろん、二人称の『君』を天皇の意味の『君』にすりかへてるわけですね。ずいぶんトリッキーな細工ですよ。しかし、『小歌集』の一首目は、ひよつとすると恋の唄ぢやないかもしれない……」

「……？」

朝子の視線に答へて、梨田は、

「でもね、かういふことはみんな、ぼくは自分で考へたことぢやないんですよ。ある評論家の本で読んで、なるほどと思つたことの受売り。ぼくはこんなに学はない。誤解しないで下さいよ」

と断つてから（女はそれに「ええ、ええ」とうなづき、男は「ええ、ええはないでせう」と言ひ返し、そして二人はにぎやかに笑つた）、おほむね次のやうなことを述べた。

一体、和歌の集では、最初の一首やおしまひの一首が賀の歌であることは珍しくない。縁起をかつぐ、編集上の工夫である。たとへば春の雪の歌からはじめた勅撰《ちよくせん》和歌集が多いのも、春雪は豊作の前兆だといふ古代信仰にもとづく、一種の賀の歌を据《す》ゑたものだ。歌集を編む場合の、かういふ習はし、ないし心得を考慮に入れるならば、『君が代』は別に恋の唄ではなくて、賀の唄、つまりもつと漠然と、一般的に、不特定多数の相手の、長寿を祈るソングといふことになる。

「ぢやあ単なる長生きの唄？」

と朝子がとつぜん言つた。その声にはかなりの驚きがこめられてゐる。梨田はうなづいて、

「ええ、さうですね。さう言ふしかない。さあみなさん、長生きをしませう、といふ小唄。恋

の唄としても恋愛の情熱を歌つてるわけぢやなくて、共白髪《ともしらが》まで長生きすることが主題なだけだし、賀の唄としてはもちろん長生き小唄だし、どうもあまり次元が高くないな」

その言ひまはしをおもしろがつて、朝子はいつまでもクスクス笑ふ。梨田は彼女の反応を満足さうに見ながら、その笑ひ声にかぶせて、

「だからあれは、もし賀の唄だとすれば、『めでためでたの若松様よ』みたいなものなんですよ。国歌の文句として、ちよつと……」

「次元が低い？」

と朝子が言ふと、梨田は微笑を浮べながら黙つてうなづき、それからゆつくりと葡萄酒を飲む。朝子もグラスに口をつけた。二人とももうポタージュは終つてゐる。スープ皿が下げられた。

「ちよつと失礼して煙草をのみますよ」

と断つて、梨田がホープをくゆらしたとき、朝子がすこしためらひながら訊ねた。

「でも、ヨーロッパの国歌はほんとに次元が高いんですの？」

「ほんとにつて言はれると困るけど」

と梨田は受けてから、灰皿に押しつけるやうにして煙草を消し、

「やはり違ふでせうね。これもかなり受売りの気味があるんですが、たとへばイギリスの国歌なら、『ゴッド・セイヴ・ザ・キング』と歌ふことで、人民の意志で出来あがつた近代国家の君主とキリスト教の神との関係を歌つてゐるでせう。むづかしく言へばね。それから『マルセ

ーエーズ』なら、フランス革命を記念する態度がはつきりある。さういふ政治理念的なものが『君が代』にはないんですね。イデオロギーが何もない。国家がどういふものかといふ気持がちつともなくて、村の御祝儀とか、お前さん長生きしてねとか、そんなくらゐの気持しかない。だからどうしても……」

「次元が低くなる?」

「さうさう」

男がうなづきながら、パンをちぎり、バターを塗つた。

「これはやはり、かなり腹がすいてゐるらしいや」

「あたしも」

と女が言つて、パンを手に取り、

「肥《ふと》るといけないから、我慢してたんです」

そして、

「だんだんわかつて来たみたい。つまり、近代国家ぢやないのに大急ぎで国歌を作つたから、村の唄で間に合せたわけでせう。だから、いい国歌が出来なかつた……」

「さういふことね」

「ぢやあ、新しい国歌を……」

「いや、同じことでせう」

と梨田がにべもない口調で言つた。

「同じ？」

「だつて、日本はまだ近代国家になつてないもの。今でも肝心のところではまだ村ですからね。明治のはじめと変らないんぢやないかな。高度成長経済のせいで農村の人口がうんとへつて、都市の人口がふえたと言はれてますね。それはもちろんさうなんだが、でもその都市に住んでる人の心のなかは村にゐたときと同じだし、前から都市にゐる人の心のなかだつて似たやうなものだし……。みんな、長いものには巻かれろ、泣く子と地頭には勝てないといふ調子で暮してゐるでせう。つまり自己主張がないんですね。さういふ人が大勢、束になつて集つたつて、近代国家といふものぢやない。だつて市民がゐないんだから。今でも近代国家でないとすれば、ほんとの国歌は出来るはずないと思ひますよ。国歌といふのは近代市民国家のものなんだから。作曲技術は、明治初年にくらべれば段違ひに達者になつたでせうがね。ですから新国歌を制定したつて、せいぜい『君が代』よりちよつとましなくらゐで、ろくなもの出来つこないと思ふな」

「何だか……叱られてゐるみたい」

「え？」

と梨田は顎《あご》を突き出すやうにして、

「あ、ごめん、ごめん。つい熱中して」

と謝つてから、嬉しさうに目を細めた。女の表情と口調に媚びを見出だして満足したのであ

る。女はつづけて、

「わかつてきた、なんて言はなければよかつた」

とふくれる。男はもういちど謝つて、女の不機嫌——といふよりもむしろ不機嫌なふり、とつぜん娘時代に戻つたやうなあどけない顔立ちを、もとの顔に直させ、心のなかで、これでもう一つ距離が縮まつたと喜んでゐた。そしてさらには、この調子なら今夜いつしよに寝ることになるかもしれない、ホテルはどこにしようか、連れ込み宿ではやはり厭がるだらうし、などと考へた。

しかし朝子は、

「初耳の話ばかりで、びつくりして……」

と独言のやうに言つてから、また前の話に戻る。

「普通、『君が代』のことと言ふと、民主主義的でないとか、非科学的とか、そんなことばかりでしよ？」

「小石が岩になるのはをかしい、といふやつね」

「ええ。岩がだんだん崩れて小石になるのに、なんて」

「だつてあれは詩的誇張でせう。嘘とは違ふんですね。今は冬なのに空から花が散つて来るから、雲の上はきつと春なんだらう、といふ『古今集』の歌を、非科学的だと言つて怒つた学者がゐたけれど、まあ、その手の論法ですよね。本当はさうぢやないつてことくらゐ、いくら平安時代の人だつてわかつてたと思ふな」

「でも、そつちのほうがずつときれい」

「小石が岩になるより？」

「ええ」

二人は同時に、ほぼ同じくらゐの微笑を顔に浮べる。その曖昧な微笑のあひだ、梨田の意識のなかでは、春の天から冬の地へと絶え間なく花びらが降りつづけてゐたが、しかし和歌そのものはうまく思ひ出せない。出だしのところが浮んで来ないのである。やがて朝子が言つた。

「ずいぶん本をお読みになるんですね」

梨田はすこし照れて、

「何しろ独り暮しでせう。夜を持て余すから。ほんとのことを言へば、商売柄、フランス語や英語を読まなくちやいけないんですが、洋書といふのはやはりくたびれるから、つい日本語の新刊本に手が出てしまふ。雑書雑読で、『君が代』のことなんか読んぢやふんです。本を読んだり、テレビを見たり……」

テレビの話をしてゐるうちに、料理が来た。朝子は鴨の赤葡萄酒煮で、梨田はロースト・ビーフである。ロースト・ビーフは骨の端のところが皿からはみ出してゐる大物で、牛肉の薄桃いろがなまめかしい。鳶《とび》いろの鴨肉は鳶いろのソースの池にうづくまり、クレッソンはその池の植物すべてを代表してゐる。給仕人が二人のグラスに葡萄酒をついだ。二人はそれからしば

らくのあひだ、

「おいしい」

「ちよつといいでせう、この店」

などと言ふだけで、それぞれのメイン・ディッシュに熱中することになる。サラダが来て横に置かれた。

鴨を半分ほど食べたところで、朝子が葡萄酒をすこし飲み、

「ねえ」

と呼びかけた。その声は男の耳にはかなり甘く聞えたのだが、馬鈴薯《ばれいしよ》にナイフを入れながら梨田が視線を向けたとき、彼女が訊ねたのは、彼の期待とはずいぶん違ふ方角のことだつた。

「労働組合はどうなつてゐるのでせう？」

「……？」

「演説で労働組合の話がちつとも出なかつたので、あたし、不思議だなあと思つて……」

「あ、台湾の話」

と梨田はつぶやくやうに言つて、とりあへず葡萄酒を飲み、内心、どうも色気のないことになつてしまつたと悔みながら答へた。その気持のせいで、返事ははじめのうち、いささかぶつきら棒な口調である。

「ないでせう、労働組合なんて。許されてないと思ひますよ。戒厳令で集会や結社を禁じてゐ

るんですから。うーむ、さう言へばね、洪さんと話をしてゐても、それからぼくが読んだ台湾関係の本にも、労働組合が禁止されてるってこと、一ぺんも出て来ませんでしたね。そんなこと、台湾でも、誰も問題にしてなかつた。でも、当然でせう。そんな段階ぢやないんですよ」

「ええ、さうぢやないかと思ひましたが……」

と朝子は言ひわけするやうに口ごもつて、

「あたしたち嘱託は労働組合に入れてもらへないでせう。そのせいで気になるのかしら?」

「なるほど。たしかにそこのところは念を押しておかないと今の日本人にはわかりませんよね。それに、ここをはつきり言へば、蔣政権の暴政がピンと来るし……。今度、洪さんに教へてあげよう、次の演説にお使ひなさいつて。これは盲点を衝かれたな。なかなか鋭いや。大使になれる……」

「おだてても駄目」

「でも、健康保険や厚生年金はあるんでせう?」

「ええ、それはあります。いくら何でも」

朝子が自分の勤めのことを説明すると、梨田は自分の画廊に来てゐる二人の若い女（大学の美術史卒と女子美の中退）の条件のことを話し、それからめいめいの学生時代の話になり（経済学部の学生は麻雀ばかりしてゐたし、心理学科の女子学生は映画を週に二つか三つ見てゐた――卒業後はちつとも見なくなつたけれど）、そんなやりとりのあげくまたもや朝子が吐息をつくやうにして言つた。

「ひどいのね、台湾。あたし何も知りませんでした」

「それは仕方がない。日本の新聞は書きませんから」

給仕人が二人の皿を下げに来た。朝子は、三分の一ほど残つてゐるサラダも下げていいといふ合図をしてから、なかば自分に問ひかけるやうな曇つた声で言つた。

「どうしてでせう？」

梨田はすぐにはそれに答へない。朝子と相談して果物とコーヒーを注文してから、

「やはり、北京に遠慮したり、台北に気兼ねしたり……。さうぢやないでせうか。しかし雑誌も書きませんね、朝鮮のことはよく扱ふのに。あれは不公平だな。どうしてなんだらう？　どつちも旧植民地といふ点ではおんなしなんだが」

「やはり、台湾の人たちが大人しいせい？」

「うーむ」

女は別に答を待つといふ様子ではなく、しかし黙つてゐる。男はテーブルの上の広くなつた空間をぼんやり眺めてゐたが、彼の心を占めてゐたのはなぜ日本の雑誌は台湾問題に冷淡なのかといふことだけではなく、その合間合間に、今夜これからのこと、つまりこの調子ではいつそこのまま台湾の話をつづけるほうが自然かもしれないし、それにこの女は気位が高さうだから、最初の（しかも偶然出会つての）逢引《あひび》きで口説いたのでは怒り出すかもしれない、といふ

思案がまじる。つまり、あれこれと心が乱れて、ただでさへむづかしい台湾独立と日本といふ問題がいよいよ答が出にくくなる。これはいけない、どうもこの女には台湾独立運動の衝撃が大きすぎたらしい、と彼は思つた。

果物が来た。朝子はマスカットで、梨田はオレンジである。二人はめいめいの違ふ色の果肉を口に運んだ。やがてデミタスのコーヒーが来たとき、煙草に火をつけてから梨田が言つた。

「どうもわかりませんね、台湾と日本人の関係……。第一、おなかがくちくなつて、頭に血が通はない」

「あたしもさうなの」

と朝子が満足したやうな困つたやうな声を出すと、梨田が言つた。

「実は、今のわれわれのこれが台湾人の状態なんですね。何しろ気候がいいから生活が楽でせう。政治的自由といふことさへ考へなければ世界でいちばん住みやすい国だ、と洪さんが言つてゐました。その通りでせうね。でも一たびそのことを考へれば地獄になる」

「ぢやあ、あたしたちがさつきこのお店へ来たときは……」

「あのときは台湾独立の志士で、今はごく普通の台湾人になつてゐる」

二人はいつしよに笑つたが、具合の悪いことにその笑ひ声にはあまり翳がない。一瞬のち、彼らは自分たちが呑気で軽薄な人間であるやうに感じて困つてゐた。しかも梨田はそのことのほかにもう一つ、折角の機会なのに話がいつまでも政治のまはりをうろうろしてゐることに当をしたくなつた」

惑してゐる。彼はコーヒーを飲みほすと、

「さあ、河岸《かし》を変へませうか。きれいなひとと一緒なのだから、もうすこしロマンチックな話をしたくなつた」

と促した。すると朝子も微笑して、

「あたしももう、台湾の話はたくさん」

と答へ、化粧を直しに立つ。その後ろ姿を見ながら梨田は、これなら二十代と言はれても真に受ける男もゐるかもしれないなどと考へ、そのあとで勘定を払ひながら、ああいふ会に連れて行つたのは軽率だつたが、その失敗はこれからいくらでも取戻せると思つた。

しかしバーテン二人だけの女つ気のないバーへ行つてしばらくすると、二人はいつの間にやらまた、あまりロマンチックでない話をはじめた。さうなつたのは朝子のせいではなく、むしろ梨田の責任かもしれない。L字型のカウンターに数人の客がゐて、そのうちの一人がアメリカ人らしい中年の男である。彼はずいぶん日本語が達者で、しかも声だけ聞いてゐれば日本人としか思へない(ただし"New York"とか"nut"とかの場合だけは片仮名ことばの発音ではなく、つい本物の英語になつてしまふ)のだが、バーテンを相手にしてしきりに駄洒落《だじやれ》をとばしたあげく、勘定をすませて(このときも駄洒落まじり)、ふらりと出て行つた。

ブランデー・ジンジャーを飲んでゐた朝子が、その日本語を小声で褒めた。梨田は、ブランデーをちびりちびりやりながら、近頃は日本語のわかる外国人が多いから用心しなくちやいけないと言つて、画商仲間の失敗談を披露した。朝子は、会社の営業担当重役にまつはる似たやうな話を一つした。梨田はそれを受けて、

「洒落を言ふのもむづかしいが、ユーモアも大変ですね。ええ、言はれたとき、冗談なのかどうかを見分けるのが意外にむづかしい」

といふ前置きで、マドリードからパリへゆく飛行機のなかでの体験を話した。隣りの席がイギリス人の弁護士で、スペイン人の顔立ちをむやみに讃美する。イギリス人の顔は醜悪で、フランス人の顔もほぼ同じくらゐだが、スペイン人の顔には優雅さと威厳がみなぎつてゐる、とニコリともしないで言ふのである。

「本気なのか、冗談なのか、いまだにわからない。ぼくはさういふところ、鈍いのかもしれない……」

と梨田が思ひ出話をすると、朝子が、

「台湾の人と日本人の顔、見分けるの大変ですね。今夜つくづくさう思ひました。朝鮮の人だつて……」

と言ひ出した。それに釣られて梨田が、

「うん、むづかしいな。もともと似たやうなものなんでせうね。あれは日の丸と韓国の国旗と台湾民主共和国の旗くらゐは似てゐる」

と口走つたのである。

「あ、似てますね」

と朝子が頓狂《とんきょう》な声を出したので、バーテンのうちの一人が彼らを見た。

「ね」

と梨田が言ふと、朝子がバーテンの反応に軽く首をすくめながら、

「ほんとにさう」

「中華民国の旗だつて……」

「ええ。青地にお日様があつて光線が走つてゐる旗……」

「さうさう」

「どうしてかしら？」

「だつて、当然さうなつてしまふ」

と梨田が説明した。

まづ明治初年に日本が日の丸を制定した。次いで大正のはじめに清国《しんこく》が倒れると、日の丸の影響を受けて中華民国の青天白日旗が出来た。第二次大戦後の韓国の国旗も、台湾民主共和国の国旗も、心のどこかで日の丸を非常に意識しながらデザインを決めた。東アジアの国旗がみなかういふことになつたのは、一つは日本がこの地域で最初に近代国家になつて国旗を作り、いはば原型を定めたせいである。しかしもうすこし深く考へると、第二に、西欧ふうの国旗のデザインは国家理念の説明といふ機能のものだつた——たとへばフランス国旗が三つの色によ

つて自由、平等、博愛を表はすといふ具合に。ところが東アジアの、遅ればせに出来た近代国家の場合(「このへんは本の受売りなんですけどね」)さういふ国家理念なんてものは別になくて、もしあるとすればそれは何とかして西欧ふうの近代国家の真似をしたいといふことだけだつた。しかしまさかそんなことを模様で表現するわけにはゆかないし、もし表現できたとしても見つともない。そこで可能な手段は、国家理念を高く揚げることを避けて、農耕民族の太陽崇拝といふ原始的な信仰に立ち返ることだつた。これは言ふまでもなく、近代国家を古代呪《じゆ》術《じゆつ》によつて飾る異様な方法だが、明治のはじめの日本人にはそれしか思ひつかなかつた。そしてこれが最上の、巧妙きはまる解決策だつたからこそ、支那も(「あ、支那と言つちやいけないのか」)、朝鮮も、台湾も、それを踏襲したのではなからうか。つまりこれでもわかるやうに、東アジアで何とか国家を作るといふ工夫にかけては、日本人はやはりずいぶん優秀だつたのかもしれない。

「まあそんなふうに思ふんですよ」

と梨田が言ふと、朝子はブランデー・ジンジャーのグラスを持つたまま、ぼうつとしてゐる。

「どうしました?　わからない?」

「びつくりしてゐるんです、今まで考へたことなかつたので。デザイン関係の仕事をしてゐるのに、国旗のデザインなんて考へたことありませんでした。日の丸の旗とアジアのほかの国の旗がなぜ似てるかなんて……」

「日本人はみなさうですよ。誰だつて、日の丸と青天白日旗が似てるなんて思はない。隣りの国のことは見えないし考へないといふ調子で暮してゐるんですから。ただ漠然と、日の丸は西洋の国旗、たとへば三色旗やユニオン・ジャックと同格で同じ部類に属すると思つてゐる……」

「ね、青天白日旗の前はどうなのかしら？　中華民国になる前の中国の旗……」

「清《しん》の国旗ね。どんな旗だつたらう？」

しかしいくら二人で思ひ出さうとしても、清国の国旗のイメージは歴史の闇のなかにかくれて浮んで来ない。その長方形の布のなかで太陽がおごそかに、意味ありげに、あるいは無意味に、光り輝いてゐたかどうかは、つひにわからないし、それだけではなく、どんな色だつたか、二色だつたか三色だつたかさへ思ひ出せない。そのときバーテンが口を出した。

「国旗、なかつたんぢやないですか」

朝子が明るい声で笑つた。

「君、そんな無責任な……」

と梨田は言ひかけて、

「いや、案外あり得るな。つまりあの国から見れば、外国はみんな属国で、自分の国は世界の宗主国なんだから国旗なんてもの要らない、とも言へる。君の考へ方は筋が通つてゐるかもしれない」

「そんな立派なこと考へたわけぢやありません。もともと無責任なたちで……」

とバーテンがおどけた口調で言つて、

「お作りしませうか？」

「うん」

「あたしもブランデーにしようかしら」

「ブラスト二つですね」

「さう。君も一杯どう？」

「はい、ありがたうございます」

バーテンは二人の前にブランデーのグラスを置き、それから自分の飲むウィスキーの水割りを作つて、

「いただきます」

と言つた。

画商が手洗ひに立つて、戻つて来ると、女がバーテンと話をしてゐて、ちようどバーテンがかう言つたところだつた。

「では今日、台北から羽田にお着きになつたので？」

「いいえ。東京のパーティなの」

「はあ？」

梨田と朝子は、かはるがはる、台湾の大統領が東京にゐる事情を説明したが、相手はどうも呑み込めないらしい。バーテンは不得要領な顔でうなづいて、彼らから離れてゆく。男と女は顔を見合せて、しばらく黙つてゐた。が、そのとき朝子がすこし感傷的な声で、洪大統領の演説を褒めたのである。

「とても良心的。胸がキユツとなりました。台湾にゐる人のほうが、自分たちよりもつとむづかしい条件で抵抗してゐるのかもしれないと言つたでせう、あのとき」

それを軽く受け流す手もあつたらう。事実、取合はないほうがいいと梨田はちらりと思つたのだが、さうすることができなかつた。彼は、

「うーん、まあ良心的と言へば言へるかもしれないが……」

とついうつかり口をすべらせ、朝子の問ひかけの目つきに促されて、かうつづけた。

「あんなこと言ふ必要あるのかな?」

「いけません?」

「うん。だつて、あれぢやあ、国外にゐて独立運動をやつてゐる人たち、立つ瀬がないぢやない。空騒ぎをしてるみたいでせう。聞いてゐた同志としてはかなりしらけると思ひますよ。自分の国籍のことまで打明けたりして……」

「でも、みんな平気でしたけど」

「さうかな?」

「違ふかしら？」

「それは何とも言へませんが、でもね、革命家と言つてもやはり政治家でせう。政治家なら、もつと現実的な目の配りが大事だと思ふな。洪さんはたしかに本当のことを言つてゐるわけだが、ああいふときはゆつたり構へて大味な話をするほうがいいんです。そのほうが恰好がつい て、いかにも大統領就任パーティらしい感じになる。みんなが満足するでせう。あんなこと言ひ出されると辛くつて」

「その辛い感じ、とつてもいいのよ」

「これだから困る、女の人は。わかつちやゐないんだよな」

と梨田は陽気な声で言つて、ブランデーをかなりの量、一口に飲んでから、急にしんみりした口調になつた。

「洪つて男はほんとに立派な男でしてね。過度に倫理的なんだな。だからあんなことをみんなの前で言つてしまふんですよ。黙つてゐればいいのに」

「正直なんですね」

「さう、よく言へばね」

朝子が軽く睨んで、

「あら、感心したあたしが馬鹿みたい」

梨田が笑ひ出すと、朝子も笑つてからつづけた。

「階段から落ちたとき、治療費を出せとおつしやらなかつたのだつて、さうかもしれませんね」

「さう、あれだつてね。ぼくだつたらぜつたい要求しますね。さういふずるい所がない男なんですよ。そのくせ商売のかけひきは大したものらしいんだが」

「どうしてでせう？」

「儒教的なのかな？　古風なモラルが生きてゐるんですね。だから商売のときは別で、あれはルールが違ふゲームと思つてゐるんぢやないでせうか」

「御自分は？」

と朝子は訊ねて、両掌《りようて》のなかのグラスをゆつくりとまはしながら、皮肉な目つきをした。

「え？」

「だつて、洪さんがおつこちたとき、最初から謝つたでせう、階段の下へ降りて行つて。さつきお話をうかがつてゐて、それぢや責任がこつちにあるつて認めることになると思ひましたのよ」

「なるほど、似た者同士といふわけか。これは参つた。しかし……」

と梨田は苦笑しながら、

「……さういふのは西洋ふうの四角四面な考へ方でしてね。われわれ東洋人はもつとのんびり……と言ふのもをかしいか。まあ、さういふ所も含めて、ぼくは洪つて男が好きなんですよ」

そのとき朝子が言つた。

「どちらも人がいいから、それでお友達になつたのよ、きつと。あら、ごめんなさい」

画商は相好を崩して、

「どうも痛烈だな。殊におしまひで謝つたところがひどい」

と喜び、それからすこししんみりした口調で言つた。

「わたしと洪さんの友達づきあひは結局おつしやる通りなんでせうね。最初が何かのはづみでうまく行つたし、実際の仕事では何も関係がないから、さういふ人のいいつきあひ方をつづけることができた。しかし、わたしは友達になつてかなり経つてから、あの男が台湾独立なんてことを考へてることを知つたんですよ。半年くらゐしてからかな。何しろあれは、率直に言つて見込みのない理想……夢想ですからね。友達がさういふ夢を見てゐるといふのは、かなり辛い。あれはまあ、癌を患つてる男と親しい友達になつたやうなものでした。妙なたとへだけれど」

このとき朝子の顔に翳が走つたのを梨田は見のがさなかつたが、すぐに消えたので、それ以上は気にとめない。朝子が言つた。

「ずいぶん複雑ですね。腕のいい商売人で、人のいい友達で、夢想家で……おもしろい方ね」

「さうね。分裂してゐる変な男だと言つていいでせうね」

「あら、御自分は？」

「また人物評論ですか。それはぼくも分裂してるでせうが、すくなくとも洪さんみたいに政治的な夢にとり憑《つ》かれてませんからね。その分だけ……幸福かな？」

梨田はさう言つて笑ひ、バーテンを手まねきしながら、就任パーティからフランス料理屋へゆく途中に聞いたことを踏まへて、さりげなくつぶやいた。

「御両親といつしよぢやなくて、マンションの一人ずまひなら、まだいいでせう」

朝子は半分以上残つてゐるグラスを見せて、梨田だけお代りするほうがいいと言ふ。画商はうなづいて、バーテンが前に置いたグラスをそつとまはし、新しいブランデーの匂ひをかぎながら、そろそろ小当りに当つてみるか、いや、それよりも、余計なことは何も言はずに黙つてホテルヘタクシーをつけるほうがいいかもしれない、などと考へたのだが、このとき、薄い墨いろの眼鏡をかけた大柄の客がはいつて来て、彼らから遠い席に腰かけ、ウィスキーのオンザロックを注文した。バーテンは常連たちの一人といふ馴れた態度で応対してゐるし、梨田としてもこの店で一二度、見かけたことのある男で、さほど気にとめたわけではない。その墨いろのレンズ二つが黒い蝶のやうに梨田の視野を横切り、彼はそれに誘はれて、まるでこの男の眼鏡に暗示をかけられたやうに、台湾独立運動の話をまたはじめてしまつた。

「洪さんの姪《めひ》が父親に連れられて日本見物に来たことがありましてね、わたしが知り合ひになつた翌年か翌々年のことだけれど。そのときの話は実感があつた。十三の女の子なんですが、あの話のせいで台湾といふものがよくわかつた」

梨田はかう言ひながら、しまつた、こんな話題はいけない、と思つたが、はじめた以上もう仕方がないし、朝子は以前にもまして興味のある目つきで聞いてゐる。画商はやむを得ず、台湾の少女の眼に昭和四十年代のはじめの東京がどう映つたかといふ話をつづけることになる。

洪圭樹は台中の大地主、洪家の長男なのだが、その末弟は台北帝国大学の後身である台湾大学の医学部を卒業し、母校の助教授になつた。医者や弁護士には独立運動ないし反国民党運動に関係する者が多いのに、彼はもともと政治ぎらひの傍観者で政治の実際にたづさはることは決してなかつた。と言つても長兄と不仲なわけではないし、また、蔣政権を支持してゐるわけでもない。選挙のとき投票にゆけば野党側の候補者に投票するが、しかし毎回かならず投票所に足を運ぶとは限らない、その程度の非政治的な知識人であつた。

その弟がある年の春、学会に出席するといふ名目で、十三歳の娘を連れて日本に来たのである。弟は例の儒教的な礼儀を重んじてであらう、洪の家を訪れると言ひ張つたけれど、洪のほうは迷惑をかけるといけないと思つて断り、その代り一夕、懐石料理をおごることにして、その席で姪とはじめて会つた。ところが翌日の朝、電話がかかつて来て、今日は学会に出る心づもりでゐたところ、娘に東京見物をさせてくれるはずの友達が急用ができて駄目になつたから、そちらにあづけてもいいかと言ふ。やむを得ず今日いちにちは姪を引受けることにして、妻にホテルまで迎へにゆかせた。妻はその日、約束があつて書前《ひるまへ》に出かけたので、書は店屋ものでも取らうなどと思つてゐるうちに、ふと、いくら蔣政権でもここまでは目を光らせてゐないだらうといふ気になつて、姪といつしよに銀座に出ることにした。ひつそりとテレビを見てゐる少女が不憫《ふびん》でたまらなかつたからである。洪は姪に同情するあまり、たとへ自分たちがいつしよに歩いてゐたことが蔣政権に知れたとて、男の子ならともかく女の子だから、純粋に家族的な関係、まつたくの私ごととして、見のがしてもらへるはずだといふ言ひわけを自分に対して用意した。ただし家を出るとすぐ、車を駅前の眼鏡屋につけさせて黒眼鏡を買つたのは、言ふまでもなく、このほうが姪と自分の関係をすこしでも台北の政権からくらますことができると考へてのことである。姪は黒眼鏡をかけた伯父を見て、年よりはすこし幼い感じの笑ひ声を立てた。

まづ銀座の西洋料理屋に行つて軽い晝食《ちゆうしよく》（海老フライ定食）をすませ、それから歩いてすぐのデパートへ行つたのだが、にぎやかで広い店内にはいつた途端、姪がすつかり夢中になつたことは手に取るやうにわかつた。華やかな商品がこれほどおびただしく並んでゐる情景を見たことのない十三歳の娘は、まるで魔法の城に踏み込んだやうに青ざめ、はじめはおづおづと売場を歩きまはり（その時間はずいぶん長い）、次いで遠慮がちに商品に触れ、やがて頬を紅潮させて、調べたり比較したり選んだり考へ込んだりした。結局、姪は自分の小遣ひでブラウスとスカート、それに母と弟へのお土産を買ひ、伯父は赤い靴を買つてやることになる。洪は、もう一つのデパートへ連れて行つたらどんなに喜ぶだらうと思ひながら一旦は銀座四丁目の交叉点を京橋のほうへ渡つたが、しかしすぐに、今と同じくらゐ長い時間つきあはされるのは閉口だと考へ直して、案内しないことにした。

日比谷まで歩いたのは少女歌劇を見せようと思つてで、これはもともと計画にあつた。しかし買物の包みをかかへて歩いてゐた少女は、数寄屋橋《すきやばし》に来たとき、買物の興奮の名残りでぼうつとしてゐたのがゆつくりと覚めてゆくやうな感じで歩度をゆるめた。旗を立てたトラックの上で老人が演説してゐるのを見たからである。老人は白髪をふりみだして身ぶりたくさんにしやべつてゐたし、その声は途方もない音量となつて巷《ちまた》の喧騒《けんそう》を高めてゐる。少女は、あれは何なのかと目で訊ねた。伯父は、

「右翼の演説」

とぶつきら棒に説明してそのままゆきすぎようとしたが、姪が興味を示してゐるのに気がついて、なるほどかういふ情景を見るのは生れてはじめてなわけだ、珍しがるのも無理はないと思ひ直し、トラックのほうへ近寄つた。かうして彼らは、演説を聞いてゐるのかそれとも人を待つてゐるのかわからない、退屈さうな数人といつしよに、老人のざらざらした声が雨のやうに降りそそぐ鋪道に佇《たたず》むことになつた。

少女は日本語がすこし出来たが、その演説はほとんど理解できなかつたやうである。言葉づかひがむづかしかつたし、それに何よりも、白昼公然と政府攻撃が為されるといふことそれ自体が呑み込めなかつたらう。彼女はただ、この不思議なものをよく見ておかうといふ表情で、トラックとその周囲の情景を見まもつてゐる。それなのに洪が演説の内容を姪に説明しようとは思はなかつたのは、トラックの上の老人をかねがね軽蔑してゐたからだらう。

そのとき、ジーパンにセーターの顔色の悪い若者がトラックの運転席から降りて来て、小さなビラを配つた。洪は右手で、そして右手に買物の包みを持つてゐる少女は左手で、ザラ紙を

受取つた。それにはスローガンが大きく三行書いてあつて、最初の一行は「佐藤内閣打倒！」である。少女がその意味を解したことは、左手がかすかにふるへだしたことでわかつた。ザラ紙は少女の左手で小さく揺れてゐる。そして政見を主張する老人は、発言禁止も逮捕もされず、のんびりと声を張り上げてゐるし、人々は彼をまつたく無視してぞろぞろと歩いてゐる。少女は驚きの眼を大きく見開いて、よく晴れた日の晝さがりにおける物騒な台詞と天下泰平との共存、平和で浮薄で贅沢な人ごみ、繁栄してゐる自由な街の真只中に茫然と立ちすくんでゐた。

「少女歌劇はもうその月の興行が終つてゐて、見物しなかつたさうです」

と梨田はつづけた。

「ぢやあ月末でしたのね」

「ええ。仕方がないから、映画の封切を見て、家へ帰つたと言つてゐました。でも、アメリカ映画なら、台湾ではたいていのものが見られますから、別にどうつてことはない。そのせいもあるかもしれないけれど、彼女がその日いちばんショックを受けたのは、デパートとそれから数寄屋橋の演説だつたらしい。映画館ではあまり反応がなくて、帰りのタクシーのなかでは黙りこくつてゐて、家に着いてから、何度も何度も、デパートと数寄屋橋の演説のことを言つたらしい。そして父親、つまり洪さんの弟が迎へに来て、ホテルに引上げるとき、女の子は丁寧に挨拶してから、ぽつりと言つたんださうです。『伯父さん、ああいふふうに自由にものが言へる国だから、デパートにあんなにたくさんものがあるのね』」

「まあ」

と朝子が憐《あは》れみの声を小さくあげた。

「かはいさうね。その子、ほんとにかはいさうね」

そのとき彼女はもうブランデーのグラスに手を触れてゐないし、その声は言葉と言ふよりはむしろ嗚咽《おえつ》に近い。そして梨田は、これはいよいよまづいことになつてしまつた、一体おれはどうしてこんな深刻な話をはじめたのだらうと悔みながら、しかしもうとめることができなくなつて、

「ええ、胸が痛くなりますね、本当に」

とうなづいてブランデーをぐつとあふり、水を飲み、それからかう言つた。

「しかしもつとかはいさうなのは、かういふことなんですよ。十年くらゐ経つて台湾でも高度成長経済がはじまり、デパートに商品がいつぱい並ぶやうになつても、相変らず自由はちつともなかつた……」

「ああ」

と朝子が低く呻《うめ》いた。梨田は、ひよつとすると泣いてゐるのではないかと心配して、横目を使つた。

朝子は泣いてゐない。泣き出しさうな顔で一所懸命こらへながら、無理に微笑を浮べて彼女は言つた。

「残酷ねえ、さういふものの見方」

「残酷？　なるほど。ごめんなさい」

と梨田は謝つて、話題を転じた。

「そのときの洪さんの話でおもしろかつたのはね……」

おもしろかつたのは、日比谷から車に乗らうとしたとき、洪のかけてゐる黒眼鏡がこはがられて、タクシーがどうしてもつかまらなかつたといふ話であつた。運転手たちは彼をヤクザと取り違へてゆきすぎるわけだが、生れてはじめて黒眼鏡をかける洪には何が原因なのかさつぱりわからない。しばらくしてから姪のほうがそのことに気がつき、伯父から離れて一人だけ歩道の端に立つてタクシーをとめ、それから洪を手まねきした。

この話が朝子を喜ばせたのは、一つには洪ののんびりした顔立ちとヤクザとがどうも結びつきにくいといふ滑稽さのせいだらうし、さらには大の男より少女のほうが賢いところが気に入つたからだらう。彼女は急にはしやぎだし、今までの沈んだ様子を振り捨てようとするやうな、と言ふよりもむしろそれとは何の関係もないやうな、屈託のない笑ひ声を立てた。そして洪のその話を聞いて梨田がどうからかつたか、洪がそれにどう答へたかを聞くと、いつそう上機嫌になつて、

「あたしももう一ついただかうかしら」

と言つた。梨田はそれにうなづいて、バーテンに声をかけようとしたが、不意に笑ふのをや

め、それから、

「お勘定」

と大きな声で言つて立ちあがつた。それはどう見ても唐突な感じで、バーテンはともかく朝子はあらはに不審な表情を浮べる。しかし梨田は怪しんでゐる朝子に右手で軽く合図を送り、立ちあがらせた。

バーを出てから、降りだした雨にすこし湿つてゐる歩道で、一体どうしたのかと彼女が訊ねると、梨田は逆に問ひ返した。

「気がつかなかつた？」

「ええ、何も……」

「黒眼鏡の客がゐたでせう。あいつが怒つてゐた……やうな気がする。黒眼鏡の話のせいぢやないかな」

「あら。でも聞えなかつたでせう」

「いや、小耳にはさんで、自分のことだと思つたかもしれない」

「それで、用心して？」

「うん」

朝子は暗がりのなかで後ろを振り返り、やがて吐息をつくやうにして言つた。

「梨田さんて不思議な方なのね。あんなに無鉄砲かと思ふと、こんなに大事を取るなんて」

「それはさうですよ。荒つぽいことはなるべく避けるほうがいい」

とつぶやいてから梨田は言つた。

「今日はどうも変なことになりましたね。殊におしまひがをかしい。本当はもつとロマンチックな夜を期待してゐたんだけど、台湾独立のせいでうまくゆきませんでした。やはり政治といふのは取合せが悪い。まあいいや。そのうちまた電話をかけますよ」

女は答へた。

「でも、とてもロマンチックでしたよ……あの追ひかけ方」

4

洪の家の客間兼食堂へ通されるたびに、梨田のいつも思ふことが二つあつた。一つは、壁の色と言ひ窓の具合と言ひ何から何まで自分の家と同じで、基本的な相異はただ広さだけなのに、まつたく別の住《すま》ひになつてゐることである。それは独身の画商の家とはまるで違つてゐるのだ。もちろん同じマンションだから似てゐるのは当り前で、ほかの男が暮せばおのづから様子が変るわけだから、何も不思議はないのだが、梨田はいつもほんの一瞬、妙な気がするのだつた。そしてもう一つは、これはちよつと矛盾するかもしれないけれど、台湾人の洪の家なのに日本人の普通の家と同じで、つまり異国ふうの味がまつたくないことである。それはいかにも現代日本のマンションの一室といふ感じで、カーテンの模様もカレンダーも時計も、何の特徴もなく適当に西洋化されてゐた。これもまた、洪の日本在住が長く、国籍は日本のままで、それに日本人の女といつしよに暮してゐる以上、ごく当り前のことかもしれないのだが。

しかしこの日は例外で、その客間には異様なものが一つあつた。はいつて左手のテーブルの上に、オールド・パーの箱くらゐの大きさの、赤地に金で漢字が書いてある箱が一つ置いてあつたのである。その色彩は贅沢で花やかで野卑で、歌舞伎の御殿の場よりももつとけばけばしく、台湾のものと一目でわかる。梨田がそれに目を留めたのを見ると、右手にある椅子に腰かけたまま洪が言つた。彼は昨日と打つて変つて、ブルー・ジーンズのズボンに白いセーターといふ若づくりである。

「今もらつたばかりなんですよ、うちの店長に。今日は公休日でしてね、いろいろ相談に来てゐる。ちようど話が終つたところです」

窓際の椅子から、これは茶いろい替上衣にグレイのズボンの、三十五六の男が立ちあがつて、

「林《はやし》でございます。どうぞよろしく」

と挨拶し、名刺を出した。整つた顔の、なかなかの男前で、ただし昔ふうの美男といふ感じがあまりにあらはなのが欠点と言へば欠点かもしれない。梨田も名刺を出して、

「ほう、あなたですか。お名前は洪さんからかねがね……」

と言ふと、洪が笑ひながら林に説明した。

「一度、うちの店長がむやみに女にもてるという話をしたことがあつた」

林はそれを聞いてもちつとも悪びれずに、おつとりと微笑を浮べてゐる。自分はたしかに美男なのだから変に照れたりしても意味がない、と諦めてゐる感じだつた。

梨田が腰をおろすと、洪は妻に赤と金いろの箱を持つて来させて、

「お粥に入れて食べるとうまいんですよ。すこし冷えてからね」

と言つたが、どうやら呉れるつもりはないらしい。梨田はまづ箱の正面に書いてある字を読

んだ。「黒橋牌」「肉酥」と横に二行、ゴチック体の変形で、赤地に深く金文字を押してある。「酥」といふ字の意味を訊ねようかと思ひながら裏側を見ると、"FRIED PORK SHREDDED" "Black Bridge"とこれも二行の金文字があるので、要するに豚肉のデンブだな、と見当がついたが、これは台湾旅行のとき面白半分に食べたことを思ひ出したからである。

お茶が出た。梨田がその煎茶《せんちゃ》をほめると洪の妻は嬉しさうにしたが、洪は取合はずに、壁にかけてあるシャガールのリトグラフを指さして言つた。

「店長がこれが好きでね。自分も何か一枚、版画がほしいんですつて」

それは以前、梨田が売つたものだ。深い臙脂《えんじ》いろの地に男と女と鳥と牛と花の樹《き》が散らしてあつて、殊に紫の太い線で描かれた女の顔が官能的である。

「いや、財布と相談してなんですがね」

「それは結構ですね。このへんのものもずいぶん値上りしましたよ」

と林が言ふと、

「なーに、月賦といふ手もあるさ」

と洪が口を添へた。

「とにかくうちにお寄り下さい。お目にかけたいものがすこしありますから」

林はうなづいて、

「お邪魔してもよろしいんですか？　ではお話をなさつてゐるあひだ、わたしはあちらで新聞でも……」

と腰を浮かせ、部屋から出て行つた。洪の妻も別に案内しようとしないところを見ると、この家には慣れてゐるらしい。

洪が言つた。

「うちの店長は台湾系なんですが、政治嫌ひでしてね。独立運動とは何の関係もない」

梨田は、

「さうなんですか。リンさんがハヤシさんになつたわけですね」

と答へ、さう言へば顔の感じがほんのこころもち腫れぼつたいやうだし、日本人よりもオリーブいろがかつた肌だと思つたが、そのことは口に出さずに別のことを訊ねた。

「縁故採用?」

「いや、まつたくの偶然ですがね。しかし政治嫌ひでかへつてよかつた。独立運動と商売とがきちんと区別ができますから」

「あれなら女にもてるのも当り前ですね」

「嘘ぢやないと思ふでせう、あの話」

「ええ、一目見るなり、なるほどと思ひました」

食卓のほうにゐた洪の妻も、

「ハンサムね、店長つて。若いころの写真を見たいくらゐ」

とはしやいだ声を出したが、それはいかにも以前は小さなバーのマダムだつた女にふさはしい口調である。洪が、

「おいおい、梨田さんの青春時代の写真も見たいと言はなくちや失礼だぞ」

とにぎやかに笑ひながらたしなめると、それを合図のやうにして彼女は上手に席をはづした。

洪の言ふ「あの話」とは、今年の夏、例の二人きりの会のときに鰻屋の二階で彼が語つたことで、キツカケは大学問題だつた。洪が、日本の大学ははいるのはともかく卒業するのはじつに易しいと非難し、それに対して、大学でちつとも勉強しなかつた梨田が首をすくめてニヤニヤしてゐると、スーパーマーケットの社長である工学士は、「しかしあのせいで日本の新聞社は成立つてゐる」と意外なことをつぶやいたのだ。問ひただしてみると、大学生は大学にゆかなくてもいいから新聞の配達ができるし、新聞社は配達制度のおかげで大部数を売りさばくことができる、だから新聞社は大学のせいで持つてゐる、といふ理屈だつた。経済学士である画商が、虚を衝かれた思ひで「なるほど」と感心し、「しかしどうしてそんなことを知つてゐるんです?」と訊ねたところ、洪は、「うちの店長が大学生のころ、新聞配達をやつてましてね」と答へ、それから店長の艶話《つやばなし》を披露したのである。

林清禄《せいろく》は静岡県に住む台湾人夫婦(と言つても国籍は日本)の息子で、高校の成績はどちらかと言へばいいほうだが家は貧しい。かなり格の高い私立大学の入学試験を受けて合格し、両親の反対を押し切つて上京したのは、新聞配達をやれば何とかなるといふ話を先輩から聞いて

ゐたからである。しかし大学四年のうち三年間は、ほとんど講義を聞くことができない。朝夕二回の配達（とその下準備である広告のはさみこみ）は猛労働で、長い時間かかるし、配達がすむと体力はあまり残つてゐないため、ほんの僅かの距離にある大学へ足を運ぶとしても、代《だい》返《へん》を頼むくらゐが精一杯だつた。しかし三年まではこれはいはば予定の行動なので、別に気に病む必要はない。そのことはあらかじめ聞いて知つてゐたが、実際その通りだつた。ほかの新聞販売店はどうなつてゐるか知らないけれど、林の勤めた（そして彼の先輩も勤めた）この店の主人は以前どこかの大学の陸上競技部の選手だつた男で、店員はみな学生だけだし、すべてにわたつて運動部の組織を範としてゐた。それゆゑ辛いのは三年までで、四年生になると急に楽になるのである。三年生まではほとんど毎日、朝夕、受持の区域に配達するのはもちろん、月末には購読料の徴集に歩かなければならないが、四年生は両方とも免除されてゐて、「中置き」といふのをすればそれでいい。「中置き」とは、配達員の受持ちのコースのちようど真中くらゐの地点に、後半に配る新聞の束を置いておく仕事で、かうすれば前半のくたびれ方が当然半減するわけだ。四年生は週に三回か四回（たとへば月水の朝と金の夕といふ具合に）、ポストの横や樹の下や小公園の入口など、数ケ所に新聞を積んでおくだけで、あとはせつせと大学に出て、取り残した単位を取り、何とか辻褄《つじつま》を合せて卒業するといふ仕組だつた。

　その四年目の六月、ひどく蒸暑い日の午後、「中置き」の番に当つてゐる林は、たまたま休講だつたのですこし早目に販売店にゆき、とりあへずポロシャツを水洗ひした。それをハンガーにかけ、裏の空地に張つた綱に吊《つる》して表に出ると、人事係の三年生が弱りきつて頭をかかへてゐる。今日は事故者が続出だといふのである。「なーに何とかなるさ」などと言ひながら、下級生が荷をほどいたり仕分をしたりする横でテレビを見てゐたのだが、いつまで経つても人手が集まらない。仕方がないので林ともう一人の四年生が配達にまはり、彼らの分の「中置き」はほかの四年生たちがすこしづつ余計に受持つことになつた。当然、かうなれば早く出なければならないが、ポロシャツがまだ乾いてゐないので、店の隅にあつた新聞社の名入りの印半纏《しるしばんてん》を素肌に羽織つて自転車に乗つた。乱れた服装で配達してはいけないことになつてゐるのだが、うるさい主人は留守だつたし、四年生のすることだし、それに場合が場合なので誰も文句を言はない。

この店に勤めてから服装で規則を破るのははじめてだつたので、何となく小気味よい思ひがする。そのことは自分でもわかつた。すこし浮かれた気持で自転車を走らせ、夕刊を配達して歩いたが、奇妙なことに人々はこの異様な風態《ふうてい》の男にちつとも怪しみの眼を向けなかつた。おそらく暑さに疲れてゐるせいだらう、道をゆく人も、商家の店番も、マンションの管理人も、みな彼を見ようとせず、たとへ見たとしてもまつたく無表情に見すごすのである。彼はそのことを漠然と不満に思ひながら、紫陽花《あぢさゐ》の上の郵便受けに夕刊を押し込んだり、団地の砂場で遊ぶ子供たち（も彼に目もくれない）のそばに自転車をとめて、階段を二段づつ駈けあがつたりした。

どうやら彼は非難や反撥《はんぱつ》をあてにしてゐたらしい。それゆゑ最初の反応が思ひがけないところであつさりと褒められることだつたのはひどく意外で、咄嗟に、からかはれてゐるのだと思つたくらゐである。マンションのエレベーターで、そこの住人らしいブラウスにスカートの若い女と二人で昇つてゆくとき、

「しやれたスタイルね、半纏なんて」

と話しかけられたのだ。その声はくぐもつてゐるが甘く、派手な感じの顔は微笑を浮べつづけてゐるので、青年としてはおのづから警戒を解くしかない。彼が、

「シャツが乾かなくて……」

と言ひわけのやうに答へると、頭上の扇風機が送る金気《かなけ》くさい匂ひのする風のなかで女は言つた。

「新しい男ものシャツがあるわ。たしかアメリカ製よ」

「さうですか」

そこでエレベーターは最上階の七階に着いて、二人はいつしよに降りた。女は、

「よかつたら取りにいらつしやい。帰りに」

と言つて番号を教へたが、それは彼の新聞を取つてゐない家である。

「ありがたう。ぢやあ、あとで」

と林は答へて小走りに歩きだす。かういふことは前に一度、八十近い老婆からシャボンを一

箱もらつたことがあるので、別にをかしいとも思はなかつた。変だなと思つたのは、配達を全部すませて寄つたとき、浴衣に着かへて待つてゐた女がシャワーを浴びてゆけと言つたときで、それでもこれはありがたいから汗みどろの体を洗つて出て来ると、ズボンをはいただけで上半身は裸の青年は、厚い絨緞《じゆうたん》の上でビールをすすめられた。女もビールをつきあひながら、彼の胸毛がすくないことをからかつて、指さきに巻きつけようとする。胸毛にはわりあひ自信があつたから、ちよつとをかしいとは思つたものの、あまりこだはらなかつたのは、ほかに気になることがあつたせいだらう。それは浴衣の八口《やつくち》が普通よりずつと大きくあけてある（あるいはさう見える）ことで、林はいつの間にやらそこに手を入れ、毛を始末してある腋《わき》の下とほのかに湿つてゐる乳房に触れてしまつたが、女の表情はそれを咎めない。それからさきはごくありきたりの道筋である。彼は高等学校のとき同級生の女の子と一度、関係してゐたし、上京してからも別の同級生の女に訪ねて来られて、払ひは向う持ちで安いホテルに二度ばかり行つたことがあるけれど、くぐもつた声の女の求めるまま、長い時間、励んだあげくはじめてわかつたのは、男はこんなに盡《つく》さなければならないものかといふことであつた。

「何でも赤坂のキャバレーにゐた女で、清涼飲料か何かの会社の副社長をしてゐるアメリカ人の妾らしい。シャツは結局、くれなかつたさうですよ。まあ、何もそんなもの、もらはなくたつていいわけだが。『わたしはあのとき、童貞をほんとに失つたやうな気がしました』なんて、ぬけぬけと言つてました」

と、洪は話したのである。梨田は夏に聞いたその話を踏まへて軽口を叩いた。

「なるほど、あれだけハンサムなら何べんでも童貞を失ふ羽目になりさうだ。でも、店では問題を起しませんか？」

「それは大丈夫らしい。不公平にしないといふのは女の店員を使ふ心得の基本ですから。それにあの店長なら、別に店で手を出さなくたつて」

「たしかにさうでせうな」

そこで洪は表情を改めて、昨夜の会に出席してくれたこと、お祝ひの金一封をもらつたことの礼を述べ、梨田を恐縮させた。包んだ金額も大したものではなかつたし、二人分とすればなほさらだし、それに、夢中になつて女を追ひかけ、あやふく会を忘れるところだつたからである。そして大統領は、例の闖入者《ちんにゆうしや》の女は殴られたり蹴られたりしたと言ひ立てて警察に訴へたが、どうせ大したことにはなるまいなどと問はず語りに語り、あの女はアメリカ帰りで、アメリカ共産党の息がかかつてゐると言はれるが、案外ＣＩＡに使はれてゐるのかもしれないし、それとも別の線かもしれないし、よくわからないと言ひ添へた。何しろ台湾独立運動とアメリカとの関係は複雑で、こちらとしてはアメリカ政府の協力を得たいし、向うとしてもいろいろ思惑があるし、一筋縄ではゆかないのださうである。梨田はうなづきながら、内心、以前にも二度ばかり聞いたことのある話がきつと出るぞと思つてゐた。それは一九六三年、アメリカが蔣政権の「大陸反攻」キャンペーンに再び水をさすため、台湾独立運動を利用しようとして、台湾民主共和国の大統領をワシントンに招いたといふ秘話である。もつとも、大臣一人と秘書長とを従へた初代大統領は（洪はそのとき同行してゐない）、ダレス空港の外へ一歩も出ることを許されなかつた。貴賓室で二日間、寝泊りしてゐるうちに蒋政権が折れ、初代大統領はケネディ大統領にもラスク国務長官にも会はずじまひで、そのまま日本へ送り還《かへ》されたのである。

しかし梨田の予測ははづれた。洪はそのことに触れないで、村川厳太郎の演説について、自分としてはああいふ男に祝辞を頼むのは厭だつたが、副大統領が心酔してゐるので仕方がなかつた、と愚痴をこぼした。

「やはり党内の融和といふことがありましてね」

「それはさうでせう」

「何しろ副大統領はわたしより年上だし……」

「顔を立てなくちやならないわけですね。よくわかるな。でも、副大統領もあれを聞いて困つたのぢやないでせうか。さうすれば、これからは向うも遠慮するやうになつて、洪さんの発言権が強まる……」

「さあ、どうですかね。何しろかなりのわからず屋だから」

と洪はつぶやいて、それから、言ひわけとも負け惜しみとも取れる打明け話をはじめた。

「あの日本刀の件だつて、われわれは知つてましたよ。国府軍の中将で朱伊正といふ男が日本刀を買付けに来るといふ情報は、三日くらゐ前にはいつてゐました。朱伊正は満洲生れでしてね。蔣父子にうまく取入つて出世した男です。まあ、一言で言へば特務ですね。でも、本当にあいつが来るのかどうか。もちろん退役ですが、かなりの大物ですよ。わたしもバナナの貿易をやつてゐた時分、会つたことがありますが……。しかし日本刀なんてあんなものを何万本も買ふなんて、どうも信用しにくくつて……」

「ちつとも斬《き》れないものださうですね。折れたり、曲つたりして。さう聞いてゐたから、ぼくもびつくりしました。根も葉もないデマかもしれませんね」

「うん。そのへんをすこし確めてからでないと身動きできない。さう思つてたんですよ。ですから、台湾民主共和国臨時政府はあの男が言ふほどぼんやりしてるわけぢやないんです。もちろんわれわれの運動は微力であり、われわれはいろいろのあやまちを犯して来た。それは事実です。認めるしかない。しかし彼が言ふほど無能ではないんですね。現実政治にたづさはる者を評論家が無責任に論難することは一般的な現象ですが、しかし……」

演説口調になつたのを照れてだらう、洪はそこで言葉を切り、あとはただ微笑を浮べてゐる。その微笑は侘しくて痛々しい。梨田が黙つてうなづいてゐると、とつぜん洪が用件にはいつた。

それは要するに、文部省の文化庁に誰か知り合ひはゐないかといふことである。買付けに備へて、日本刀の大量輸出は可能かどうか、もし可能とすればどうすればそれを妨害できるか、調べておかなければならない。日本刀の所轄官庁は、兇器としては警視庁、美術品としては文化庁の美術工藝課の二本立てになつてゐて、警視庁のほうはいま当つてゐる最中だが、文化庁にはどうも伝手《つて》がなくて困つてゐる。梨田さんなら商売柄、何かいい智恵があるのではないかと思つた、といふ話だつた。

　そこで画商は、美術工藝課なら課長を知つてゐるから紹介状を書いてもいいが、ついでがあるから今日明日のうちに自分が一つ電話をかけてみよう、どれだけ聞き出せるか怪しいけれど、と答へた。「ついでがある」といふのは嘘ではない。九州のある県で新設する県立美術館の初代館長は誰が有力なのか、探りを入れておきたかつた。しかし、あの文部官僚なら何となく台湾民主共和国臨時政府をなめてかかりさうで（もつともこれはたいていの国家公務員がさうだらう）、むしろ自分が訊ねるほうがうまくゆきさうだと思つたのである。梨田の気持としては、自分の友達が文化庁の課長に軽くあしらはれるのは厭だつた。

　洪が礼を述べた。

「それはどうもお手数をおかけして」

「お安い御用ですよ。こんなこと、何でもありません」

　洪は小さくお辞儀をしてから、台所にゐる妻を呼び、

「話はもうすんだよ」

と言つて顎をしやくつた。店長を呼んで来いといふ合図である。しかし彼は、林が戻つて来ると、

「いや、もう一つありましたな。ただしこれは店長がゐてもちつともかまはない」

といふ前置きで、マンションの住人の一部が犬のことで騒いでゐるといふ話をはじめた。

犬といふのは二代目大統領の飼つてゐたチワワで、彼の死後、このマンションを建てたかつての赤坂藝者、浜次が引受けた。ところが浜次の真下の家は、運輸省から天下りした何かの会社の副社長の住ひで、夫婦そろつて犬が大嫌ひなため、ベランダの手すりに干す犬の毛布から毛が舞ひ落ちるのがきたないとか、吠える声がうるさいとか、第一、居住人規則の何十何条かに「犬猫その他ペットを飼つてはならない」とあるのに反するとか、しきりに文句を言つてゐるらしい。

浜次は、マンションのことは建てるときから現在の運営まで姪夫婦に任せきりだから、そんな規則などもちろん読んだことがないし、管理人として住み込んでゐるこの夫婦にしても、規則の細目などろくに覚えてゐなかつた。もともとよそのマンションの規則をまるうつしにして体裁をつけたものだからである。洪は入居のとき一度だけ目を通したけれど、問題の何十何条かはさほど気にとめずに、二代目大統領のチワワを斡旋してしまつた。これはずいぶん迂闊な話のやうだが、このマンションには小型のボクサーを飼つてゐるテレビ・タレントがゐて、細君が犬を抱きかかへて引越して来たし、毎日二回、散歩させてゐる。それを見慣れてゐるせいで、何となく、もつと小さいチワワがいけないはずはないといふ気持になつたのだが、しかし悶着が起つた以上、口をきいた者としてやはり気がひける。浜次は副社長夫人と電話で二回、面と向つて一回、言ひ争つたさうだが、もしもこれ以上騒ぎが大きくなつてマンション全体の問題になつたら、何とか黙認するほうの側にまはつてもらひたい、といふのが洪の頼みであつた。梨田は、毛布は手すりに干さないやうにするといふ条件つきで、居住人組合の幹事に話をしてみようと約束した。

そのとき林が訊ねた。

「社長、その犬は年はいくつなんです？」

「それが問題でね」

と洪はとつぜん笑ひ出して、

「そのことでこのあひだから困つてゐる」

チワワは十二歳か十三歳の老犬なのだが、先日、浜次は、十五歳の犬と二十一歳の猫は東京都知事から表彰されるといふ話を聞いて、すつかり興奮してしまつた。調べてみると都知事といふのは誤りで、東京都動物保護管理協会が動物愛護週間の行事として（さう聞いて浜次はいささか落胆した様子だつたけれど、それなら表彰されなくてもいいとは言はない）、表彰状と記念品（手拭《てぬぐひ》一本）を犬の何々号ないし猫の何々号に贈るのであるが、これを受けるためには獣医と畜犬商の推薦状がなければならない。ところがもつぱら前大統領が面倒を見てゐた犬なので、どこの犬屋から買つてどこの獣医に見てもらつてゐたのか、前大統領夫人にいくら訊いてみてもはつきりしない。彼女が思ひ出すのは、二十万円以上もしたといふ値段のことだけで、あとはすべて朦朧としてゐる。が、浜次は、故大統領の手帳や電話番号の控へを見ればわかるはずだから、ぜひ探すやうに伝へてもらひたいと、洪にしつこく頼むのださうである。

「何だか急に名誉欲が出てしまつたらしいんですな。犬がかはいい一心で……」

と洪は笑ひ、みんなも笑つたのだが、やがて林がつぶやくやうに言つた。

「十五で表彰といふことは、普通はその前に死ぬわけですね」

「さうでせう。でないと動物の協会が破産してしまふ」

と受けたのは梨田で、それにつづけて洪がすばやく言つた。

「あ、わかつた。ぢやあ、どうせもう一年か二年だから、ほんのちよつと辛抱してくれ、そのあとはもう飼はせないから、となだめればいいわけです。その線でゆけば、下の夫婦も何とか納得するでせう。なるほど。店長はさう言ひたいんだね」

「はい」

林がおだやかにうなづいた。このやりとりを聞いて、梨田はすつかり感心した。自分はヒントを与へる役にまはつて、大事なところを社長の手柄にさせる店長も賢ければ、店長の着想の妙を人前で（人前だから？）はつきり認める社長もなかなか隅に置けないと思つたのである。感心のあまり、

「それは名案ですね。やはり洪さんは大統領だけあつて、なかなかの政治家だな。でも、チワワが案外うんと長生きしたりしてね」

と梨田が冷かすと、洪の妻が言つた。

「『オカル号殿、貴殿は……』なんて表彰状もらつたら、浜次姐《ねえ》さん額に入れて大喜びするでせうね」

「オカル号？」

「ええ。もとはマリーつて名前だつたのを、お軽つて変へたんです」

「いいなあ。いかにも藝者のつけさうな名前ですね。でも、犬はまごついてません？」

「大丈夫なんですつて。すごく頭のいい犬だつて、自慢してました」

「ふーむ。それでそのお軽には、勘平はゐるんですか？」

「いや」

と洪が答へたところによると、何しろチワワは無理に小さくした犬だからひどい難産だといふので、前大統領が不憫がつたため、彼女はいまだに処女なのださうである。もちろんこの年になつて新しい経験をするといふことはあり得ないことだらう。そこで洪夫妻と梨田は、お産で死ぬのを恐れて処女のままでゐるのがいいか、それとも危険を無視して男女のことを楽しむほうがいいかを論じあつた——まるで自分たちが犬のなかのチワワに当る矮小《わいしよう》な人間であるかのやうに。そして、もしいつたん決意すれば、その小人の牝は牡を近づけずに生涯を過すことができるかのやうに。林はただ微笑して聞いてゐたが、その表情には雇主に対すると言ふよりはむしろ年長者に対する儒教的な礼儀と、自分が並はづれた美男である以上、エロチックな事柄については普通人のやうな発言権はないといふ遠慮とがまじつてゐるやうに感じられた。

洪が、台湾民主共和国の小人数の集りが午後にあると言つたのを汐《しほ》に、梨田は立ち上つて、林を自分の家に誘つた。そして画商の家でスーパーマーケットの店長を最も驚かせたのは、壁にたくさん、それも二段三段に絵がかけてあることで、たとへば居間のいちばん大きな壁など、大小とりまぜて八枚の額が飾つてある。林は腰かけることも忘れて、思はずつぶやいた。

「まるで展覧会みたいです」

「それも公募展のおしまひのほうの部屋ね。でも、西洋人の部屋といふのは大体こんな調子ですよ。日本人は余白の美を重んじるから、一つの壁面に一枚しかかけないんです」

林の反応は早かつた。

「するとつまり、その癖を直させれば、すごく儲かるわけぢやありませんか」

「その通り」

と梨田は嬉しさうに答へて、この男のかういふ頭の動きは商才なのかそれとも文化論的なものなのかと怪しみながら、

「そのことではずいぶん考へました。自分でも考へたし、同業者とも相談……もちろん冗談半分にね。でも、文化の型を変へるのはむづかしいことで、まあほとんど不可能でせうね、あれは。あの癖は直りませんよ。どうも、きたないと感じるらしい。何しろ床の間といふのは何百年もつづいたわけで、そのあひだずつと床の間に絵をたつた一枚かけてゐたんですから。双幅の場合は別だけど、あれは合せて一枚の絵でせう。それを急に、何枚もゴチヤゴチヤかけるの

が西洋の流儀だと言つたつて、趣味の基本のかたちをあつさり改めるはずがない」

「さうでせうか？」

「でせうね。食はず嫌ひだつた牛肉を食べさせるなんてのとはまるで違ふ話ですよ。元号廃止くらゐむづかしい」

「残念。うまくゆけば、二倍も三倍も絵が売れるやうになると思つたのに。やはり商売といふのは大変なものですね」

と林は笑ひながら腰をおろし、こころもち体をねぢつて壁の絵を眺めながら、スーパーマーケットの商品の並べ方の話をした。彼に言はせると、外人向きの店では店のなかがすつきりして、歩きやすくなつてゐるのに、日本人専門の店ではその調子でやるとどうも売行きがパツとしない、むしろ妙なところに卵の売台を突き出したり、レジスターの前の客が並ぶ狭い空間を高く積み重ねた罐詰でいつそう狭くしたりして、客の流れを邪魔するほうが喜ばれるといふのである。

「あれは額のかけ方と逆ですね」

と店長が言つたとき、画商はうなづいた。

「なるほど。家の内と外とでは、ものの感じ方が反対になるのかな。さうかもしれません」

今日は週に三日来る通ひの家政婦がゐる日で、ちようど寝室の掃除をしてゐたが、来客に気がついてお茶を入れに出て来た。その様子を見ると、顔は上気して声は甘く、つまり林が美男なのですつかり興奮してゐることがよくわかる。画商は、自分もこの中年女と同じやうに彼の美貌に眩惑されて林に好意をいだいてゐるのかもしれないと、自己批評を試みてをかしがつたり、それから、しかしこの店長は話の調子から見るとなかなか頭がいいやうだし、ひよつとするとかなりのインテリかもしれないし、すくなくとも社長よりは絵が好きらしいと思つたりした。洪は一度だけここへ来たとき、ろくすつぽ絵を見ようとしなかつたのである。

しかし奥から出して来た三点の版画はどれも林を喜ばせなかつた。柱に似せた突出部にかけてあるマチスの小さなエッチングはひどく気に入つた様子だけれど（この好みのよさに画商は敬意を払つた）、値が張りすぎて手が出ない。林は諦めて雑談をはじめた。

「あの……犬の人の旦那は、よほど有名だつたんですか？」

「大田黒周道？」

「ええ」

「それは大変なものですよ。戦前戦中はね。戦後ちよつとのあひだも有名でしたね」

と梨田は答へて、この右翼思想家（と言ふよりも革命家）のことを手みじかに説明し、それからかう言つた。

「実は一度、会つたことがありましてね」

「大田黒周道に？　梨田さんが？」

「ええ。昭和十七年、十六の年に、母に連れられて身上相談にゆきました。遠縁に当るんですよ。ぼくはそんな男のところへ相談にゆく必要はないと言ひ張つたけれど、何しろ母が頑張るものだから」

「十六と言ふと、初恋ですか？」

と年下の男が言つたのは、もちろん冗談としてである。

「まさか。今のハイ・ティーンとは違ひます。第一、大田黒周道がその方面でわけ知りだなんてこと、知らなかつたし……。あのころぼくは陸軍幼年学校の生徒だつたんです。これは陸軍士官学校――職業軍人を養成する学校ですね、海軍の兵学校に当る――この士官学校の一段下の学校でしてね。士官学校にはいるには、中学の四年修了かそれとも五年卒業でゆくのと、幼年学校卒でゆくのと、コースが二つあつた。幼年学校には中学の一年か二年を終へてはいるんですが、幼年学校、陸士といふコースをたどつて軍人精神にこりかたまつた連中が陸軍将校のなかの精鋭でした。それでぼくは昭和十五年四月に幼年学校にはいつたんですが、昭和十六年の夏ごろから軍人になるのがすつかり厭になつて、いろいろ悩んだあげく、翌年の夏休の前、生徒監――これはまあクラス担任の先生で、もちろん現役の軍人ですが――この生徒監に、志望を変へたいと申し出たけれど許してもらへない」

「昭和十七年と言へば戦争の最中でせう？」

「さうです。昭和十六年十二月八日が日米開戦ですから、忠君愛国で国中が狂つたやうになつてゐるときで、あつさり許してくれるはずがないんですが、こつちもしぶとく引き下らなかつた」

「殴られたでせう？」

「いや、それがね」

と答へたとき、電話がかかつて来たので梨田が立ち上ると、奥から家政婦が勢ひ込んで出て来た。すでに送受器を取りあげてゐる画商は無表情に手を振つたが、心のなかでは苦笑してゐた。普段は電話が鳴つてもなかなか出ようとしない女だからである。

画廊からの連絡を聞き終へると、彼はまた林と向ひ合つて腰かけ、

「さうぢやないんですよ」

と話をつづけた。

「最上級生でしたからね、誰も殴るわけにゆかない。二年生のときまでは上級生にさんざんやられましたけど。どうも生意気だつたらしいや。でも、このときは無事でしたね。生徒監だつて、毎日毎晩、呼びつけて説教するだけで、別に殴りはしなかつたな」

「さういふものですか」

「ええ。同級生はみんな、何かこはいものを見るやうな目つきでぼくを見てゐました。遠くからね。これはまあ当り前でせうね、疫病神《やくびようがみ》みたいなものだから。そのうちに、同じ中学から来た同級生が三人、生徒監に頼まれて説教しようとしたけれど、こんな学校は下らないからお前たちも早く退学しろと言つたら、呆れて何も言はなくなつた」

二人の男は同時に笑ひ声をあげたが、笑ひつづけてゐる梨田に店長がまじめな顔で言つた。

「あの時代に、大変な勇気ですね」

画商は照れながら、

「ぢやなくて、こはいもの知らずでせう。十六の子供に勇気があるはずはない」

と答へ、ちよつと首をすくめてから言ひ添へた。

「つまり無鉄砲といふわけかな」

もちろん父兄が呼び出されたが、碁ばかり打つて暮してゐる父親は変り者で、病気と称して母親を代理に立てた。もともと父はさんざん渋つたあげく梨田の軍人志望を認めたのだが、これは息子の強情に負けたせいもあるにしても、むしろ軍国主義的な風潮に遠慮したことが大きい。何しろ日支事変の最中だつたし、それにこの中くらゐの地主の軍人ぎらひは、かなりいい加減なものだつた。それゆゑ、ついこのあひだ幼年学校にはいりたいと言ひ張つて手古ずらせた次男が学校をやめたいと言ひ出すと、内心ほつとしながら、しかし自分が一旦ゆるしたことが癪《しやく》にさはつて、だから言はないことぢやないと舌打ちするのがさきに立ち、息子の我儘《わがまま》に腹を立てたのである。(すくなくとも梨田は後年、このときの父の反応をさう考へた。)そして転向者である兄は、彼が幼年学校に願書を出す前から兵隊に取られてゐて、満洲のはづれから来る手紙はどれもこれも曖昧な文面のものばかりである。母親は生徒監に詫びたり、息子をなだめたりしたが、彼がどうしても言ふことをきかないので、陸軍にゆかりの深い(何度もクーデターを起させようとして失敗したのだからこれは間違ひない)遠縁の大思想家に説教してもらはうと思ひ立つた。しかし梨田は将校生徒のくせに大変な西洋かぶれで、皇道主義だの東洋主義だのをすつかり軽蔑してゐたから、『日本精神十講』や『東洋の神髄《しんずい》』や『皇國《こうこく》二千六百年史』の著者など歯牙《しが》にもかけてゐないし、大ベスト・セラーの『皇國二千六百年史』だけは幼年学校の図書室で手に取つたことがあるけれど、ろくすつぽ読まずにはふり出してしまつた。とすれば、身上相談の話など相手にしなかつたことは言ふまでもない。誰にどう言はれたつて自分の決心は変らないと不機嫌に言ひ張つたが、とにかく一度だけ大田黒のところへ顔を出してくれと母に泣きつかれると、頑張り通すことはできなかつた。これは一つには、騒ぎをまつたく傍観してゐた父が珍しく口を出して、いちおう大田黒の意見を聞いてみるのもよからうと賛成したからである。少年はその遠縁の男に会ふことだけは承知するしかなかつた。父親がなぜこんなふうに言ふのかは、そのときはわからなかつたが、どうやら息子を翻意させることよりもむしろ、幼年学校をやめたあと迫害されないやう、上層部に手をまはしてもらひたいといふ気持だつたのではないか。梨田は後年、そのへんのことがじわじわとわかつて来たが、戦後になつてから父に訊ねてみても、笑ふだけで何も言はなかつた。

「お母様はさういふことを頼まなかつたんですか？」

と林が訊ねた。

「それは言ひませんよ。誰か相客が一人ゐましたしね。軍服を着た人でした。でも、誰もゐなくたつて、とても口に出せないでせう、そんなこと。あれはさういふ時代だつたんです」

「お父様の手紙か何かは?」

「それもありません。大きな鯛《たひ》を一匹、もちろん炙《あぶ》つたのと、米を五升、持つてゆきました。何だか妙なおみやげで、恥しかつたな」

「なるほど」

「あれは冬休みでしたね。年の暮れだつたと思ひます。変にガランとしてゐる大きな邸《やしき》の、書斎兼応接間みたいな広い部屋に通されましてね、お袋がくどくどと愚痴をこぼした。それを黙つて聞いてゐた大田黒周道は――丈の高い、西洋人みたいな顔の人でした――一言ぽつりと、『やめたいのなら、やめさせたらいいでせう』と言ひました。するとお袋がさつきと同じことをくりかへすんですが、それが一段落つくと、またぽつりと、『やめたいのなら、やめさせたらいいでせう』と言つて……」

とそこで画商が一息入れたとき、林がつぶやいた。

「なるほど、大物ですね」

「ええ。それでね、横のテーブルから新しい大型の雑誌を取上げ、ぼくに渡して、『これをあげるから英語の勉強をしたまへ』と言つた。もう帰れといふ合図でせうね。『ライフ』の八月号か九月号でした」

「ほう」

「で、それを貰つて帰つたんですよ」

「あの、アメリカの『ライフ』？」

と林があわてて訊ね、梨田がうなづいた。

「ええ、アメリカの『ライフ』」

「輸入されてます？」

「されてませんよ、もちろん。戦争中だもの。敵国の雑誌ぢやありませんか。洋書はみんないつて来なかつた。第一、あのころは横文字の本を読むだけで国賊あつかひだつたんだから」

「ふーむ。とすると、どうして？」

「どうして手にはいつたか、それがいまだにわからないんです。何かのルートで新着の『ライフ』が大田黒周道のところへ届いてたんでせうね。上海の特務機関かな？　でも、こともなげに呉れましたね。ごくあつさりと。貴重品あつかひではなかつた。まあ、あの男には貴重品なんてもの、何もなかつたんでせうけど。ですから、こつちもその勢ひにつられて、つい平気になつたのかな、裸のまま持つて電車に乗りました。数ケ月前に敵国で出た雑誌が目の前にある。それがじつに不思議なことだといふのがよくわかつたのは、宿屋に着いてからでしたね。あれは妙な感じだつた」

表紙は女優の白黒写真で、雑誌の題は赤い矩形《くけい》に白抜きだつた。表紙も本文も紙が贅沢すぎて、これはアメリカの普通の人間のための「ライフ」ではなく、謀略用に特別に作つたものではないかといふ気さへした。海戦の光景、飛行機工場で働く若い女たち、片手で空《くう》をつかんで倒れてゐる死体を近景にして遠くに見える上陸用舟艇、ハリウッドのパーティの悪ふざけ。どれもこれも焦点のきちんと合つた、具体的なもので勝負する写真で、殊に一枚一枚に趣向のある、芝居がかつた印象が強烈だつた。それは雑誌の編集者とカメラマンとそれから読者たちの好みである、つまりアメリカ人全体の好みである、知的な計算と即物主義をはつきりと感じ取らせた。少年はその、アメリカがぎつしり詰つた、厚くて充実してゐる雑誌に圧倒され、かうなればどうしても日本の雑誌と比較することになるから、この戦争は敗けるに決つてゐると改めて考へ、しかし同時に、いつたいどうして大田黒周道はこれを呉れたのだらうとあやしんだ。

「どうしてなんでせう?」

と林が言つた。

「わからないんですね、それが。アメリカの物質文明をそれくらゐ軽蔑してゐて、こんなもの恐れるに足りないといふ気持かな? それとも、ぼくを軽蔑してゐて、こんな子供にまともな本をくれてやるのは惜しいからグラフ雑誌一冊で追ひはらはうといふのかもしれない。もう一人のお客を意識してのハッタリかもしれませんね。わからない。何しろあれは、気ちがひかもしれない人なんだから……」

二人はそこで笑ひ、大田黒周道が気ちがひを装つて東京裁判を巧みにまぬかれたのか、それとも彼は本当に狂つてゐたのかといふ現代史の謎の一つについて論じた。店長は、さういふ手を使つていくつもの国家(ほとんど世界中の国家)をあざむくのは痛快だと言つて喜んだ。そして画商の意見は、まさか気ちがひだとは思はないけれど、しかし統一のとれた一つの個性というよりは極端に分裂した自我の持主で、時に応じて相手の予想してゐる彼の姿とは違ふ局面を差出す癖があつたため、ああいふ大物らしい風格を示すことができたのではなからうかといふのだつた。

林が訊ねた。

「でも、どうして幼年学校を志望したんです?」

「それを訊かれると照れるんですがね……」

梨田は、照れてゐる證拠《しようこ》のやうに煙草に火をつけ、

「中学一年のとき、ナポレオン伝を読みましてね。もちろん大甘の通俗読物で、ナポレオンの生涯をロマンチックに歌ひあげてゐる本です。それを読んで無茶苦茶に感動して、それで……いいですか、笑つちやいけませんよ、ナポレオンにならうと決心した」

林は笑はなかつたし、笑ひをこらへるといふ様子でもなく、むしろきつい表情で言つた。

「本のせい……」

「ええ。ナポレオンは九歳のときフランスの兵学校にはいつたから、自分もそれに当る幼年学校に是非はいらなくちやならないと思ひました」

それは昭和初年に鶴見祐輔《つるみゆうすけ》といふ筆の立つ政治家が書いたもので、出版社は大日本雄弁会講談社。淡い茶いろの布表紙にあまり上手でないペン画で、馬上のナポレオンが描いてあつた。

十三歳の梨田は、剣道教師をからかつて仕返しをされた事件の直後、その手垢《てあか》にまみれた本を二階の押入れに見つけて（『徒然草全釋《つれづれぐさぜんしやく》』や河上肇《はじめ》や『女の一生』や『英文解釋研究』といつしよだつたからたぶん兄の本だらう）何の気なしに読み出し、すつかり夢中になつてもちろんその日のうちに読み終へ、それから毎日のやうに何度も読み返したのだ。

表表紙の下の隅が小さく、そして裏表紙の下の隅が大きく折れてゐるその本は、『ナポレオン』といふ題だつたが、本文では彼のことを「奈破崙《ナポレオン》」と書いてゐた。彼の七つ年上の妃《きさき》は「如世嬪《ジヨセフイン》」で、フランスは「佛蘭西」、パリは「巴里」、ローマは「羅馬」。「我《わ》れ生《うま》れて二十七歳《さい》、今《いま》や積年《せきねん》の苦心漸《くしんやうや》く報《むく》いられて懸軍万里《けんぐんばんり》伊太利《イタリー》に入《い》らんとす。伊太利《イタリー》は英雄墳墓《えいゆうふんぼ》の地《ち》、而《しかう》して我《わ》が祖先発祥《そせんはつしやう》の郷《きやう》にあらずや。天下経綸《てんかけいりん》の雄図《ゆうと》は先《ま》づ伊太利《イタリー》の征服《せいふく》より初《はじ》むべし。さう思《おも》つて蒼顔矮小《さうがんわいせう》の武人《ぶじん》は、思《おも》はず馬上《ばじやう》に昂然《かうぜん》とした」といふのが雪のアルプス越えのはじまりで（数ケ所は今でも暗誦《あんしよう》することができる）、一体に漢語の多い、調子が高まるとすぐ漢文くづしになる総ルビの本だから、梨田の国語力の基本はほとんどこの伝記のおかげと言つてもいいかもしれない。事実、幼年学校の入試問題の国語は、この本で覚えた漢語知識ですべて間に合つたのである。

『ナポレオン』は東北の田舎町の少年を酔はせ、その酔ひは月日が経つにつれていよいよ深くなつた。青梅がたわわに生《な》つてゐる真下で釣りをしながら、黒い編上げの靴の黴《かび》を拭き取りながら、そして盆に盛り上げた枝豆を食べては麦茶を飲みながら、彼はナポレオンの生涯のことばかり考へた。それは退嬰《たいえい》的な土地柄に退屈しきつてゐる中学生にとつて、妙に景気のいい脱出の物語として映つたし、コルシカ島の陰気な男の子がフランスへゆく話は、そつくりそのまま、自分が華やかで眩しい西欧へ逃れてゆく道筋として感じられた。そして、彼のロマンチックな夢想を助けてくれるものとしては、泥沼のやうな日支事変をつづけてゐる昭和十年代の日本の軍国主義的な風潮があつた。九月になつて彼が幼年学校にはいりたいと言ひ出したとき、周囲の者は、国民全部に強制されてゐる愛国心のせいで、誰もこの志望に反対することができなかつたのである。父も母もさうであつた。もちろん幼年学校に進むのは模範生のすることになつてゐたし、梨田は例の蛇の事件でだけ有名な、成績が非常にいいといふわけではない生徒だつたから、当然、彼の志望は頓狂な話として受取られた。全校生徒が自分を笑つてゐる気配はよくわかつたが、梨田は鈍感なふりをした。教員がみな呆れてゐることもわかつたが、これは幼年学校受験むけの補習の係をしてゐる数学教師の前で心にもない天皇崇拝の台詞を並べ立て、何とかうまくしのいで、遅ればせながら補習に出られるやうにしてもらつた。かうして彼は、その年の入試ではしくじつたけれど、翌年は合格したのである。

だが、『ナポレオン』で火をつけられた読書癖のせいで、彼はその一年半のあひだもかなり本を読んでゐたし、教科書以外の読書を禁じてゐる幼年学校にはいると読書欲はいよいよ昂《たか》まつて、生徒監の許可を得た本、許可なしの本を、むさぼり読んだ。精神講話の時間などは文庫本や新書本ばかり読んでゐた。生徒監は日本語の本にはとかくきびしかつたが、英語の本には及び腰だつたので、教科書版の薄い本でイギリス浪曼《ローマン》派の詩人や現代イギリスの軽薄な随筆を買つて来て許可を得た。語学は英語を選んで置いたのである。殊に日曜の外出には、かならず若い英語教師の家へ行つて、半日、手あたり次第に翻訳ものの文学書と歴史を読んで暮した。これは、「彼《かれ》はその全精力《ぜんせいりよく》を課外読書《くわぐわいどくしよ》に傾尽《けいじん》した。すべての世界《せかい》の偉人《ゐじん》は、課外読書《くわぐわいどくしよ》で偉《えら》くなつたといふことは、伝記《でんき》を記《しる》す人々《ひとびと》が一様《やう》に記述《きじゆつ》するところであるが、奈破崙《ナポレオン》の後年《こうねん》の発達《はつたつ》も、ブリエンヌ兵学校時代《へいがくかうじだい》の課外読書《くわぐわいどくしよ》の賜物《たまもの》であつた」といふ『ナポレオン』の一節の影響と見ることもできようが、何しろ評価の移り変りの早い少年時代のことだから、もうこのころになると鶴見祐輔の本など軽蔑しきつてゐた。

しかし職業軍人になるコースを断念し、幼年学校だけでやめようと思つた直接のきつかけは、読書の自由が得られないことではなかつた。もちろん思想問題を起すことなど、当時の少年にはあり得ない。そのころ左翼運動は完全に逼塞《ひつそく》してゐたからである。そして、成績が悪かつたわけでもなければ、術科、つまり訓練や体育が苦手なせいでもなかつた。成績はいつも中くらゐ、術科はむしろ得意なほうだつた。

「ぢやあ……」

とここまで黙つて聞いてゐた林が言つた。

「女ですか？」

「なるほど、女といふのがあつた」

と梨田は微笑して、

「いかにも君らしいが、残念ながらさうぢやないんですよ」

「一体、何だつたんです?」

「後で振返つて見れば、入学式の日から、これはちよつと変なことになつたぞといふ感じはありましたね。ちよつとどころぢやなく、ずいぶんあつた。でも、正直いつて、あまり気にかけませんでした。志望どほりの学校にはいれたので満足してゐたし、やはりいろいろ我慢しなくちやならないと思つてゐたし、それに今までゐた中学だつて馬鹿ばかしいことだらけだつたし……。何しろ子供でせう。自分で自分をだますのはさうむづかしいことぢやなかつた」

「……」

「直接のきつかけは、突撃ですよ。毎日、午前中は学科で、午後は教練や体育なのですが、二年生になると戦闘教練をやる。匍匐《ほふく》前進で進んで行つて、『突撃に前へ!』といふ号令がかかると銃に剣をつけ、『進め!』で起きあがり、銃剣を構へて『ワアー!』とどなりながら走つて敵を襲ふ、突き刺す、『エイ、エイ、エイ!』と刺し殺し、それからもう一人、敵を殺すといふつもりで『エイ、エイ、エイ!』、そしてさらにもう一人、『エイ、エイ、エイ!』、それで終り、あれです」

「映画で見ました」

「あの訓練のときですね、話が急にはつきりしたのは」

突撃でいちばん大事なのは、喊声《かんせい》をあげることだつた。コの字型に整列させて教官（生徒監）が述べる冒頭の説明でも、四人の下士官の示す模範でも、そして個々の生徒に対する注意でも、もつぱら、勇ましく声を張りあげることが強調された。まるで突撃が軍歌演習の一種であるかのやうに。はじめの数回は、これは基本だからかういふふうに教へるのだと思つてゐたが、次第に懐疑がつのつたし、殊に夏休前の最後の教練のとき、おしまひの総括の際に、教官が突撃に喊声はつきものだと強調して、「いいか、日本軍の突撃はいついかなる場合も天にとどろくほどの声をあげる」と教へ、それから、「何か質問はないか？」と見まはしたときは、どうしても右手をあげずにはゐられなかつた。「はい！」と手をあげて指名された梨田は、「どのやうな場合でもかならず喊声をあげるのでありますか？」と訊ねた。「さうだ。『突込メノ号令ニテ喊声ヲ発シ』と操典にある通りである」と教官が答へたとき、彼は重ねて、「しかし、たとへば夜間、隠密裏《おんみつり》に敵を倒すことはないのでありますか？」と質問したが、教官はこれに対し上機嫌で、「さういふことはないな。常に正々堂々、武勇をふるつて敵を殲滅《せんめつ》する」と述べた。「どうだ、わかつたか？」と言はれて、梨田が「はい、わかりました」と叫んだのは、もうこのへんで終りにしなければ叱られることが目に見えてゐるからで、納得が行つたわけでは決してない。むしろ彼の疑惑はこのときから本式に、濛々《もうもう》とくすぶりだしたのである。

夜の自習時間も、消燈後、寝台に横になつて眼を見開いてゐるときも、彼は日本軍の実体がやうやくわかつたといふ奇妙に寂しい興奮にとらへられてゐた。自分の教官である生徒監が、沈黙のうちに敵を刺し殺す夜襲がまつたくあり得ないと思ひ込んでゐる（あるいは、せいぜい好意的に考へて、教育の便宜上あり得ないふりをして平気でゐる）のは、陸軍将校のなかの珍しい例外と見ることもできようが、しかし幼年学校の生徒監は優秀な将校が選ばれるのだから、この一人の精神主義者はむしろ日本陸軍全体の体質を示すと判断して差支へない。とすれば日本の陸軍は非合理主義にどつぷり漬かつてゐる団体で（そのことの傍證として役立つものは、入学式の校長式辞からはじまり、上級生が下級生をいぢめるときの叱り方、難癖のつけ方を経て、映画見学のときたとへ喜劇映画でも決して笑つてはならないといふ不文律にいたるまで、おびただしかつた）、この団体の信条とするところはナポレオンのものの考へ方とまつたく対立するものではないか。あの小さなコルシカ人ならば、歩兵操典に書いてあらうが、軍人勅諭にあらうが、そんなものは旧套《きゆうとう》にすぎず死んだ文字にすぎないとして、平気で投げ捨て、すばやく現実の必要に対応するだらう。ところが幼年学校の生徒監をしてゐる、あの善良で体が丈夫で、鉄棒をさせれば下士官の誰よりも上手な中尉は、そして彼に代表される日本軍の将校は、ゲリラが深夜こつそり敵を殺傷するときも雷みたいな馬鹿声をあげなければならないと信じ込んでゐる。それが日本軍の美徳、倫理、武勇だと考へて満足してゐる。これは非実用的な美意識のあらはれだし、あるいは、操典といふ前例にこだはる官僚主義だらう。軍隊といふのは戦闘が目的で、戦闘といふのは結局のところ大がかりな喧嘩なのだから、ナポレオンとはつまり世界一の喧嘩の名人である。彼が偉いのは道学ぶつて勿体ぶることが上手だからでもなく、喧嘩と修身とをゴッチヤにしてゐるからでもなかつた。あのナポレオンは、単なる飾りにすぎない、まるで勲章みたいな勇気や精神力や大声とはまつたく無縁な合理主義者だつた、と梨田は妙にやるせない気持で考へて、自分がナポレオンにならうと志を立ててこの極端に非ナポレオン的な世界に身を投じたといふ滑稽な矛盾を静かに嘲笑したのである。その反省はまるで、弟が若気の至りで犯した愚行を風のたよりに聞いて、長兄が苦笑するときのやうに憐れみにみちてゐた。つまりこの少年は半日のうちに数年、成長したのである。だが、思春期の思考といふのはをかしなもので、彼は闇のなかで眼を見開いたまま、自分がナポレオンのやうな戦争の実際家になるつもりでこの反ナポレオン的な精神構造の職業団体に加はつたのはまあ仕方がないとしても、日本軍はナポレオンと何の関係もないことに一年以上も経つまで気づかなかつた(ときどき変だとは思つたが明確に意識しなかつた)のはどうかしてゐるとひどく恥ぢ、ひよつとすると自分は極端に頭が悪いのではないかと怯《おび》えつづけた。

ただし、さうかと言つて梨田はすぐに退校を決意したわけではない。もちろん彼は夏の夜の寝台で、この合理的な思考を尊ばない団体から何とかして脱出しなければならないと自分に言ひ聞かせたし、それからあとも折り折りに、つまり、あるいは学校の行事でゆく海水浴の宿舎の白い蚊帳《かや》のなかで、あるいは国語教師が退屈な日本精神論をしやべつてゐるのを聞きながら、そしてまた、休暇のときに読んだ大杉栄の自伝でこの男も幼年学校を中退したといふことを知つたときに、心のなかでかたく、ぜつたい退学しなければならないと思つたのだが、しかし陸軍といふ組織の重圧は彼の心に重くのしかかつてゐたし、昭和十六年といふ時代はそれをいつそう重いものにしてゐた。第一に、入学した以上やめることは絶対にしないといふ誓約書を取られてゐる。第二に、一人の退学でも認めれば統制が乱れるし、教育にかけた国費が無駄になるし、生徒監や校長の責任問題もある。陸軍が彼の希望をたやすくかなへてくれないことは明らかだつた。それに、何しろそのころは「自由」といふ言葉がまるで破廉恥《はれんち》罪を意味するやうに使はれてゐた時代だから、世間が白眼視することは目に見えてゐる。両親はそのことを察して恐怖し、今のコースを無事にたどつてくれと望むことだらう。彼は自分の新しい針路を切り開くにはどうしたらいいのかと迷ひつづけ、さんざん悩んだあげく、一年後にやうやく生徒監に申し出たのである。その一年間は、長いやうな短いやうな、早いやうなゆるやかに流れるやうな、苦しみと期待で充実してゐるやうでもあればまつたく空白なやうでもある、奇怪な時間だつた。そしてをかしなことに、彼はその一年の延引を妙に自慢にしてゐて、無鉄砲なたちだと責められるときにはいつも、一年間ああしてじつくり考へたことでも自分が慎重な男だといふことがわかる、と考へるのだつた。

「でも、二年生のうちに退学したいと言ひ出さなかつたのはたしかに賢明だつた」

と画商は話をつづけた。

「今でもさう思ひますね。あの学校では一級上が一級下をむやみにしごく仕組になつてゐましたから、噂を聞きつけた三年生にひどく殴られたにちがひないんです。もつとも、賢明といふことをやかましく言へば、ぼくのやり方は見通しが間違つてゐました。戦争が終ると、こつちはまだ旧制高校の二年生なのに、幼年学校の同級生は官立大学の一年生に編入されたんですからね。どうもあまり賢いとは言へなかつたやうです。あれは結局のところ、一人相撲みたいな反逆だつた」

梨田がさうしめくくつて笑つたとき、林は微笑で答へ、それからちよつと訊きにくさうにして訊ねた。

「愛国心といふんでせうか、さういふことでの悩みはなかつたんでせうか？」

「愛国心ね」

と梨田は苦笑して、これもすこしためらひながら、

「なかつたんぢやないでせうか。どうもそんな気がしますよ。ただナポレオンになりたい一心で、愛国心なんてそんなもの、べつに持合せてゐなかつた……。いはば将棋の名人にならうとして奨励会にはいつた、それと同じでしてね。まあ、ほかの連中だつて、わりあひ有利な職業だし、官費で教育してもらへる学校だからといふので、志望しただけでせう。かういふふうに言ふと露悪的になりますけどね。それに、ちよつと矛盾してるやうに聞えるかもしれませんね。ナポレオンといふのはナショナリズムの英雄として、世界的な尊敬を集めたわけだから。でも、昭和十年代の日本の愛国心は、ナポレオン崇拝のナショナリズムとは違ふ、不健全なものでした。実質が何もなくてただ恰好つけるだけの、偽善的な……たとへば市電が二重橋の前を通る

とき、乗客が立ちあかつて最敬礼するといふやうな、そんな程度の下らないものだつた。さうですね、何しろあのころは愛国がむやみにはやつてましたから、逆にこつちは反感をいだいたといふこともあるかもしれません。……いや、やはり、国といふことは考へてなかつたでせうね。自分のことでせい一杯でした。でも、心のどこかで、やはりさういふ風潮に支配されてゐたかもしれません。職業軍人になるだけがお国に盡す道ぢやないなんて、一所懸命、自分に言ひ聞かせたことを覚えてゐます。可憐《かれん》なものでした。妙な具合に意地を張つて、旧制高校の文科にはいつたのだつて、今にして思へばなかなか可憐な態度でしたよ」

「意地？」

「ええ」

　とうなづいて梨田は説明した。彼は昭和十八年の三月に幼年学校を卒業したとき、二年まで在籍してゐた郷里の中学に戻らうとしたが、校長が軍部の意向を恐れて復学を許さないため、東京の三流私立中学、と言ふよりもむしろ不良少年ばかりがはいるので有名な中学の五年にもぐりこんだ（この校長は太つ腹で軍部をこはがらなかつたし、梨田の父がかなりの賄賂を贈つたのである）。ところがその年の秋に文科系学生の徴兵猶予が廃止されて、学徒出陣といふことになつた。そのとき梨田が、理科系へ進めば徴兵猶予があるとわかつてゐるのに、そして数学が苦手といふわけでは決してないのに、わざわざ旧制高校の文科を受け（このときも彼は周囲の猛反対を受け、例によつて我儘を押し通した）、やがて二十年の春に入営したのは、今にして思ふと、愛国心がないから士官学校に進まなかつたと世間から非難されてゐると感じて、それに反撥し、虚勢を張つたのではないか、もちろんそれだけではないにしてもそんな面もあるやうな気がする、といふのである。

「あれはをかしな話でしたね。このなかにゐたのでは自分がナポレオンになれないとわかつたから陸軍の学校をやめたのに、その学校を支へてゐる陸軍それ自体の最下層の存在になるなんて、どう考へても辻褄が合はないでせう。しかも逃げ道はちやんとあつたのに。理科へ進めばみんなから褒められたのに。あのころ文科の学生といふのは、非国民のストレートとまではゆかなくても、まあ、非国民の水割りといふ感じでしたからね。自分ではまじめに考へて行動したつもりなんですが、ひよつとすると、やけくそだつたのかな……」

画商はさう言つて、自分の愚行をいとほしむやうに笑つた。

「つまり、エリートの将校になるはずの人が一兵卒になつた……」

と林が言ふと、梨田は照れくささうな表情で答へた。

「ええ。ですからずいぶん殴られました。下士官や兵隊が陸軍に対していだいてゐる怨みを晴らすのに、こんなにいい相手はありませんもの。ぼくを陸士出の将校に見立てて殴るわけですね。兵隊に取られて何年も奴隷みたいな暮しをしてると、すつかりサディストになつてしまふものらしい」

「さうでせうね」

「でも、うちの班長は茨城の大工でしてね、話のわかる、気立ての優しい男だつたから、かばつてくれたし、小隊長は私立大学のラグビー部員で、これもいろいろ目をかけてくれました。熱血漢でしてね。ラグビー部にしてはインテリでした。幼年学校卒の男が徴兵猶予のある理科へ進まなかつたところに感動したらしい。この二人がゐなかつたら、どういふことになつたかわかりませんね。ひよつとすると……殺されてゐたかもしれない。殊にほかの班の下士官や兵長、上等兵には狙はれました。命が助かつたのはあの二人のおかげぢやないかな。班長の名前は忘れましたが、山中重郎といふ小隊長の名前だけはまだ覚えてます」

「大田黒周道は声をかけてくれなかつたんでせうか？」

「何もしてくれなかつたと思ひますよ。だつて当り前でせう。大物が遠縁の子供のことをいちいち気に病むはず、ないぢやありませんか」

そのとき林は、まるで持病の話をするやうにして、あつさりと自分の血筋を打明けた。

「わたしは台湾系で、本当はハヤシぢやなくリンなのですが……」

「ええ、知つてます」

と梨田が言ふと、相手はつづけた。

「台湾人だつたら、きつと声をかけたと思ひますね。何しろ親族意識が強烈だから。よくは知りませんが、遠縁の遠縁くらゐまでが親類で、大変なものらしいんです」

「さうでせうね。どうも日本人の親類は冷たいな。大田黒周道なんて、何をしてるんだらう。

日本精神がないよ」

　と梨田はおどけた声で言つて、

「でも、それをやらなかつたから、近代化がうまく行つたんです。まあ、そのせいでぼくはひどい目に会つたけどね。いや、ごめんなさい」

　林はおだやかな声で、

「なるほど、さうかもしれません」

　と受け、それから言ひ添へた。

「まるで他人事《ひとごと》みたいですが、本当のところ、他人事なんですね。あまり切実ぢやないんですよ、台湾のことは」

「それはやはり、二世だから……」

「それもありますが……」

「独立運動にも関係ないんですか？」

「ええ。お友達だから御存じでせうが、社長はよくわかつた人でしてね。ぼくの政治嫌ひを認めてくれてゐます」

「あ、なるほど。政治一般が性《しょう》に合はない」

「もともと政治嫌ひでしたね。保守も進歩も、右も左も、みんな気に入らなかつたやうな気がします。学生時代、新聞配達をやつてましたから、さういふ人間が三年半のあひだ、毎日、朝と夕方、世界の政治をぎつしり詰めた印刷物をかかへて配つて歩いたわけです。あれでいよいよ厭になつたのぢやないでせうか。どうも、げんなりしてしまつて……」

林はさうつぶやいて、壁の、絵のかけてない空白の部分に視線をやつた。梨田は、この男はいま自分がかつて大衆に送り届けた、おびただしい革命や内乱や政変やスキャンダルや戦争を、草花や女の脚や海の青のあひだに思ひ描いて、ちようど二日酔ひの男がウィスキーの大びんのことを思ひ出したときのやうに魘《うな》されてゐるわけだと考へ、何かいたはる言葉を探さうとしたが、なかなか見つからない——ちようど二日酔ひの療法がないと同じやうに。とつぜん、林が言つた。

「本当は、政治嫌ひといふよりも国家が嫌ひなんでせうね。ですから……」

「ほう、これはおもしろいな」

と梨田が興味を示したとき、家政婦が妙におづおづと出て来て、インスタント・コーヒーをいれた。もちろん林の顔を見たいからにすぎない。画商は心のなかで苦笑しながら、何かこの女にもわかる話をしてゐるところだつたらよかつたのにと家政婦に同情した。彼は煙草の箱をいぢりながら言つた。

「するとつまり、中華民国も台湾民主共和国も結局のところ権力の装置にすぎないといふわけですか？　洪さんたちも権力を手に入れれば、蔣父子のやうになる……」

家政婦がコーヒーをすすめ、画商はそれを飲んだ。スーパーマーケットの店長は中年女にほ

ほゑみかけて礼を言ひ、しかしコーヒーには手を出さないで、

「ええ。はつきり言へばさうですね。社長は立派な人ですよ。頭もいいし、有能だし、人間的に欠点が……ないと言つては何ですが、とにかく尊敬してゐます。ですから蔣父子といつしよにするわけにはゆきませんが、しかし何十年も経てば似たやうなことになるのぢやないでせうか、中華民国と台湾民主共和国とは。まあ、革命ができたとしての話ですが」

部屋の遠くのほうに立つてゐた家政婦が出て行つた。梨田が煙草に火をつけて言つた。

「むづかしいでせうね、独立は。そして、たとへできたつて、とどのつまり同じやうなことになるでせうね。どうしても腐敗するからな」

「ええ、腐敗といふこともありますが、国家といふのがさういふものなんでせうね。もともと民衆をいぢめるやうに出来てゐるし、民衆のほうも、国家がさうしてくれることを望んでゐるし……」

「ほう」

「ほら、ヒトラーよりもわれわれの心のなかのヒトラーのほうが問題だなんて、よく言ふでせう。あの調子でゆけば、われわれの心のなかに始皇帝もゐればスターリンもゐるんですね。もつとこはいのは、堯《ぎよう》も舜《しゆん》もゐて……」

「わかつた、堯舜による圧制を望んでゐるといふわけね」

「ええ。さうなんぢやないでせうか」

と答へて、林はコーヒーにミルクだけを入れて二口ばかり飲んだ。

梨田はここで何となく溜息をついて、

「アナーキストといふのは楽天的なものだと思つてましたが、あなたのは暗澹《あんたん》としてますね。ずいぶん暗い感じ……」

と批評すると、相手は礼儀を充分に守りながらしかし不満さうに、

「いや、わたしのは無政府主義ぢやありませんよ。アナーキストといふのは、あれはやはり一種の政治好きな人でせう。わたしはさうぢやなくて、どういふのかな……」

とほんのすこしためらつてから、思ひ切つて打明けるといふ感じで言つた。

「実はシュティルナーの本をうんと手前勝手に読んで、無茶苦茶に感心したんです」

「シュティルナー?」

「ええ、『唯一者《ゆいいつしや》とその所有』といふ本」

「あ、スチルネル。なるほど、シュティルナーね。うん、そつちのほうが正しい発音でせうね。ぼくも以前、ずつと前ですが読んだことがありました。マルクスにひどい悪口を言はれてゐる男でせう。こんなにコテンパンな目に会ふ男はどんな本を書いたのかと思つて、のぞいて見て、さつぱりわからなかつた。大田黒周道から貰つた『ライフ』のアメリカ英語もチンプンカンプンだつたけれど、同じくらゐ難解でしたね。戦前の本ですから、翻訳が悪かつたのかもしれないけれど」

コーヒーを飲んでゐた林が、あわてて言つた。

「いや、わたしだつてわかりません。戦後の新しい翻訳ですが、何しろむづかしくつて。でも、何だかひどく興奮したんです」

「やはりマルクスの関係で？」

「いいえ」

林はちよつと困つたやうな顔になり、それから明るく笑つて言つた。

「別の本と間違へて万引したんですよ」

「え？」

梨田は一瞬きよとんとして、それから笑ひ出し、その笑ひ声はずいぶん長くつづいた。林は照れて、

「皮肉な話ですよね。何しろわたしは今、毎日、万引で悩まされてゐるわけですから。今日、社長に報告したのも万引の件なんですよ。ちよつとゴタゴタがありまして……」

とつぶやいてから、自分が一度だけした万引の思ひ出を語り出さうとした。

「『唯一者とその所有』を盗んだのは、ちよつと話が妙なんですが、実は、学生時代、アメリカ人の妾に囲はれてましてね。アパートを借りてもらつて……」

「ちよつと待つて下さい。どうもややこしくなつてしまつた。君が、その……男妾になつてたの？」

「はい」

「大学生のとき？」

「ええ、四年生でした」

「つまり、アメリカ人の囲つてゐたお妾さんが君を囲つて男妾にした……？」

「さうです」

「普通の女の男妾ではなくて、妾の男妾……？」

「はい。どうもあまり自慢にならない話なんですが……」

「ふーむ」

「気がついてみると、さういふことになつてました」

「ふーむ」

梨田は、恋人といふものがあればどんなにいいだらうと夢想してしかし女が一人も出来なかつた自分の学生時代と対比して、ひどい衝撃を受け、美男と美男でないのとではこんなに違ふものかと驚いて、言葉が出なかつた。本当なら、ここはすかさず、自慢にならないなんてとんでもない、それこそは男の名誉だと軽口をたたくところなのに、そんなゆとりがまつたくないほどびつくりしてゐたのである。林は茫然としてゐる梨田に向つて、若いころ、新聞配達をしてゐるとき、旦那が急に来られなくなつた女から誘惑され（ここまでは洪からすでに聞いた通り）、しかもその女に囲はれるやうになつたといふ話をした。口調から察すると、林はどうやら、この種のことは世間ではさほど珍しくないことだと思つてゐるらしい。

「ふーむ」

梨田はもういちど唸つて、壁の時計を見た。林はその視線に気づいて腰を浮かせ、立ちあがり、

「申しわけありません。すつかり長居をしました。調子に乗つて詰らない話をしてしまつて……」

と詫びた。画商は押しとどめるやうにして、

「いや、さうぢやないんですよ。これから画廊のほうへゆきますが、もしよろしかつたらわたしの車で御一緒にどうですか？　午後の約束が取消しになつて、今日はわりあひ閑《ひま》なんです。店にゆけば、まだ版画がありますから……。お話のつづきは車のなかでお聞きしませう。かういふいい話を聞かないつて手はない」

と言つた。

服装を改めた梨田が林と一緒に家を出たのは五分ほどのちで、このときも家政婦は、夕食の用意のことを訊ねるのにかこつけて玄関まで出て来た。よく晴れた日である。画商が車を出さうとするとき、渋い和服の老女が薄茶いろの小さな犬を抱いて道を通るのが見えた。犬は通りがかりの小学生に吠えて、叱られてゐる。梨田が、やがて隣りの席に腰かけた林に、

「あれが浜次姐さんですよ」

と言ふと、林は、

「ぢやあ、あれがお軽」

と、まるで名犬でも見たやうに満足げにつぶやいた。

駅の横で信号の変るのを待つてゐると、枯葉が落ちて来る。その何枚目かが窓をよぎつたとき、梨田が話のつづきを促した。

「年上だつたんでせう？　その女の人」

「ええ。二つか三つ」

と林は答へて、

「しかしもつと年上みたいな調子で指図するんですよ。それで何となく言ひなりになつてしまひました」

印半纏のことから話がはじまつた日の翌々日、新聞販売店に電話がかかつて来て呼び出され、晝すぎに喫茶店で落合つて、安いホテルへ行つたが、女は寝物語に、新聞配達の仕事はよして、二人で一部屋の今のアパートから移つて一人で住め、さうすれば勉強もできるし、訪ねてゆくのにも便利だ、金のことは心配しなくていいとすすめた。林は、はじめのうちは承知しなかつた。四年生だからほんの申しわけに働けばいいのに（そしてその権利は途中でよせばフイになつてしまふのに）、折角の既得権がもつたいないし、それに何よりも、女が心変りしないといふ保證はないからである。しかし何度か逢びきを重ねて、どんなことになつても卒業まではきつと面倒を見ると約束されると、次第に、こんなうまい話をのがす手はないといふ気持になる。

労働をちつともしなくていいといふ条件も心をそそつたし、女の体に溺れる都合ももちろんあつたが、一部屋に一人で暮すといふ自由な暮しの魅惑がいちばん大きかつたかもしれない。とにかく大学生は、夏休になつてからのある日、女のマンションから車で十分ばかりの木造アパートに空室を見つけ、敷金その他すべて払つてもらつて引越すことにした。新聞販売店には、伯父が急に学資を出してくれることになつたからと嘘をついたのだが、これから見ると、どうやら若者は女の言葉を、どこかにゐるのかもしれない伯父の約束くらゐには頼れると思つてゐたらしい。

しかしそのアパートの一室での生活は楽なものではなかつた。女が自由を与へてくれないのである。アメリカ人の旦那がうるさいので、いつ出られるかわからない。都合のいいときにすばやく訪ねて来るから、待ち受けてゐなければならないといふのが女の言ひ分で、このため青年は、食事をする近所の店も、買物をするスーパーマーケットも、それからパチンコ屋まで指定されて、それ以外の店にゆくことは許されなかつた。どこかへゆくときは行先きを書いた紙をドアに貼つておかなければならない。いきほひ彼は本を前にひろげるしかなくなつて、まともな本に飽きると、同じ週刊誌を二度も三度もくりかへし読んで退屈した。さういふ辛さにくらべれば、週に三度か四度、不意に訪れる女に仕へるのはさほど苦にならなかつたやうな気がする。何しろ若くて元気だから、一回目が終つてもその途端にすぐ硬くなつてゐて、充分に役に立つのである。

「ほう、さういふものですか」

と思はず五十男がつぶやくと、

「ええ、さうでしたね。今はとてもあんな無茶はできませんが」

と林はまじめな口調で言つて、だしぬけに笑ひ出し、

「妙な癖の女でしたよ。濡れた塵紙《ちりがみ》を始末しないで、ベッドのなかに置きつぱなしにするんですから。買つてもらつたセミ・ダブルなんですが、夜になつて一人で寝ようといふ段になると、足や腕にそれが触れましてね。ひどく気持が悪い……」

「あまりなまなましい話はしないで下さいよ、林さん。運転の手もとが狂ふ」

「はい、すみません」

と林はすばやく謝つて、それから、

「どうしてゐるでせうね、あの女。まだ四十にはなつてゐないわけですが……」

と抒情的な声を出した。

「どういふわけで別れたんです？」

「八月の末、夕方ちかいころでしたね。今日はもう来ないのかな、と思つてゐると、とつぜん彼女がやつて来て、それで、二人ではじめてゐる最中でした。部屋のドアをたたいて『あけろ、あけろ』とどなる男がゐるんです」

青年はそれを聞いて、誰かが部屋を間違へたのだと思つた。女の素姓はもうこれまでに知つ

てゐたが、その声はアメリカ人の日本語には聞えなかつたのである。しかしすばやく体を離した女の怯えきつた表情で、旦那が来たのだといふことがわかり、その瞬間、ドアの外で叫びつづける「あけろ、あけろ」はアメリカ訛《なま》りの日本語として耳にはいることになる。

ドアをたたく音は激しいし、声はいよいよ大きくなるので、ほかの部屋の迷惑だから、あけるしかない。二人は服を着て、ベッドにカバーをかけ、男を入れた。飛び込むやうにしてはいつて来たのは、髪の薄い、四十か四十五かそれとも五十くらゐの、明るい色のズボンにワイシャツ姿の大男で、顔立ちはなかなか上品だが、興奮して体がわなわなふるへてゐる。アメリカ人は青年には目もくれずに、早口の日本語で(ところどころはもつと早口の英語で)女に話しかけた。女はベッドに腰かけて、横を向いてゐる。男の言ふことの中身は、要するに、自分はお前を性的に充分満足させてゐるはずだといふことで、これはかういふ状況での台詞としては根本的にをかしいわけだが、それをひどく露骨な言葉づかひでまくし立てたあげく、「来い」と言つた。女は視線を部屋の隅の冷蔵庫の上に置いてあるハンドバッグに向け、ゆつくりと立ちあがり、ハンドバッグを手に持つた。ドアの横にぼんやり立つてゐた青年が女を引き留めようとすると、アメリカ人は双の拳《こぶし》を固めてボクサーのやうに身構へ、こはい目つきをしたので、彼は抵抗しないことにした。

「それで終りです」

と言つて林はくすくす笑つた。

「なるほど」

と梨田は受けて、

「しかし大変な体験でしたね、それは。人生の出発でいきなり、天国と地獄をカクテルにしてあふつたやうなものだから」

「でも、本物の地獄はそのあとでした」

それから林は酒を飲みに出て、中学の同級生に連絡を取り、麻雀をして大負けに負けた。麻雀は別に好きなわけではないが、この一と月ばかり打つことができなかつたので、時間が自由になつたことをかういふ形で確めようとしたのだらう。そして大敗を喫した理由としては、ほかの三人の女性論が幼稚なのに呆れたからだと自分に言ひ聞かせた。翌朝、もう行先きをドアに貼りつけなくていいなどと思ひながら、近所の食堂へ歩いてゆく途中、アパートの大家である酒屋の娘と出会つた。母が亡くなつてから父親を手伝つて一家を切りまはしてゐるその少女は、事情がさつぱり呑み込めないといふ顔で、「林さん、引越しはいつするの?」と言ふ。聞き返してみると、昨夜のうちに女が来て(たぶんアメリカ人といつしよなのだらう)、急に引越すことにしたと告げ、敷金を持つて行つたのださうである。言ふまでもなくアパートは女の名前で借りてあつた。つまりベッドと冷蔵庫と冷房装置が手切金といふわけである。かうして若者は住ひと職業(?)の二つを同時にあつさりと失ひ、まさかもういちど新聞販売店に戻ることはできないから、求人広告で探してスーパーマーケットの店員になり(社長が台湾系だといふことは面接のときにはじめて知つた)、そのついでに大学を諦めることにした。

「それで働きを認められ、店長に抜擢された……」

と梨田が言つたのは、前に洪から噂を聞いてゐたからである。林は照れながら答へた。

「いや、あんな労働は、新聞配達にくらべれば何でもありません。一種類の新聞だけぢやなく、朝はスポーツ新聞、夕方は英字新聞、火曜と水曜の夕方は週刊誌がくつつくんですから。それに……新聞配達だつて、女を待つてゐる商売よりはずつとましでした」

梨田は笑ひながら、

「なるほど、これはおもしろい。さういふものでせうね」

そのとき隣りの車線の車が寄つて来て、窓を下げ、道を訊ねた。ちようど信号のすこし前である。梨田は車をとめ、丁寧に教へたが、その大学生が礼を言つて窓をあげようとするのを制して、

「復唱、復唱」

とどなつた。しかし大学生には意味が通じない。

「自分で言つてごらんなさい」

「あ」

と顔を赤らめて若い男は道順をくりかへした。

「はい、それで大丈夫」

と梨田はうなづいてから、林に向つて言ひわけするやうに、

「幼年学校出身が本当だつてこと、わかつたでせう?」

林は、

「それだけきちんと訓練されてる兵隊なら、小隊長は調法したでせうね。便利だもの」

と褒めた。梨田はそれには答へずに、

「兵隊の労働なんて、新聞配達よりはずつと楽でせうね。殴られるのが辛いだけで……。それからもう一つ、無意味に死ななくちやならないことがあるけど、これはまあ仕方がない。仕方がないんだらうな」

と言つた。そのとき彼は一瞬のうちに、甲種合格になつてからのち八月十五日まで自分が思ひつづけた無意味な死といふことを、殊に七月の末、それまで歩兵砲があるだけでそれを曳《ひ》く自動車もなければ砲弾もなかつた隊に砲弾が五十発、来て、はじめて実弾射撃をしたところ、五百メートルの距離で二発撃つて全部とんでもない方角へ飛んで行つた日の夜に、これではアメリカの戦車が上陸して来たら虫けらのやうに死ぬしかないと覚悟を決めたことを、思つてゐた。昭和十九年の晩春のころには、この陸軍幼年学校元生徒は、大東亜戦争にはどのやうな意味もないと考へてゐたのである。いや、その一瞬の回想には、八月十五日以後のことまで含まれてゐた。八月二十七日の午後、かんかん照りのなかで、彼は同じ小隊の宇田といふ、腸チフスで死んだ学生兵の火葬のときに、宇田の母を送つて小隊の駐屯してゐる村まで、二人きりで

二キロの道を歩いた。その、どこかの県の元知事の未亡人である小柄な老婦人は（しかし今の梨田の年と同じくらゐかもしれない）とうとう最後まで我慢してくれて、ひとことも泣き言を言はなかつた。あれはどこまでもつづくやうな、長くて白い道だつた。

黙つて運転してゐる梨田につきあつて、林も口をきかないでゐたが、やがて、

「万引した本の話でしたね」

と言つた。

「ええ。本の話から脱線してしまつた……」

「金はあつたんですが、女があまりケチなので、これはやはり倹約しなくちやいけないと思つて、それでやつたんです」

「理屈が合ふやうな、合はないやうな」

「手さげになつてゐる紙袋のなかに入れるといふ、ごくありふれた手口でした。これはわたしが今、毎日なやまされてゐるからわかることですが……」

「なるほど、さうでせうね。警察に突き出すんでせう？」

「いいえ。社長の方針で、そのお客に買つていただくんですよ。厭だと言はうが何と言はうが、とにかく買はせてしまふ。だつて金はちやんと持つてゐるんですから」

「押し売りみたいなものだな」

と画商は笑ひ、店長も笑つた。

「洪さんはああ見えてずいぶんチヤッカリしてるから」

と梨田が嬉しがると、林はその人物評には取合はずに、まじめな顔で、

「おだやかに解決するのが一番いいわけで、社長の考へ方が賢いんですよ。でも、店員のなかには馬鹿な奴がゐましてね。これはここだけの話ですが……」

それは最近、万引した女をおどして関係した店員がゐて、しかも彼は以前にも同じことをしてゐるので解雇される羽目になつたといふ打明け話である。休日なのに店長が社長の家に来たのはこのせいだつた。

「ありさうなことですね」

と梨田が短く答へると、林はごくあつさりした口調でつづけた。

「女を脅迫するなんて、何もそんな必要ながらうと思ふんですが、さうでもないらしいんですね」

「それはさうだ。なかなか大変なものですよ、普通の男は」

と梨田は言ひかけて微妙な表情になり、急に話題を転じた。

「で、あなたの万引は見つからなかつたわけですね」

「ええ、でも別の本を取つて来たんですよ」

「え?」

「シュティルナーなんて名前、知つてるはずないぢやありませんか。狙つたのはプラトンでした。政治学の教授が必読書としてあげてゐたプラトンの『国家』を盗むつもりだつたのに、隣

りにあつたんでせうか、『唯一者とその所有』の下巻を入れてしまつて……」

「はじめてだつたの？」

「ええ、はじめて。アパートに戻つてびつくりしましたが、仕方がないから暇つぶしに読んでみると、意外におもしろいんですね。おもしろいと言つては何ですが、いちいち胸に突き刺さるやうなことが書いてありました。あれは……国家論なんですよ」

「ぢやあ結局おなじ……」

「だつたんぢやないでせうか。読まずじまひでしたから大きな口はきけませんが、プラトンのは国家と言つても都市国家の話でせう。こつちは近代国家のことで、つまり今のわれわれの国家と人間の関係……」

「ふーむ。残念ながら返事のしようがないんですね。何しろ辻潤《つじじゅん》の訳で、チンプンカンプンだつたから。読み方も悪かつたかもしれませんが、とにかくむづかしかつた」

「さつき『ナポレオン』のところどころを暗誦なさつたでせう。あれと同じでしてね、まだ覚えてゐます」

林はさう前置きしてから、『唯一者とその所有』の数節をそらで言つた。

「『束縛されていない自我——私ひとりに属する自我——は、国家のなかにある限り、私の充足と実現に達することができない。一切の自我は誕生のときから、まず手はじめに、国民に対する、国家に対する、犯罪者なのである』……」

三十代の美男は薄く眼をつむつて棒読みのやうに暗誦したが、シュティルナーの言葉の中身は不思議なくらゐすつきりと頭にはいつた。梨田は、『唯一者とその所有』とはこんなにわかりやすいことが書いてある本なのかと驚いた。梨田が黙つてゐると、林は相変らず眼をつむつたままでつづけた。

「かういふのもありました。ええと……、『国民は、個人を犠牲にしない以上、自由ではあり得ない。国民が自由になればなるほど、個人はいよいよ拘束される。アテナイの国民が貝殻追放を案出して無神論者たちを追放し、最も誠実な思想家を毒殺したのは、まさしくアテナイの最も自由な時代であった』……」

「ほう」

「ね、国家論でしよ?」

「ややこしい文句をよく覚えましたね。これは偉い。鶴見祐輔の文章と違つて口調も悪いのに。よほど暇だつたんだな、その時分」

と画商はをかしな褒め方をして、それからまじめな口調になり、

「しかしずいぶん過激な思想ですね。よくはわからないが、どうもさうらしい。これにくらべれば、マルクス主義なんてのはごく穏健な思想に見えてしまふ。個人と国家とが真向から衝突してゐて、その個人のほうが絶対に大事だ、国家と対立する以上すでに犯罪者のやうに兇悪で有害な存在である一個人が圧倒的に意味があるんだ、と言つてゐる……。さうでせう?」

「ええ、ですから無政府主義といふより個人主義で、といふよりもひどく徹底した自我主義ですから、シュティルナー主義とでも名づけるしかないやうな考へ方……」

「なるほど、無政府主義とは言ひにくいかもしれませんね。あつちは妙に楽天的に共同体を信じてゐる立場なのに、こつちはまるで否定してゐるんですから」

と画商はつぶやいて、それから、

「でも、ちよつと心配だな。そんなに全面的に共同体を否定したら、社会がこなごなに砕けてしまつて、生きてゆくのに具合が悪いでせう。やはり普通の人間が暮してゆくには、挨拶とか、遠慮とか、さういふことが必要なんでね。われわれは何と言つても共同体を暗黙の大前提にして生きてゐるわけですから。俗論かもしれないけれど」

「それはどうでもいいんですよ、さういふ実際的なことは」

「どうでもいいの？　本当？」

と梨田が問ひ返すと、林は微笑して、

「だつて、シュティルナーみたいなことを考へる人はほんのすこししかゐませんもの。ちよつとは考へても、中途でよすでせう、こはくなつてしまつて。あれはいつまでたつても少数者の意見で、たいていの人は漠然と社会を信用して暮してますから、社会はこのまま無事に動いてゆくんです。三越の株が上つたり下つたり、巨人が勝つたり阪神が勝つたりして、まあそんなふうに世の中は動いてゆく。今日も明日も動いてゆく。そして、わたしはただ、そんな社会のなかで、やはり本当はシュティルナーの言ふ通りだと思つて生きてゆく……さういふわけですね」

「それでも地球は動く、と心のなかで思つて暮してゆく……？」

さう問はれて、林は肯定のしるしとして低く笑つた。梨田が訊ねた。

「つまりさういふ社会の機能の一つとして、国家といふものがあるわけ？」

「ええ。まあ、そんなところぢやないでせうか」

「寂しいことを考へましたね。わたしには批評する資格なんかないけれど。何しろ不意に過激な思想を聞かせられて、呆気に取られてゐるんですから」

と言つてから、梨田はつづけた。

「でも、さういふことを考へたキッカケはやはり国家でせう？　漫然とした社会一般ぢやなくて。聞いてゐると、どうもシュティルナーの社会論ぢやなくて、国家論のほうに感銘を受けたらしい。どうして国家にこだはつたのかな？　今の日本はシュティルナーやマルクスのころのドイツと違つて、それから戦前の、ぼくが幼年学校をやめようとしたり、兵隊に取られてさんざん殴られたりしたころの日本と違つて、国家の圧力がひどくすくない国なのに……。まあ、わかるやうな気もしますが。やはりそれは……」

とそこで言ひよどんでゐると、林はすぐに答へた。

「台湾系ですから。二世でも台湾系となると、役人にもなれないし、銀行からも金を借りにくい。別の国の血筋といふわけで……。さういふことは子供のころからわかつてゐました。ですから、どうしても意識するわけですね、国家といふものを。それから台湾の問題も、ときどき頭に引つかかります。新聞配達をやめて勤めたさきの社長が独立運動に熱心なので、いよいよ気にするやうになつた。それももちろんありますね」

「この場合は、現実の国家と架空の国家と二本立てで迫つて来るから、ひどく厄介でせうね」

と梨田はうなづいた。林はそれには取り合はないで、

「ええ、それにもう一つ……」

と言ひかけたまま、ためらつてゐる。車の前を新聞紙が一つ風に巻かれて流れ、それとは逆の方向に老人が一人、道を横切つた。画商は、新聞紙をよけるのと同じくらゐ慎重に老人を無事に渡らせようとしてから促した。

「もう一つ、何なんです？」

「……女のことと関係があるんですよ」

「女ですか。わかつた」

と梨田はうなづいて、それから早口に言つた。

「アメリカ人からボクシングでおどかされて、抵抗しなかつたことですか？」

「え？」

「その屈辱感で、アメリカ対日本といふことを……。違ひますか？　どうも違ふらしいな」

「いや、それは日本人の心理でせう。屈辱は感じましたが、アメリカ対日本なんて、そんなこ

と……」

「なるほど」

「女が自分の都合ばかり言ひ立てて、こつちの自由がちつともないでせう、アパートに閉ぢこもつてゐなくちやならないし、食堂やパチンコ屋まで決められて……。そして女が飛び込むやうにしてはいつて来ると、せつせとサービスしなくちやならない、二回も三回も……。どんなに冷房がきいてゐても、わたしが汗をかかないと厭がる女でしてね。終るとかならず、わたしの胸に指で触れて、肌の具合を調べるんです。それで、汗をかいてないと怒る。さういふ関係を、まるで国家対個人のやうだと思つたんですね」

「あ」

「シュティルナーの本をはじめて拾ひ読みしたとき、ひどく心にしみいる本だと思ひました。生れてはじめてでした、あんなこと。チヤンバラの小説だつて、恋愛詩だつて、あんなに夢中になつたこと、ありませんでした。『国家は個人たちを可能な限り自由に遊ばせて置く――彼らが本気にならないうちは。国家を忘れないうちは。私は私にできるすべてのことをしてはならない。していいのは、国家の許すことだけだ。自分の思考も、自分の労働も、そして一般に自分の何ものをも、活用してはならないのである』とかね。それから……『国家は常にただ一つの目的を持つ――個人を限定し、束縛し、服従させるという目的を。国家なるものを通じて共同で何かがなされることがないのは、一布の布を機械の個々の部品すべてが共同しての仕事と呼べないのと同じである。それは統合体としての機械全体の仕事、機械の労働なのだ。同様に、あらゆることは国家機械によってなされるのである』なんて台詞、うつとりしましたよ。今でも、こんなにすらすら言へるのはちよつと恥しいけれど、でも本当に夢中になりました。今でも、まつたくその通りだと思ひながら、伝票を整理したり、ハンコを押したりしてゐるんです。あれはまるで自分の考へてゐることがそつくり書いてあるやうな気持でした。でも、あんなむづかしい中身を、わたしが考へてるはずはないでせう。をかしいな、と思つて、よくよく考へてみると、あの国家といふのはアメリカ人の妾である女で、自我といふのはわたしだつたんです」

「女で苦労したから、国家の重圧が身にしみてわかつた……?」

「ええ。女からああいふふうに支配されてゐなかつたら、台湾系の二世であるぼくが日本といふ国家からどう扱はれてゐたか、よくわからなかつたんぢやないでせうか、いつまでも」

「国家の圧制と女の圧制ね。で、実はその女のひとも、アメリカ人の旦那といふ国家からひどい目に会つてゐる……」

「ええ。それで、真似をしたくてたまらなかつたんでせうね」

「つまり一種の仕返し、復讐……」

「さう、仕返し。やはり復讐でせう。でもね、梨田さん、不思議なのは、性欲のせいだと言へばそれまでなんですが、しかし性欲の問題とは別に、自分の心のなかをじつと見つめてみると、ああいふふうに圧迫され、支配され、束縛されてゐるのがちよつといい気持だといふ面もあるつてことなんですよ」

「いい気持？　国家の……女の……圧制の下にあるのが？」

「ええ。かなりいい気持」

「ふむ」

「どうもそんな気がするんですよ。何しろ十年以上も前のことなんで、記憶があやしくなつてますが」

「つまり、それだから国民は国家といふ制度の下に甘んじて愚劣に生きてゐる……」

「はつきり言へばさうなります」

「むしろさうされることを望む……」

「ええ」

「さうかなあ」

と梨田は吐息をつくやうにして、

「それはまあ、戦前の日本人なんかはさうかもしれない。藩閥や軍閥の奴隷にされて満足してゐたわけですよね。胸の汗をいちいち調べられて……。もちろんシュティルナーやマルクスのころのドイツはもつとすごかつたわけですね。十九世紀の真中ごろのドイツ……」

ドイツはフランス革命の刺戟を受けて、西欧型の近代国家に憧れてゐたが、うまく変身できなくて、大あせりにあせつてゐた。古めかしい王様の権威や教会の権威を大事にしたまま、近代国家らしい体裁を作らうとした。そのため国家といふ枠組の重圧がいよいよのしかかつて、ヘーゲルの弟子たちのなかの急進的な連中（つまりシュティルナーやマルクスや）はそれに激しく反撥したわけだが、それはともかく、あの後進国の軍国主義的な弾圧政策が、実は当時のドイツ民衆が心の暗いところで求めてゐたものであつた、彼らはあの圧制に満足してゐた、といふ考へ方は、たしかに成立つかもしれない。そのへんの事情を一わたり、大ざつぱに見渡した上で梨田はつづけた。

「何しろドイツ人といふのは変態みたいなところがありますからね。さうね。言へるかもしれません。スペイン人も、テレビの闘牛にあんなに夢中になりながら独裁政治を支持してるところを見ると、さう言ひたくなりますね。うーむ。しかしあなたの論法でゆくと、イギリス人もフランス人も、あれはあれで圧制を願ひ、それを楽しんでゐるといふことになりますね。つまり近代市民政治といふものは消滅してしまつて、シュティルナーの生きたドイツ、ヘーゲル的な半封建的国家が国家の原型といふことになる。そのへんはどうかなあ。まあ、たとへば今の台湾人は、さういふサド＝マゾヒスティックな調子で暮してゐるのかもしれないけれど……」

「それから今の日本の……台湾人もさうですよ」

と林はすばやく言つた。梨田は快活な笑ひ声をあげて、

「うまい。それはなかなか礼儀ただしい仄めかし方ですが、でも、どうでせう、男女の仲と国家論のアナロジーといふのは、そもそも成立するものかしら」

「いけませんか？」

「いや、あなたの国家論は皮肉がきいてゐて、とてもおもしろいんですよ。でも、国家といふ鬱陶しいものと、民衆といふもつと鬱陶しいものとの関係は、そんなにきれいに割切れるものかどうか、だいぶ疑問がありますよ。わたしには反論する資格、ないんですけどね。国家からいたぶられた経験は人並にあつても、女では林さんみたいな苦労はしてゐないんです。囲はれたことなんか一ぺんもないから。これはやはり絶世の美男だけにしかわからない、性的国家論ですね」

隣りの座席の男は、ただくすくす笑ふだけだつた。それは充分に社交的な、控へ目な表現で、しかし、あなたがさう考へるのは、男妾になつたこともなければ、他民族の国の国民として生きたこともなく、政変や疑獄や総選挙や軍備拡張や元首の訪問や国交断絶のニュースを、それらの出来事とはまつたく無関係な者として家々に運びつづけたこともないせいだ、と述べてゐるやうに感じられた。無理もない話だ、人間は誰でも自分の体験をいちばんのよりどころにして意見を作りあげるし、ところが体験といふのは顔立ちよりももつとてんでんばらばらなのだから、と梨田は心のなかでうなづきかけて、不意に、

「あ」

と低くつぶやいた。

「どうしました？」

と問ひ返されて、梨田は答へた。

「どうもまづいな。具合の悪いことになりましたよ。実はわたしも一度、男妾だつたことがあるんぢやないかと、たつた今、思つたんです。女のひとに一と月ばかり、養はれたことがあつた。でも、今まで、そんなふうに見ることに気づかなかつた」

「それはきつと……」

と林がいたはつた。

「単なる恋愛だつたからでせう」

それには答へずに、梨田は独言のやうに言つた。

「ずいぶん鈍感でしたね、今まで気がつかないなんて。なるほど……」

それはスペインへ行つて一年ばかり経つたころのことで、懐が寂しくなり、これではそろそろ父親に無心するしかないな（まさか妻に言つてやるわけにもゆかない）と思ひ悩んでゐるとき、歯の治療にひどく金がかかつて、いよいよ窮迫したが、手紙はどうも書きづらい。さんざん書き渋つたあげく、気晴らしに絵を見に行つたら、蠟《ろう》いろのキリストが十字架にかかつてゐるベラスケスの絵の前で東洋人の女と出会つたのである。うなだれた顔が髪の毛になかば隠れてゐる褌《ふんどし》ひとつの男の前に、その若い女はたたずんでゐたが、彼はずいぶん久しぶりに見る日本の女を中国人と勘ちがひして、話しかけなかつた。しかし向うは一目で彼を日本人とわかつて、「宗教画つて厭ですねえ。かはいさう」と日本語で話しかけたのである。かうして二人の仲ははじまり、彼はいつしよにスペインを歩きまはつたあげく、パリへ連れてゆかれた。このとき飢ゑなくてすんだのはまさしく彼女のおかげだし、日本の洋画家たちに金を払はせて彼らの絵の展覧会をパリで開くといふ、およそ非常識な計画を立てた日本人の画商の下で働くやうになつたのも、彼女が持つて来た話だし、さらに二人の関係は途切れたりつづいたりして、画商を開業してからも、彼女の父である保守党の大物、千屋《せんや》代議士のせいでいろいろ恩恵にあづかつてゐる。それはまさに、「プラド美術館は何のためにあるか? 貧しい学生が女の観光客を引つかけるためにある」といふ謎々を地でゆくやうな、あるいはもつと大がかりにしたやうな運びだつた。何しろ千屋京子と出会はなければいま画商をやつてゐないかもしれないのだから。アラスカで数の子の買付をしてゐるかもしれないし、九州の予備校で何かを教へてゐるかもしれないのだ。それなのに男妾といふ言葉がつひぞ思ひ浮ばなかつたのは、あれはやはり、自分を美化して眺めたせいだらうか。パリへ行つてしばらくして父の送金があつたとき、立てかへてもらつた金を返すと言つたから、話はあれですんだと思つたのだらうか(受取らなかつたけれど)。女が通つて来るかたちではなく、ほとんど同棲してゐたせいだらうか。京子の態度がアメリカ人の妾とはまるで違つて、専制君主のやうなところがちつともなかつたせいだらうか。それとも、自分がひどく鈍感なたちなのだらうか。つまり、鈍感でしかも無鉄砲な男……。

梨田は苦笑した。彼は常日ごろ、深刻な自己批判といふのは悪趣味だし、それから引き出される思考にはあまり意味がない、と考へてゐたからである。第一、こんなふうに過去の自分を男妾として見ることを思ひついたのは、年下の男の艶福《えんぷく》に張り合はうといふ下心のせいとも言へるではないか。

黙りこんでゐる彼に、隣りの座席の男が話しかけた。彼が問ひ返すと、スーパーマーケットの店長は同じことをもういちど言ふ。画商はゆつくりと答へた。

「いや、うちだつてやはりありますよ。一ぺんだけですが、サムホールの……葉書くらゐの大きさですね……油絵を万引されました。デュフィですがね」

「知つてます。競馬やヨットを描く人でせう」

それから版画の話になつた。

5

「十川《とがは》ですよ、文化庁の」

と名のられても、電話をかけて来たのが美術工藝課長の十川だとわかるまで、ほんのすこし手間取つたのは、向うがいつものもつともらしい声ではなく、上機嫌にすぎたからである。夜の電話だからよほど親しい相手にちがひないと勝手に決めこんでゐたせいもあつたらう。遠いところで低く笑ひつづける男に梨田はあわてて礼を述べた。三日前、日本刀の輸出について調べてくれと頼んだついでに、と言つても実はこつちのほうが主な狙ひのやうなものだが、九州の県立美術館の館長人事について教へてもらつたからだ。しかし十川はその挨拶に取合はないし、梨田がちよつと待つてくれと断つてテレビの音を消しにゆき、電話口に戻つても、まだ笑つてゐる。

十川は言つた。

「梨田さん、台湾独立運動といふのは呆れたもんですよ。とにかくひどい話……」

そして野太い声で笑ひ出す、まるで今までこらへてゐたやうに。受話器を耳から離してずいぶん待つたあげく、梨田は呼びかけた。

「もしもし」

「はいはい」

「どうしたんです？　一体。何かあつたんですか？」

「失礼。何しろあまりをかしかつたから。梨田さん、あの情報は反対だつたんですよ」

「ははあ、嘘だつた……」

「いや、嘘ぢやない。嘘ぢやなくて反対……まるつきり逆……。アベコベ。つまり、台湾から日本へ刀を買ひに来るのぢやなくて、台湾にある六万本の刀を売り込みたいといふ話なんです」

「台湾が日本へ売る？」

「ええ」

「日本刀を？」

「ええ」

「何万本ですつて？」

「六万本」

と課長は自信ありげに答へ、それから急に官僚的な口調になつて、

「現在のところ、これはかなり信用できる数字と考へられます」

「ふーむ」

と梨田はそこで絶句してから訊ねた。

「でも、どうしてそんなにたくさんあるんでせう?」

十川は言つた。

「決つてるぢやありませんか。戦争ですよ。戦争」

美術工藝課長の説明によると、六万本の刀は日本軍の引渡した兵器である。よく知られてゐるやうに、日本軍の将校は指揮刀としてサーベルではなく私物の日本刀を用ゐたが、これはもちろん武器の一種なので、降伏に伴ふ武装解除の際、砲や戦車や銃器や何やかやといつしよに戦勝国に差出さなければならない。そこで昭和二十年の八月、国府軍が中国本土から台湾に来たとき、日本軍は将校が帯びてゐた数千本の刀を国府軍に渡したし、それに、ほぼ同じころ中国全土において五万本を上廻る日本刀が接収され、そしてこれらの軍刀は、国共和談の決裂後、国府軍の敗残兵が逃れて来るのに前後して続々と送られて来た。弾薬やほかの兵器ならば、国府軍が使つたり、共産軍に売つたり、いろいろ利用できるけれど、日本刀だけはどう仕様もなく、と言つて捨てるわけにもゆかないので、やむを得ずはるばる運んで来たのである。結局この六万本の日本刀は、台北郊外の倉庫でゆつくりと錆びつづけながら、三十年のあひだしまひこまれてゐた。何しろ数が多いから保管はずいぶん面倒だつたらうし、とにかく兇器である以上、警備も必要だつたらう。それはひどく厄介な荷物だつたはずである。

その刀が何かの事情で処分されることになつたのだが、売るとなれば常識的に考へて相手は日本しかない。(たとへばアメリカ人は禅や俳句や醤油なら好きだが、日本刀にはまつたく無関心である。）さういふわけで台湾政府は日台貿易の会社に払下げようといふ計画を立て、その話を日本の某商事会社が聞き込んで、今日、文化庁に照会して来たといふのだ。

梨田は何度も唸りながら聞いてゐたが、

「なるほど。これは驚きました」

とつぶやいて丁寧に礼を述べ、台湾独立運動の情報能力はたしかに厭になるくらゐ低いと嘆息した。課長は言つた。

「こんな調子ぢや、台湾独立はやはり望み薄でせうね、梨田さんには悪いけれど」

「いや、かまひませんよ。わたしはまあ弥次馬みたいなもので、関係ないんですから」

「ええ、さういふ話でしたね」

と課長は受け流して、

「情報といふのはもともと危険なもので、要するにデマと紙一重ですからね。天才と気ちがひの関係みたいなもので。かういふ間違ひはしよつちゆう起るわけです。しかしデマといふのは、普通は一千本の日本刀がだんだん話が大きくなつて一万本になるのに、この話は売買の関係がまるつきり逆になるところがをかしい。大笑ひしちやつた」

「いや、どうも恐縮でした。妙なことでお騒がせして……。しかし、どうなんでせう、わたしは刀剣のほうはまつたく不案内なんですが、その六万本のうちどれくらゐが商品になるものでせうか？」

「そこですね、問題は」

と課長は膝を乗り出す感じで、それでも慎重に答へた。その口ぶりは、もう、酔つてゐるやうには聞えない。

「全部がまともなものといふことは、常識的に言つて考へられないでせう。半分以上が上物といふ見込みもごくすくない」

「すると四割か三割……」

「もつとひどい場合も考へられますね」

「なるほど」

「つまりかういふことなんです」

三日前は何も答へられなかつたのに、今日は流暢な説明になつてゐる。（美術館づとめの長かつた男で、専門はいちおう浮世絵といふことになつてゐるし、美術工藝課長になつたのは一《ひと》月《つき》ほど前である。）彼の言ふところによると、日本刀は三つに大別される。
①古刀
②現代刀
③昭和刀
の三つで、①の古刀は明治維新以前のもの、②の現代刀は維新以後のものである。この二つには美術的ないし骨董的価値がある。いや、なかには三文の値打もないものもまじつてゐるわけ

だから、価値のあるものもある、くらゐの言ひ方がよからう。③の昭和刀といふのは戦争中に間に合せのため作られた、鉄を伸したただけの、鍛へてない刀で、これはまつたく無価値な代物だ。新聞にときどき、太平洋戦争で父が日本将校から貰つた（奪つた？）日本刀を持主ないしその遺族に返したいといふアメリカ人がゐるのに、何人かが名のり出るが結局じぶんの（家の）刀でないと言つて引下る、などといふ記事が出るのは、みな、この昭和刀である。

それゆゑ③ならばもちろん論外だし、①と②にしても果してどの程度のものか、ずいぶん疑はしい。まづ半分はひどい刀と思つてよからう。（これは甘い見方かもしれない。）ただし残る半分のなかに名刀がないとも限らない。国宝、重要美術品クラスとまではゆかないにしても、かなりの逸品がまじつてゐる可能性はある。

そこまで聞いて梨田は口をはさんだ。

「しかし何でせう、台湾側としては全部まとめて売らないと旨味《うまみ》がない……」

「おそらくさうでせうね。これはまつたくの推測ですが」

「こちらが引取るのは上物の千本だけで、五万九千本は売れ残るとなつたら、目も当てられない……」

「向うとしては厄介ばらひしたいんだと思ひますよ、刀を売つて儲けるよりもね。厄介ばらひと言ふと語弊がありますが、いつまでも国費を費して死藏《しぞう》して置く煩はしさは大変なものでせう」

「なるほど。今の台湾は景気がいいから、六万本の輸出それ自体は、大した国庫収入ぢやないでせうね」

と画商がうなづくと、課長は言ひ添へた。

「ええ、政府とすればね。商人としてはかなりの儲けでせうが」

「そつくり売れれば、やはり大きいでせうな。会社の規模にもよりますが。わかりました。つまりこれはどうやら、終戦処理なんですね」

「どうもさうではないでせうか。もちろん単なる推測ですが」

「しかし……許可になる見込み、あるでせうか？」

「輸入の件ですか？」

「はい」

「輸入許可は文化庁の管轄ではありませんが……」

「でも、個人的な見通しとしてはどうでせう？」

と画商が食ひ下ると、課長は、ちよつとためらつてから、日本刀所持の法的認定はどうなつてゐるかといふ話をはじめた。梨田はメモ用紙にボールペンで要点を控へながら聞いてゐる。

それによると①の古刀および②の現代刀のうち文化財として価値のあるものの場合は登録證が必要で、この登録證は一本一本の刀につく。価値の有無を判定するのは文化庁で、実際の仕事は各地の教育委員会に委ねられてゐる。①と②のなかの価値を認められなかつた駄物《だもの》、および③の昭和刀は所持許可證が必要で、この許可證は刀にではなく、持主につく。この場合は原則としては所持を認められてゐないので、遺品その他特別の理由のあるときだけ、例外的に認められる。これは言ふまでもなく兇器だからで、従つて、許可證を出すのは公安委員会である。暴力団その他、剣呑な連中に持たれると困るからだ。

「よろしいですか？　ここまでのところは」

「はい」

と梨田が答へると課長はつづけた。

「ですから、古刀、現代刀のうち、価値のあるものの輸入は充分に可能でせうな。これはわれわれとしても歓迎するところです。しかし昭和刀の輸入はどうでせうか。警視庁が猛反対するのは目に見えてゐると思ひますよ」

「つまり六万本まとめての輸入はほとんど不可能……」

と梨田は要約したが、課長はそれに答へようとしないし、

「しかも六万本の大半はその昭和刀……」

と語りかけても、電話線の遙か遠くでは曖昧な含み笑ひがつづくだけである。やむを得ず、梨田は言つた。

「なるほど。まあそのへんは、台湾民主共和国の要人たちにじつくりと考へさせませう。今度はまさかアベコベに考へはしないでせう」

「いや、あやしいなあ」

と十川はまた機嫌のいい声を出して台湾独立運動をからかつた。梨田はやむを得ず、洪のグループの悪口を言ふことにした。

「何しろ素人の集りですからね。パチンコ屋、スーパー、連れ込み宿、餃子屋、……」

課長は嬉しさうにして言つた。

「ああいふ商売には多いでせうな」

「ええ、どうしてもさうなります」

「銀行は面倒を見てくれますか？」

「さあ。その代り、お互ひに助け合ひますからね。そのせいで独立運動にはいる、抜けられない、といふ場合も多いんぢやないかと思ひます。これが意外に……」

「なるほど。それはあり得ますな。しかしスーパーといふのは気がつかなかつた」

「スーパーと言つても、テレビにコマーシャルを出すやうな大きいのぢやありませんよ」

それを聞いて課長がとつぜん、「うちの長官」はコマーシャルを見るのが大好きで、本省の学術教育局長はコマーシャル・ソングが隠し藝だといふゴシップをはじめたのは、どうやら一杯機嫌がつづいてゐるせいらしい。画商はつい、自分はときどき冗談半分にコマーシャルを考へることがあると調子を合せた。

「ほう」

「近作を一つ披露しませうか。プロ野球の選手が二人、ベンチの前で話をしてるんです。Aは日本人の選手で小柄です。Bは外人選手で、ひげ面です。AがBに言ふんですよ。『ジョー、尻取りをしようか？』『OK、そつちからやつてくれ』『ひげ』『下駄』……とはじまる。尻取り言葉のイメージを漫画で画面に出してもいいでせうね。で、しばらく行つて、Aが『空』。Bがちよつと考へて『駱駝《らくだ》』。『ダルマ』『満塁』『椅子』『西瓜《すいか》』『鬘《かつら》』。Bはそこでぐつと詰まつて、『また、ラか』と思案しながら、ついうつかり帽子をぬぐと禿頭なんですね。いくら考へても出て来なくて『降参！』と叫ぶ。そこで画面は一転して『ラはラツキヨウ。漬物は何々屋』と大きく出るんですよ」

「ははあ、凝つてますな」

と低く笑つてから、課長は、

「ではまた」

と言つた。

「いや、どうも」

それからすぐ梨田は洪に電話をかけたが、留守だつたので、明日の朝かならず連絡してくれといふ伝言を頼む。送受器を置いてから、吐息をついたのは、主として、この情報を早くしらせて重荷をおろしてやりたかつたのにといふ気持のあらはれだつた。彼としては、日本刀の買付の件がないと決れば、台湾の軍備（？）はふえないのだから、もうこれで何も騒ぐ必要はなくなると思つたのである。台湾民主共和国政府が情報分析に長《た》けてゐないことを嘆く気持は、彼にはあまりなかつた。

梨田はそれからテレビを消して、読みさしの洋書をのぞくことにした。それは家族や友人の書いたベレンソンの思ひ出を集めたもので、文章も易しいし、妙なところに画商の内幕が書いてあつておもしろい。だが、夢中になつて読んでゐるうちに、このイギリスの美術史家がプラド美術館にはじめて行つたとき、全部の絵のイメージをくつきりと心に収めて出て来た、といふ逸話に出会つて、梨田は思はず、

「ほんとかい？」

とつぶやき、本を置いた。あの「絵画美術館」（とマドリードの人々が呼びならはしてゐる建物）の絵は、エル・グレコとゴヤだけでも傑作があんなに多いのに、展示してある絵を全部、一つ一つ心に焼付けるなんてできるものかと疑つたのである。しかし篤実《とくじつ》なベレンソンが嘘をつくはずはないし、さういふ天才でなければ今世紀最高の美術史家にはなれないのだらう。修練を積んだ専門家といふのは、何の準備もなしに熱に浮かされてスペインへ行つた銀行員くづれとはまるで違ふ。やはり碩学《せきがく》といふのはすごい、と画商は素直に感心してから、これは外人相手のパーティのときの話題に持つて来いだと考へ、その箇所の英語の言ひまはしを覚え、そして、横文字の本はやはり疲れるからこれくらゐでよして日本語の本、それも新書本を読むことにした。

アナーキズムの歴史を書いた新書本を斜め読みにして読み終つたのは、十一時ごろである。

梨田はウィスキーの水割りを二杯飲みながら、明日の予定を思ひ起し（そのなかには、夕方、三村朝子と会ふこともはいつてゐる）、それから顔と手を洗つた。歯を磨きながら彼は、美術工藝課長はあのコマーシャルをあまりおもしろがらなかつたな、と思つた。

あいつ、ひよつとすると鬘なのかな？　まさか。

6

梨田は水を二口ほど飲み、それからグラスを手にしたままぼんやりしてゐた。彼の腰かけてゐる椅子のあたりは仄暗く、その薄闇とベッドの暗がりとのあひだには半分にしぼつたベッド・サイド・ランプが淡い光を投げてゐる。女はベッドにうつぶせになつてゐて、顔は見えない。女の肩から背へかけての白い肌は朦朧と浮んでゐるが、腰に近くなるとだしぬけに濃い闇のなかへ沈んでしまふ。激しいことのあとで女はさうして休息をむさぼつてゐるし、その裸を男も裸のままで見るともなしに見てゐる。ずいぶん経つてから朝子が訊ねた。

「何を考へてらつしやるの？」

乱れた髪に飾られた顔は、ほてりのせいでまだらに染められたままのやうに感じられる。男はそれには答へずに言つた。

「飲むかい？」

「水？」

男が近づいてゆくと女はまた顔を伏せ、そのままで片手を上にあげた。男の飲みさしのグラスはその手に渡される。ほんの一口飲んでからグラスを返すと、男はそれをサイド・テーブルに置き、女の体の横に腰をおろした。

「ねえ、夏になると……」

と朝子が体をねぢつて、乳房と乳房のあひだを指さしながら言つた。

「ここに雀斑《そばかす》が出るのよ。夏日斑《かじつはん》といふんですつて。十月になると消えてしまふの」

「何も見えない」

「だから、五月か六月くらゐから……」

「日光の関係?」

「ええ」

「そこだけ?」

「それから、ここ。こつちは小さな三角で、胸のほうはすこし大きな丸……いびつな丸ね。あぢさゐの花びらが枯れかかつたみたいな色」

女は左の眼の下を指さしたが、彼が梅雨どきの花の名残りをそこに探してももちろん無駄なことである。

「老眼鏡が要る」

とおどけた口調でつぶやくと、彼女もそつと笑ひながら、

「来年の夏ね」

と気を持たせる。それが顔の雀斑だけの話でないことは明らかだから、つまりかういふ関係

をもうしばらくつづけたいといふ気持らしい。しかし女は本当に満足してゐるのだらうか、それとも最初だからこれくらゐで仕方がないと思つてゐるのだらうかと彼は考へ、ついさつきの情景をいくつか思ひ浮べた。腿《もも》の内側はなめらかで柔かなのに、外側の、腰から膝へかけての肌が荒れてゐることを除けば、女の体にはいちおう不満はなかつたが、反応は充分に楽しんでゐるやうには受取れなかつたのである。彼はつぶやいた。

「さう、来年の夏」

「ええ」

朝子の声の調子では、見せてくれるのが眼の下なのか乳房のあひだなのかはつきりしないが、梨田はそれにこだはらずにつづけた。

「ビタミンCのせいと言ふけれど……」

「ビタミン剤いくらのんでも駄目なの。青春期が終ると、出なくなるんですつて」

「ぢやあ、まだ青春なんだ。実際、若いつてこと、よくわかつたけど」

朝子はその冗談に、唇のまはりでだけ微笑してから言つた。

「子供のときから苦労したのよ、小学生のときからずつと」

「女の子だから大変だよな。小学生のころ、ぼくは何で苦労してたらう？　苦労の種が何もなかつた」

「まはりの人の苦労の種……」

「あ、無鉄砲だから？」

「ええ」

梨田はそれには微笑したきりで、

「魚釣りとか、水泳とか、そんなことばかりしてゐた。それから……絵が得意だつた」

「それで画商になつたの？」

「それでといふわけぢやないけれど、画商になるとき、やはり思ひ出したな、おれは昔、県知事賞をもらつたくらゐだから、絵には関係があるんだ、なんてね」

彼の生れ育つた県では、毎年、大がかりな写生会がおこなはれてゐて、五つか六つある市のそれぞれで、各小学校から推薦された生徒十人が参加する。梨田は四年生のときからいつもその会に選ばれてゐたし、五年生のときは特に出来がよく、朝礼のとき全校生徒の前で校長から県知事賞を授けられた。それはひよつとすると小学校時代の最も晴れがましい出来事だつたかもしれない。何しろ暴れん坊で突飛なことばかりするのが崇《たた》つて、成績は優等になるかならないかくらゐ、スポーツのほうも、のちに幼年学校に受かるのだから運動神経はあるけれど、何でも一応こなす程度にすぎなかつたからである。

「親父《おやじ》に褒められたのはあのとき一ぺんだけだつた」

と梨田がつぶやくと、朝子が訊ねた。

「何の絵でしたの？」

「風景ね。水彩画」

　それは川の向うの教会と森を威勢のいい叩きつけるやうな調子で描いたもので、ヴラマンク張りと言ひたいところだが、もちろんそんなはずはない。あれはむしろ父が好きだつた文人画の影響を子供なりに受けてゐて、それが妙な具合に出た和洋折衷《せつちゆう》かもしれない。さう言へば紙も県からあてがはれる画用紙では小さすぎるので、家《うち》から持つて行つた障子紙を自分で貼り合せたものだつた。規定の紙でないのが問題にならなかつたのはどうしてだらう？　普段もうすこし丁寧に描けと言つて叱るのが口癖の先生が、このときだけは褒めつぱなしだつたから、やはりよかつたにちがひない。あの絵はどこへ行つたらうか？　うちにはないと思ふ。県庁の倉庫にしまつてあるかもしれないし、小学校に残つてゐて、その小学校が郊外へ引越したときなくなつたかもしれない。

「教会は残つてます？」

　と女が訊ねた。

「うん、あつた」

「森は？」

「なくなつてしまつた。戦争が終つて間もないころ」

「さうでせうね」

　と朝子がつぶやいたとき梨田が別の語調で言つた。

「日本刀のこと、考へてゐた」

それがさつき、椅子に腰かけてゐる彼に発した問への答だといふことを、もちろん朝子はすばやく察したが、しかし彼女が口にしたのは洪とその仲間をかばふ台詞だつた。

「でも、反対の話になつて伝はるのは、よくあることぢやないかしら？　財布を拾つたのが、落した話に変つたりして……」

台湾独立運動が日本刀の件でしくじつた話は、小料理屋での夕食のとき手みじかにしてあつた。ただし、今朝、電話をかけて来た洪が、日本刀貿易に一口乗らうとしてゐる日本の商事会社の名を知りたがつたことや（梨田は知らないと答へた）、それから、美術工藝課長への礼はどうすればいいかと相談したことまでは打明けないけれど。

朝子はそんなアヤフヤな情報であんなに威張りちらすのはひどいと村川のことを咎め、そして誤報に引つかかつた洪にしきりに同情しながら、明石《あかし》の蛸《たこ》をゆつくりと食べた。それから一しきり蛸の料理の仕方とつかまへ方の話になつて、やがて梨田が、文化庁の課長が台湾独立運動をとかく馬鹿にしたがるのは国家公務員としてそれなりに筋が通つてゐると批評したとき、二人は渡り蟹の身をほじくつてゐた。朝子は上手に箸を使つたが、梨田の指には蟹の匂ひが濃くまつはりついた。しかしその匂ひは女の体のせいで、もうすつかり指さきから落ちてしまつてゐる。

彼は朝子の言葉をさへぎつて言つた。

「いや、デマの話ぢやなくてね。おれはなぜ、将校が日本刀を吊すのを不思議がらなかつたんだらう、と考へてゐた」

「不思議がらない？」

そこで彼が、「前にもちよつと話をしたやうな気がするけど」と断つた上で、ナポレオンに憧れて陸軍幼年学校に入学したこと、日本陸軍が不合理的なのに愛想をつかして幼年学校だけでやめ、陸士へは進まず、つまり職業軍人にならなかつたことを語つたのは、日本刀と将校のことを説明する前置きだつたのだが、朝子がところどころで妙な質問をするので、話はなかなかはかどらない。裸の女は、「どうして海軍には幼年学校がないのかしら？」とか、「でもロシアへ冬、攻めて行つたのは無茶でせう」（これはナポレオンのこと）とか、その他いろいろに口をはさんで、さきを急ぐ裸の男を困らせる。それに何とか受答へしながら、やうやく、普通の兵隊として入営し、半年後に戦争が終つて復員するところまで来ると、彼は言つた。

「それなのに、日本刀を指揮刀に使ふのがをかしいとは一ぺんも思はなかつた。幼年学校のときも、兵隊に取られてからもだよ。それが不思議でしてねえ。だつて日本刀なんてもの、武器としてはひどくつまらないものでせう。重くて厄介だし、斬れないし。さういふことは何となくわかつてゐたくせに、サーベルのほうが合理的だとは思はなかつた。盲点といふのはあるものだなあと思つて、呆れてたんだよ。洪さんの日本刀騒ぎのせいで、やつと気がついた」

そこで男はふと口調を変へて、おどけた声で言つた。

「男はあゝいふことのあとでも別のことを考へる……」

女はすぐにつづけた。

「むづかしいことを考へる……」

「その通り」

梨田は笑ひ声をあげて部屋の隅の小さな冷藏庫へゆき、グラス二つと罐ビールを持つて戻つた。女は冷えたグラスを手にしたまま口はつけない。男はビールをあふつて、話をつづけた。

「日本軍を徹底的に批判したつもりでゐても、案外さうぢやなかつたらしい。そしてずつとそのまま来てしまつた。さう思ふと、すこし恥しくなつて」

「恥しい？」

「と言つては何だけど、この調子では、自分ぢやとつくに捨てたと思つてゐる幼年学校的なもの、日本陸軍的なものが、まだからみついてゐるかもしれないと心配してゐた。ちよつと気味が悪いんだな」

そのとき朝子が不意に笑ひだしたので、梨田が訊ねると、まだしばらく笑つたあげく、

「陸軍て、無鉄砲なんでせう?」

その声は透明な笑ひと皮肉な口調とがいりまじつて、鳥の囀《さへづ》りのやうに聞える。

「こら」

男は笑顔で睨みつけ、

「日本軍と違つてかういふ戦果があつたぢやないか。ずいぶん違ふ」

と言ひながら、二つの乳房に、腹に、そしてもつと下に、あいてゐる手で触れてゆく。女はくすぐつたいと言つて騒ぎながら、グラスからビールをこぼすまいとする。やうやくグラスをサイド・テーブルに置いてから、女が慰めるやうに言つた。

「でも、ずつと以前、十代のころでせう?」

「それはもちろん十代。そのあとはもう刀なんてものと御無沙汰でね。第一、さういふ日本になつた」

「そのせいで、別に何も考へなかつたんぢやないかしら?」

「なるほど。縁がなかつたから気がつかない……」

「きつとさうよ」

といたはられて、梨田はおとなしく、しかしあまり信じてゐない口ぶりで、

「ぢや、さういふことにするか」

とうなづき、裸の女に毛布をかけてやつた。顎から下を丁寧に白く覆はれた、そして前よりもいつそう髪の乱れてゐる朝子は、持主である女の子にぞんざいにあつかはれたすゑ今度は大事にしまひこまれた、大きすぎる人形のやうに見える。梨田が浴衣を着て、またベッドに腰かけた。横顔に仄かな光を受けてゐる大きな人形は言つた。

「ね、妖刀《ようとう》村正つていふでせう。あれは鞘《さや》の細工のせいですつて」

「ほう」

「抜けやすい鞘をわざと作るわけね。鞘職人のケレン。刀を壁に立てかけて置くと、着物か何かが触れた拍子に鞘走つて、そばを通つた人が怪我をしたりするでせう。それで評判が立つて、村正が有名になるんですつて」

「変なことを知つてる」

「偉いでせう。寄席《よせ》で聞いた話」

普通ならここで、落語は好きかとか、寄席へはよくゆくのかとか訊ねるところなのに、梨田にはそのゆとりはなかつた。別の話を思ひ出したので、どうしてもそれを口に出さずにはゐられなかつたのである。

「何とかいふお公卿《くげ》さんが本阿弥光悦《ほんあみこうえつ》に、吉光の刀のほうが正宗《まさむね》よりいいと言つたんだつて。吉光なんて刀鍛冶《かたなかじ》、知らないけれど、ま、それはいいことにしよう。とにかく名工らしいや」

しかし正宗のほうを高く買ふ光悦は、藤原家隆の「朝日さす高嶺《たかね》の深雪《みゆき》空はれて立ちもおよばぬ富士の川霧」といふ和歌を引いて、これをどう思ひますかと訊ねた。非常におもしろいといふのが返事だつた。そこで光悦は、では赤人の「田子の浦に打ち出でて見れば白妙《しろたへ》の富士の高嶺に雪はふりつつ」といふ歌はどうですかと訊ねた。相手は、おもしろくはないが丈《たけ》高し――格調が高くて立派だと答へた。そこで光悦は、正宗の刀もそれと同じことでございますと述べた。

朝子が薄闇のなかでうなづくと、梨田は言つた。

「この話を読んで、変な気がしてね。一体どこの国に、人殺しの道具を詩と比較して論ずる文化があるだらうと思つて。しかもさういふことをするのが第一流の批評家なんだから、日本文化といふのはをかしいよ。こんなこと、西洋人はもちろん、中国人だつてしなかつた。たぶん朝鮮人もしなかつたんぢやないかな。どうも、常軌を逸してゐる」

「刀も藝術のうちなのね」

「うん」

「つまり西洋と違つて藝術の幅がうんと広くつて。だから文化庁の美術工藝課が刀をあつかふのね」

「どうもさうらしい」

「刀つてものの考へ方が、ほかの民族と違ふのかしら?」

「うーん。そこのところがむづかしい。逆の方から考へたらどうだらう?」

「逆の方?」

朝子に促されて、梨田は、

「何だか頭が動いて来たぞ。腰がすつきりしたので、頭の調子がよくなつたのかもしれない」

と軽口を叩いてから、次のやうに説明した。

逆の方からといふのは、日本文化では藝術といふ概念がはつきりしてゐない、その点で西洋ふうの藝術とは別のものだと考へることである。もともと藝術といふのは古代人の呪術からはじまつたもので、たとへば彼らの信仰儀礼の際、笛を吹いたり太鼓を叩いたりして霊を呼ぶのが音楽の起源だつたし、アルタミラの洞窟の獣の線描は、狩猟の成功を祈るか祝ふかするまじなひの記号だつたにちがひない。しかし西洋では呪術性と藝術性とが次第に区別されて、藝術といふ概念がきちんと出来あがつた。（彼らにかういふことが可能だつたのは、キリスト教のせいとか、何ごとによらず純粋化を求める態度のあらはれとか、いろいろの要因が考へられる。）しかし日本では、呪術といふ要素がしりぞけられずにいつまでも残り、それがまつはりついたまま、つまり未分化の状態で美の形式が確立したのではないか。（問題なのは中国や朝鮮の場合で、これは儒教のせいで呪術が衰へたといふ気がするけれど、はつきりしたことは言へない。刀の場合だけが例外――あるいは日本ほどひどくないだけ――なので、それ以外では呪術性にみちた藝術を喜んでゐるのかもしれない。）

たとへば黒人の仮面といふものがある。あの、赤や黒や白で隈取《くまど》りした奇怪な木彫りは（それを朝子はいつかデパートの展覧会で見たことがあつたので、説明の手間がはぶけた）、黒人の意識では、舞踏といふ祭式に使ふ悪魔よけの道具であつて、藝術作品では決してない。ルノアールの裸体画やベートーヴェンの四重奏曲やキーツのソネットとはまつたく違ふ範疇《はんちゆう》に属するものだ。しかし二十世紀ヨーロッパの画家や彫刻家（たとへばピカソ）はそれを藝術とみなしたし、すくなくともそれによつて制作上の刺戟を受けたのだが、さういふ興味の持ち方はアフリカの酋長《しゆうちよう》にはおよそわけのわからぬ、チンプンカンプンのものだらう。

ところがここで厄介なことに、日本人はあるときから以後、呪術の道具に対し、アフリカの酋長の仮面に対する態度とパリの画家のそれに対する態度とをまぜあはせて臨んで来た。そのまぜあはせ方は微妙かつ複雑で、宗教的祭儀にして審美的鑑賞を兼ねるやうな、しかもそのくせ当人はその未分化の状態をほとんど意識してゐない、ひどくややこしい態度であつた。臨機応変と言つてもいいかもしれない。たとへば盆栽といふのは日本人が好きなもので、この趣味は当分すたりさうもないが、あれはたいてい松とか梅とか、めでたい植物を植ゑて長寿を祈るもので、さういふ気持は今でも濃厚に残つてゐる。だからわれわれが朝夕に水をやつたり、枝を切つたり、切りすぎて舌打ちしたり、床の間に飾つて悦に入つたりしてゐる盆栽には、一種の護符、ないしは巨木信仰の神体のミニアチュア版といふ性格がかなりあるらしい。もちろんあれだつて藝術といふ側面はあるけれど。

「ね、お守りみたいなものなんだよ」

と梨田は要約してから、

「わかる？　ぼくの言つてること」

「うん、だんだんわかつて来た」

と朝子は言つて、

「はじめは呑込《のみこ》めなかつたけど。ぼうつとしてゐたから」

と首をすくめる。そして首をすくめてからすぐに、

「あ、草薙《くさなぎ》の剣《つるぎ》」

と小さく叫ぶやうに言つたのは、わかつて来たことの明白な證拠だつた。

「さう、いい線だよ。まさしくそれだね」

と梨田は褒めて浴衣をぬぎ、それを毛布の裾のほうにはふつてからベッドのなかへはいつた。

朝子が体をずらし、あたたかい肌が冷たい肌に触れたとき、彼はつづけた。

「ぼくもだんだんわかつて来たらしいや、話をしてるうちに。あれ以外にもお宮の神体が刀なのはたくさんあるでせう。さういふ古代信仰、つまり呪術が消えずに伝はつて、実用品としての刀と呪物としての刀と美術品としての刀とがゴチヤゴチヤしながら、本阿弥光悦の鑑定になり、妖刀村正になり、日本陸軍の指揮刀になつたんぢやないかな。そのゴチヤゴチヤを分析するのは面倒だけど。だから、日本軍はおまじなひの力で勝たうとしてゐたんだよ。そしてあのころのぼくは何しろ子供だつたし、戦争中だつたし、将校生徒だつたから、その実用性プラス呪術性プラス藝術性といふややこしい仕掛けにくらまされてゐて、それで、将校が日本刀を吊すのを当り前だと思つてゐた……」

「まだこだはつてる」

「そりやあ、癪にさはるもの」

女が静かに笑つてから言つた。

「学校をやめるなんて、よくできましたね。女の子にはそんなこと、とても……」

「それはぼくだつて、こはかつたな。陸軍の学校で、それに戦争中だといふせいもあるけれど」

「あたしはさういふ特別の学校ぢやありませんけど、でも……」

「うん、それでね、ずいぶんあとになつてから思つたこと、一つあるんだ」

と梨田は、まるで秘密を打明けるやうにして言つた。それは、自分が幼年学校を受ける気になつてあんなに猛烈な勉強をしたのは、ひよつとすると、あの中学から別の中学へ移りたかつたせいではないかと、ずいぶんあとになつてから思つたといふ話である。さう思つたのは画商をはじめてから、つまり四十すぎのことで、これは生涯の分岐点に対する解釈としては、あまりにも遅く訪れた省察だつた。彼はある日、帳簿の整理をしてゐて、中学時代のことをふと思ひ浮べ、生意気だと言つて下級生を殴る五年生の言ふことが（もちろん自分もその殴られた一人だつたけれど）いちいち馬鹿げてゐて、ああ、かういふ連中がゐない学校へゆきたいなとしみじみ思つたことを思ひ出したのだ。たしかに中学生のころ彼は夢想してゐた。上級生がもつとずつとましで、同級生もましで、それから教員もましな学校へゆけたらどんなにいいかといふことを。何かと言へば忠君愛国を説きながら出征軍人の未亡人と関係し（これはすくなくとも彼の道徳からすればよくないことのはずだつた）、武勇とか大胆とかいふ美徳のかたまりのやうな顔をしながら蛇を見て卒倒する剣道教師ではなく、講談本に出て来る剣術の名人のやうな、人格高潔で威厳あたりを払ふ教師が剣道を教へる学校へゆけたらすばらしいといふことを。

もちろんそのとき彼は、いくら幼くても、剣豪が勤めてゐる中学校がこの世の中にあるはずはないし、それに転校するのは大変なことだと思つて諦めてゐた。それはあくまでも一瞬の夢想にすぎなかつたと思ふ。しかしひよつとすると……その諦めがをかしな具合に作用して、それで幼年学校を志望したのではなかつたらうか。第一あの熱烈なナポレオン崇拝にしても、コルシカからフランスへと出てゆく少年の物語だからこそ、彼の心をあんなに魅惑したのではなかつたか。

「つまり……」

と梨田が要約しようとして、うまく言葉がみつからなくて困つてゐるとき、朝子が言つた。

「……脱出の物語ね」

「うん、それね。脱出……」

すると朝子は、妙に抒情的な声で言つた。

「あたしねえ、高校生のとき、学校が厭で厭でたまらなくて、変りたかつたけれど、でもそんなこと考へちやいけないと思つて、考へないことにしたの」

「ふーむ」

「できるのよね、考へないやうにすること」

「それはできるね。できる場合もある。第一、子供はいつもさうして我慢してるからな、どんな無鉄砲な子供だつて」

「ええ、それで我慢してたの」

と言ってから朝子はつづけた。

「結婚したら、離婚しないやうにするのとおんなしね」

「ぢやあ、離婚したいと思ってた？　心の底では」

「ええ、よくわからないけど、そんな気がする」

そこで女はとつぜん派手な笑ひ声をあげてから、男の体に手を触れ、ゆつくりとその手を下へおろして行つた。

7

その日は七五三で、着飾つた子供が着飾つた親に連れられ、千歳飴《ちとせあめ》の長い袋を手に下げてゐるのをほうぼうで見かける。梨田は晴着の親子たちに気を留めながら車を走らせ、もう晩秋、あるいはむしろ初冬だから、凝つた柑橘《かんきつ》類が届くのも当り前だと考へた。四国から、昨日は臭橙《かぼす》、今朝は酸橘《すだち》がたてつづけに送られて来たのである。どちらもビニールの袋に入れて冷蔵庫にはふりこんであるが、独り者では始末に困る分量だ。あれはどうしたらよからうと、運転しながら思案してゐるうちに、明日、朝子と会ふときに持つてゆかうかと思ひついたが、一瞬のち、梨田は小首をかしげ、それから苦笑ひした。かういふ仲の女にかういふ貰ひ物を分けるのは世帯《しよたい》じみてよくないと反省したからである。

彼の見るところでは、向うも世帯じみた関係になることを嫌つてゐるやうだつた。といふのは、あの五日ばかりあとにまた会つて、今度は家《うち》へ誘つたとき、妙に渋るので、それならいつそもつと安いホテルへゆかうか、ああいふ所ならどんなに声を出してもかまはないから、と冗談めかして言ふと、別に厭がらなかつた。そして朝子はマンションの独りぐらしなのに、どうやら彼を自分の住ひに案内する気はないらしくて、そのことは寝物語のはしはしで見当がつく。

それやこれやを考へ合せ、色恋だけの仲でゐるほうが煩しくなくていいといふ気持だらうと取つてゐたのである。

画商は、明日の夜もまた同じ宿屋にゆかうか、それとも別のところにしようかと思案し、この前のときは最初とくらべてずいぶん女の反応が違つてゐたと一部始終を思ひ浮べてから、ふと、たぶんこの調子でゆくと紫陽花いろの小さな模様を双の乳房のあひだに見ることになるらしいなと、遙か遠くの初夏の夜の情景を、望遠鏡で見るやうにして妙に鮮明に眺めた。それまでにはもう半年あるから、おそらく二十回以上もあひびきを重ねることになるのではなからうか。

しばらくして梨田は、脳裡に描いた臭橙と酸橘の匂ひで刺戟されたせいか、とつぜん煙草を喫ひたくなつたが、ちようど切らしてゐて、念のためポケットを探つてみてもやはり煙草はない。彼は通りの左側に店を探しつづけたあげく、車を駐めた。しかし自動販売機から小走りに戻る途中、思はず立ち止つたのは、電柱に貼つてある（別々の電柱に貼る手間を惜しむみたいに同じのを上下に二枚つづけて貼つた）粗悪な印刷のビラの、「台湾に眠る我等の愛刀を返せ」といふ文句が目にはいつたからである。台湾と刀といふ組合せは、サザビーと国立西洋美術館といふ組合せよりはすこし落ちる程度で、彼に強く迫つた。それは日本戦友協会といふ聞いたことのない団体のビラで、どこかの公会堂での講演会の宣伝を兼ねてゐる。演題は「日本刀の復帰を求める」で、講師は村川厳太郎だつた。

「ほう、今度は戦友協会か」

と梨田はつぶやいて改めてビラをみつめた。みつめるのが終ると衝撃はゆるやかに去つて、戦友協会のビラは十一月中旬の東京の街の一点景に近くなる——どこかのストリップ小屋の広告よりは記憶に残るにしても。

ふたたび運転をつづけながら、そして煙草を喫ひながら、梨田が思つたのは、商売のあの手この手はいろいろあつて、日本刀数万本の輸入を許可させるためビラを貼つたり講演会を催したりする手まであるといふことだつた。画商である以上、小ぎれいなことばかりしてゐるわけではないから、金儲けの工夫のあれやこれやにはもともと寛大なのだが、この場合もその態度は変らず、どこの誰がこんな細工を思ひついたのか知らないけれどみんないろいろ大変だなあと、妙に距離を置いた感じで彼は同情してゐた。奇妙なことに、さういふ憐れみの思ひは、なにがしかの謝礼を得るために日本刀復帰を壇上から獅子吼《しく》しなければならない思想家にまで及ぶ。彼は村川の稼業に同情し、講演のなかではきつと蔣経国との交友が披露されるだらうと考へて微笑し、それから煙草を灰皿に押しつぶした。

美術館に着いた。現代アメリカ絵画展の初日である。梨田は、マイヨールの青銅の女たちが濡れ仏のやうに立つてゐる庭にたたずんだ。ちようどアメリカ大使がテープを切るところらしく、丈の高い外人の頭が人々の肩ごしに見える。前のほうで拍手が起り、それからみんながぞろぞろと館内にはいつてゆく。前評判どほりあまりいいものが来てゐない展覧会なので、彼は顔見知りの誰彼に会釈しながら（そのなかには官僚たち数人を従へた文部政務次官もゐれば、パトロンを連れた女優もゐる)、絵にはあまり身を入れずに一まはりして、終りにした。玄関横の、紅白の幕で囲んだ区画でのレセプションに出ようかどうしようかと迷ひながら、仄暗い階段を降りてゆくと、遅れて着いたらしい画商が意味ありげに眼で合図しながら近づいて来た。この男は画商の二代目で、二代目がたいていさうであるやうに大学を出てゐるため、一代目の画商のなかでは珍しく大学出、それもただひとり官立大学の出身である梨田を尊敬してゐる。そのせいもあつて、梨田はときどき彼の父と仕事の上で組んでゐた。

「やあ」

「うん。梨田さん、あのねえ」

と相手は声をひそめて、

「変な話を聞いたもんで、しらせなくちやと思つて」

「ほう、何です?」

「文化庁の十川が悪口言つてるんだつて」

「ぼくのこと?」

「うん」

「ほう、どういふ悪口?」

「口が軽くて困るつて」

「それだけ?」

「聞いたのはそれだけなんですよ。心当りある？」

「ちよつとありますね。しかし……変だな、そんなはずないんだ。これはきつと何かの行き違ひだな」

「ちよつと小耳にはさんだものだから……」

「いや、ありがたう。早速、調べますよ」

梨田が小首をかしげながら礼を言つてゐるところへ、これも階段を降りてゆくさつきの女優が声をかけたので、もう一人の画商は階上へ去る。梨田はしばらくのあひだ、ローランサンの大きな油彩がほしいといふ女優の相手をした。

ベンチに腰かけて、画集や絵葉書をあつかふ売店を斜めに見ながら彼が考へたのは、「口が軽い」といふのは美術館長の人事の件と日本刀の件のどちらについてなのかといふことだつた。しかし、館長人事のことは誰にも明かしてゐないから除いていいし、日本刀のことは洪にも（それから朝子にも）しやべつてゐるから、問題があるとすればやはりこつちにちがひない。が、朝子はまあ大丈夫だらうし、料理屋では聞耳を立ててゐる客もゐなかつた。とすれば洪（かあるいはその仲間）が、文化庁から聞いた情報だなどと余計なことを言つて、それがまはりまはつたのかもしれないし、それとも案外、何かまつたく別のことで誤解されてゐるのかもしれない。どのみち気に病むほどのことではないにしてもとにかく当つてみるに限ると考へ、梨田は赤電話の一つを取上げた。しかし美術工藝課長は北海道に出張中で、帰るのは明後日《あさつて》だといふ。

「それぢやあ十川課長にお伝へ願へませんか、電話があつたといふことを。ええ、梨田と申します。では、失礼します」

と送受器を置いたとき、男が二人、

「ゐた、ゐた」

「ね、ゐたでせう」

と騒々しく寄つて来た。肥つてゐて禿頭なのは美術書専門の出版社の社長で、小柄でひげを立ててゐるのは美術評論家である。二人は麻雀の相手を探してゐる所だつたが、梨田はその誘ひを断つて彼らを落胆させた。

次に洪の家に電話をかけてみると、経営してゐる喫茶店にゐるはずだといふ。そこに連絡を取ると会議中とのことなので、画商はちよつと考へてから、ちようど道順だから寄ると伝へてもらふことにした。送受器を置いて玄関のほうを見ると、出版社の社長と美術評論家の二人組が、今度はこの美術館の館長を誘つて断られてゐた。

洪の喫茶店に来るのはこれで二度目だつたが、ここもまた洪の家と同様、ごくありきたりの日本の、そして東京の、喫茶店にすぎない。客は若い男女が多く、テーブルも椅子も小さめである。一組だけ七五三の親子がゐて、晴着を着た小さな女の子（きつと三つだらう）が疲れて眠つてゐた。レジスターで訊ねたところ会議はまだつづいてゐるので、梨田は空いてゐる席で待つた。三十分ほど経つと、レジスターの娘が呼びに来て、洪が五階の部屋で待つてゐると伝へた。

ドアが開け放してあるので、その部屋はすぐわかる。ちようど喫茶店の給仕がコーヒー茶碗とケーキ皿を下げてゐるところで、大きなテーブルを囲んで椅子が六つ置いてあり、そのうちの一つにネクタイをゆるめた洪が腰かけて、頬杖をついてゐた。壁には例の台湾民主共和国国旗が鋲でとめてある。その国の大統領である喫茶店の店主と向ひ合ふ位置に梨田が座を占めると、相手はおだやかに微笑して、

「どうしたの？　梨田さん。急用なの？」

と訊ね、返事を聞かないうちに、コーヒーとケーキを一人前、給仕に言ひつけたが、梨田は辞退した。

画商の話を聞き終ると、洪は、文化庁云々《うんぬん》のことはすくなくとも自分のほうから洩れてゐないはずだと言つた。なぜなら、梨田から情報がはいつた直後、別の方面から同じことを聞いたので、情報源はそちらだとして仲間に伝へ、官庁から仕入れたとは言つてゐないといふのである。

「その別のところといふのは？」

「商社のほうです。明信商事。直接ではありませんが……。ですから、いただいた情報はわたしの頭のなかで傍證として使つただけでね」

「なるほど」

「明信商事のあまり有力でない部の仕事なんです。四人くらゐのチームですが、もうそろそろ

停年の男が主任で、一儲けしようとしてゐる。この男は、戦後、キャノン機関から勤めないかと言はれて断つたといふ経歴があると聞きました」

「といふとつまり？」

「日本軍で同じやうな仕事をしてゐたんでせうね、もし本当なら」

「ぢやあ、その線で日本刀の話を嗅ぎつけた……」

「のかもしれません」

と洪はうなづきもせずに言つて、

「しかし文化庁の課長が愚痴をこぼしてゐるといふのはをかしいですな」

と小首をかしげた。

「まあ、それはいいでせう。十川氏が帰ればわかることですから。しかし、さう言へば……」

と梨田が、全国戦友協会と村川厳太郎の話をしようとしたとき、洪は問はず語りのかたちで言つた。

「いま決めたばかりですが、デモをやることになりましてね」

「ほう、はじめてぢやありません？」

「いや、二度目。十年前に一度やりました。ただし今度のは、スローガンが二つありましてね、一つはもちろん台湾独立、もう一つは日本刀輸入反対なんです。台湾から刀を買ふな」

「輸入許可になりさうなんですね？」

「おそらく無理でせうが、ちよつとあぶない。官僚は法律に縛られてゐて杓子《しやくし》定規だけど、大臣はお金で動きますからね、台湾の大臣ほどではないにしても。殊に今の総理大臣はそちらのほうでは有名な人だから」

さう言つて洪は笑ひ、梨田は苦笑した。事柄それ自体は誰でも知つてゐることだが、台湾人にかう言はれると日本がまるで東南アジアの小国の一つのやうに感じられて、印象が新鮮である。梨田は煙草に火をつけて、

「ぢやあ、総理大臣が金を受取りつぱなしで、何も指示しなければいいわけですね」

と訊ねた。洪は大きくうなづいて、

「これも台湾と同じですね。無責任なのが一番ありがたい」

梨田は、こんなことを口に出すところを見ると、洪は首相と明信商事の関係について何か握つてゐるらしいと見当をつけ、それから、さう言へば文部大臣はたしか首相の派閥だから文化庁を動かすのはやさしい、もちろん警視庁はお手のものだらう、美術工藝課長の件はどうやらこのあたりのこととつながつてゐるのではないかと考へたが、念のため、

「だしぬけに総理大臣だなんて、何かあつたの？　洪さん」

と当つてみる。しかし洪は曖昧にほほゑみ返すだけで、梨田がまるで鏡になつたやうに相手と同じ表情でみつめてゐると、口にチャックを引く真似をした。それはいかにも中小企業の経営者のふざけ方で、一国の大統領にはふさはしくない仕草だが、まさかさう言つて冷かすわけ

にはゆかない。うなづいてから、梨田は言つた。

「全国戦友協会といふのが何かやつてますね。村川氏を使つて」

洪は黙つて立ち上り、事務机の引出しから戦友協会のビラを一枚持つて来て、

「副大統領が責任を痛感しましてね。慰めるのに大変でした。でも、村川先生を詰問したつて はじまらないし、詰問したら逆に長広舌をふるはれるでせうな」

と首をすくめる。梨田は賛成した。

「一理屈あるでせうね」

「あるでせう、商売ですから」

と洪はまるで一雨降るといふ話のやうに受けて、

「とにかく大統領就任パーティであゝいふ演説をした来賓が日本刀返還を叫ぶ以上、こちらも何かしなくちやならない……対抗上。一つにはそのせいでデモをやるんです」

台湾民主共和国の費用は大半、彼が持つてゐることを知つてゐるので、

「引きつづいて、ものいりですね」

と梨田が言ふと、洪はわざとおどけて苦り切つた表情を作り、

「ええ、大変なものいり。しかし善後策としてはこれが一番でせう」

と答へた。梨田は、洪とは親しくするが台湾独立運動に対しては距離を置くといふ日頃の立場を守つて、デモをするのがいいとも悪いとも言はず、また、どのくらゐの人数が参加する見

通しかとも訊かずに、ただ、

「しかし妙な取り違へでしたね、売りと買ひとが逆になるなんて」

とつぶやいた。洪が言つた。

「変なことで梨田さんまで巻き込んでしまひましたね。まあ、本当は御迷惑かけてないと思ふけれど。それはともかく、なぜわたしが買付けの話を信用したかわかりますか？　つまり、売込みのほうのことをなぜ考へなかつたか？」

「わからない」

「売込みぢや、儲けがすくないからですよ。買付けのほうが儲かる」

「何ですつて？」

「係の者が懐に入れる金のことね」

「あ、なるほど。日本刀を売るのでは、いくら悪いやつでもせいぜい売り値の総額までしかポッポできないけれど、買付けならいくらでも……」

「その通りです。たとへばかうなんだな、梨田さん」

といふ前置きで洪は語つた。

台北で一人の若者が兵営の前を歩いてゐると、兵隊に呼びとめられ、営内へ連れてゆかれた。服をぬいで軍服に着かへろとのことで、言はれる通りにしたが、こはくて仕方がない。同じ目に会つた若者や中年者がいつぱいゐて、一体どうなることかとみんなでふるへてゐると、営庭に整列させられる。しばらくすると、幕僚を従へた将軍が現れ、閲兵式がはじまる。連隊長は兵隊に番号をかけさせ、人員を将軍に報告して閲兵式は終り。連隊は解散し、連中はまた平服に着かへさせられた上、なにがしかの金をもらつて放免された。

「ははあ、ゐない兵隊の給料を連隊長がごまかしてゐた……」

と梨田がつぶやくと、洪は大きくうなづいて、嬉しさうに笑ひ、

「本当かどうかわかりませんよ。作り話かもしれない。しかし本当かもしれない。国府軍といふのはかういふものなんですよ。軍だけぢやなく、官だつて同じですね。汚職、収賄、背任が当り前のことになつてゐる」

「台湾にも政治小咄《こばなし》、ポリティカル・ジョークがあるんですね」

「いや、ポリティカル・ジョークといふのはフィクションでせう。これは案外、実話かもしれないから、さう言へるかどうか」

と、洪は片仮名英語は英語ふうの正式の発音で発音しながら、ほろ苦い顔で答へる。

画商は反駁した。

「でも、政治小咄といふのは、もともと本当か嘘かはつきりしないのが多いんぢやないでせうか。ヒトラーが地方都市へ行つて、駅頭で大歓迎を受けたとき、花束を献げる役の女の子がつまづいて、ヒトラーに抱きかかへられた——といふ話、知つてますか？」

「いや」

「ヒトラーはそのとき、一言二言、何か言つたんですつて。みんなはあとで、ヒトラーの台詞を知りたがつた。女の子の返事は、『おい、早く写真を撮れ、と言つたわ』」

洪はくすくす笑ひながら、

「蔣経国も就任当時、方々へ出かけて、子供といつしよに写真を撮つたらしい。その手ですね」

「何しろヒトラーといふのは大衆社会の政治家の先駆者だから。でも、この話、実話だと思ひますよ」

「よく出来てますな。うまい」

と一九三〇年代の無名の作者をたたへたところを見ると、フィクションにちがひないと主張してゐるわけだが、大統領はそれからぽつりと言つた。

「しかし政治といふのはジョークによく使はれるものですな」

「あれと、それからセックスね」

「ええ、あの二つでせう。やはり誰にでも関係があるから、よくわかる」

梨田は言ひ添へた。

「誰でもこの二つにはひどい目に会つてゐるから、怨みがある。そこで小咄を作つて鬱憤《うつぷん》を晴らす……」

「なるほど、それはいい意見ですな」

洪が感心してくれたので、調子に乗つて梨田は言つた。

「それに、セックスといふのはひどく滑稽なものでせう、あのときの男女の姿勢でもわかるやうに。四十八手のどれだつて人間の威信をそこなふ恰好ですよ。そして政治といふのも本質的に……専制政治だらうとデモクラシーだらうと……」

梨田はそれからさきは遠慮したが、洪は平気な顔で言つた。

「たしかに滑稽きはまるものですよ。殊にわれわれの独立運動なんて、はたから見ればジョークそのものかもしれない。自分でもさう思ふことがありますから」

仕方がないので梨田は笑つたが、笑ひながら、洪は今までこんな感想は洩らしたことがなかつたと考へ、何か別の話題を探さうとした。咄嗟に思ひついたのは、例の日本刀の呪術性、ないし日本軍の不合理性の象徴としての日本刀といふことで、当然のことながら、それを彼は朝子に語つたときよりはずつときれいにまとめることができた。洪はうなづきながら聞いてゐたが、梨田が、

「ぼくの日本軍批判にすごく大きな盲点があつた。それがどうも癪でしてね。何だか変な気がする」

としめくくると、洪は、

「そんなこと気に病むのはをかしいでせう。少年時代に自分ひとりで考へて、それだけ批判できたのが立派なんだ。偉いですよ」

と慰めた。そして梨田が、

「別に偉くはないけど」

と照れると、洪は、

「わたしはどうだつたらう？」

と薄目をつむつて、日本刀に対する自分の反応を思ひ出さうとする。やがて、

「うまく思ひ出せませんね。日本軍をヨーロッパの軍隊と比較しようなんて、思つたこともなかつたから、将校といふのはああいふ刀を吊つてるものとあつさり受入れてゐたんぢやないでせうか。日本の軍隊だから自動的に日本刀で指揮すると思つてゐたのかもしれない。とにかく、はつきりしませんね。ただ、光復のとき、つまり日本が負けたときですね、国府軍が台湾にやつて来て、その装備のみすぼらしさに呆れたことはよく覚えてます。ぼろぼろの服で、番傘《ばんがさ》と鍋を背負つて行進する兵隊だつた。記憶は不確かですが、将校はサーベルだつたでせうね、もちろん。でも、日本の将校のほうが段違ひに上に見えました」

「ふーむ、番傘と鍋か」

「何しろ国府軍の敗残兵だから……」

そのとき画商の心にとつぜん浮んだのは、中学一年生の彼が秋の運動会の模擬戦で見た仮装だつた。軍事教練の服装をした五年生ほぼ全員は日本兵といふこころで、煙幕を張り、空砲を射ち、匍匐前進し、小銃に銃剣をつけて突撃する。辮髪《べんぱつ》をつけ、泥鰌《どぢやう》ひげをつけて支那兵に扮した数人は、番傘を背負つて（武器は何を携へてゐたらう？）逃げまどふ。喝采を浴びるのは

もちろんこのコメディアンたちだが、彼らのうち一人として鍋を持つてゐる者がゐなかつたのは、画龍点睛《がりようてんせい》を欠いたやうに惜しまれる。梨田は、さうするとあの昭和十年代の日本人の意識のなかにあつた古典的な支那兵の姿は、かならずしも真赤な嘘ではなく、すこしは実證的なものだつたかと、ちようど夢と現実の符合に驚くやうにして驚き、それにしてもさういふ国府軍をせいぜいこちらの駐屯地の近くから追ひ払ふ程度の武力でソビエトやアメリカと戦はうとした日本軍の判断は正気の沙汰ではなかつた、あれは妄想と官僚主義との不思議な結びつきと言ふしかない、と改めて考へ、それから一転して、しかしさう言へば日本軍だつて末期は、大陸から逃げて行つた国府軍に似たやうなもので、自分が昭和二十年の夏、房州を防備する独立歩兵砲大隊の兵隊だつたとき、歩兵砲こそ一小隊に二つあつたけれど（しかし砲弾はほんの僅か）小銃は誰にも渡されず、銃剣は竹光《たけみつ》で、吊してゐる水筒はゴム製だつたと思ひ浮べてゐた。ゴムの水筒なので、伏せをしたとき体の重みが上にかかると押されて栓が抜け、水が腹から腰をまるで失禁したやうに濡らした。

洪の声が耳にはいつた。

「……問題でしてね。梨田さんには叱られるかもしれませんが」

画商が視線で訊ねると、おそらくくりかへしたのだらう、相手は言つた。

「国家が成立するにはある程度の不合理的なものが必要かもしれない……そんな気がするんですよ。合理性だけでは国が作れない。大衆がついて来ませんから……。日本人はそこのところで成功したから、近代日本が出来あがつた。さう思ふことがときどきあります。ですから……」

「国家に必要な不合理性？　具体的に言へば？」

「日本刀だつてさうでせう。国家神道だつてさうだし、天皇制そのものがそもそもさうかもしれない」

「それと台湾との関係はどうなるんです？」

と梨田は用心深く質問した。

「もちろんわれわれには非常に多くの不合理性がありましてね、大体、日本人と同じくらゐ」

と洪は答へて、皮肉な目つきをした。

「恐れ入ります」

と梨田が同じ表情で応じると、洪はつづけた。

「しかし具合の悪いことに、この不合理性と国家を作ることとをちつとも結びつけなかつた。不合理性が別にあるだけだつたんですよ」

「うーむ」

と梨田は唸つて、

「何だか日本人全体がからかはれてゐるみたいだ」

「いや、さうぢやありません。羨《うらや》んでるんですよ、わたしは」

「日本人を代表してぼくがからかはれてゐる……」

「いやいや。それに何も日本人だけぢやなく、英国人だつて、ドイツ人だつて、フランス人もアメリカ人もさうだな、不合理性をうまく使つて国家を成立させ、維持してゐる」

「それは多少は当り前ですよ。国旗も国歌もおまじないみたいなものだし、切手に刷つてある女王様の顔だつて、見方によれば、昔の日本の御真影や今の共産主義の個人崇拝の肖像画を市民社会の風俗でうんと薄めたものかもしれないし……」

と梨田は口をはさんだが、洪はそれを受けるやうな受けないやうな口調で話をつづけた。

「一番すごいのは共産国でせうね。国家の根本的な理念がどこかでくるりと引つくり返つて、啓蒙《けいもう》思潮を極端にした合理主義が、合理的思考を否定するための大がかりな道具になつてゐるんですから。あゝいふ国の国民とマルクス主義との関係は、さう考へなければ呑込めないんぢやないでせうか」

「おや、洪大統領はいつから左翼になりました?」

「いや、赤くも黒くもないけれど、でも、まあ、さうでせう」

「それはよくわかりますが……」

梨田としては、共産主義国の場合はともかく西欧型の先進国の場合は大衆が不合理性への惑《わく》溺《でき》と同時に合理主義的な態度もあはせ持つてゐて、むしろどちらかと言へば後者のほうの割合が多いから、そのため合理主義への反撥といふ困つたものを政治の遊戯面（たとへばアメリカ大統領の選挙）で発散させてしまひ、その代り実務面では主として合理的に運営してゆくから国家がうまく機能してゐるのだらうと言ひたかつた。しかし議論をそつちへ持つてゆくのは危険で、台湾人の悪口になる恐れがある。あるいはすくなくとも台湾の後進性を言ふことになる。そのため彼は口をつぐんでゐたが、気配を察したのだらう、洪はさりげなく言つた。

「もちろん民度といふことはありますよ。わが国の場合、識字率は非常に高いのに文明は高くない、残念ながら。文明のための潜在的な能力はすばらしいけれど、それがうまく顕在化してゐない。独立できないのはそのせいでせうね、結局は。しかし……どうも台湾独立運動は合理主義的にすぎるのぢやないか。これでは大衆を奮起させることがむづかしい。いつまでもインテリの運動でね。ちようど日本のキリスト教のやうなものだ。さういふ反省がわたしにはありますね。やはりもうちよつと……」

「なるほど。それで日本刀にかこつけてデモをおこなふ……」

梨田としては冗談のつもりなのに、洪は、

「ええ、それもありますよ」

とあつさり受け入れて、

「パーティの演説で台湾人と中国人は別の民族だと強調したのもそのせいです。あれは大筋では嘘ぢやありませんが、あんなにはつきりと割切れない。何しろ混血がひどすぎて……。しかし演説としてはあのくらゐ言はなくちや恰好がつかないんですな」

と首をすくめる。それはいかにも新米の大統領が就任演説の自己批判をしてゐる感じで好感が持てた。梨田は、

「むづかしく言へば、どつちも嘘なんでせうね、台湾人は中国人だといふのも、さうでないといふのも。でも、あの論じ方はずいぶん明快でした。日本人に説明するにはあれで非常にいいと思ひます。連れて行つた彼女なんかすつかり感心して……」

「あの美人ね。朝子さん……」

「ええ。ただしどうもインテリ向きですね。台湾の大衆向けのアジ演説としては、あまり情感に訴へないかもしれない……」

これを聞いて洪は眼を細め、ふかぶかと頭を下げたが、それは褒められて感謝してゐるやうにも見えるし、批判されて閉口してゐるやうでもある。そして顔を上げると、相変らず眼を細めたまま、

「あれぢやいけませんよね。これからは媽祖《まそ》の力を借りるくらゐにならなくちや」

と言つた。

媽祖といふのは南中国から台湾にかけて尊崇されてゐる女神で、航海の守護神である。これは福建省の何とかいふ港に生れた田舎娘が巫女《みこ》になつたのだが（いや、果して実在したかどうか）、死後いろいろの伝説に飾られて、天上聖母として渇仰《かつごう》された。朱いろの衣をまとつて海上を飛びまはり、航海の難儀を救ふと信じられてゐるのである。宋《そう》も元も明《みん》も清《しん》も、歴代の王

朝は媽祖をあがめて仰々しい称号を贈つた。台湾にはこの女神を祭る廟《びよう》が何百もあつて、殊に北港の媽祖廟は贅美を盡した豪華さ、あるいはグロテスクな美と、祭礼のときの大変な雑沓《ざつとう》とによつて名高い。画商は例の台湾旅行のとき、北港で、ありとあらゆる色の化粧瓦《けしようがはら》で派手に飾り立てた媽祖廟を見物し、すこし頭が痛くなつたことがある——日射病のせいかもしれないけれど。それで梨田は、ああいふ悪趣味な土俗信仰を革命と結びつけることをひどく不調和に、といふよりもむしろ滑稽に感じ、しかしその気持をやんはりと、

「あれはまあ、日本で言へば金比羅《こんぴら》様……」

と表明したが、洪は平気で答へた。

「さうです。何しろ漢民族は海が嫌ひでしたからね、航海の神様がゐなかつた。それでやむを得ず、福建の土民の俗信に頼つたわけですな。ですから、代表的な越《えつ》の文化でして、漢民族に対抗する意味では非常にいい」

「キリスト教徒の洪さんが媽祖信仰を利用するのはずいぶん思ひ切つた……」

「いや、伊勢神宮みたいなものですよ。レーニン廟のミイラといふ例もあるし……。別に気にすることはないでせう。その点では日本の政府のほうがずつと進んでゐます。われわれも大いに学ばなくちやならない。何しろあの信仰は根強いものですから、もし蔣経国が天上聖母を弾圧したりすれば、台湾人全部がわれわれといつしよに立ちあがることになるでせうな、熱狂的に。これははつきりしてゐる。ただ、困るのは、ちつとも弾圧してくれないことです」

ここで二人は笑つた。笑ひながら梨田は、これまで何百回も思つた（いや、何千回かもしれない）、台湾独立は成功しないだらうといふ思ひをもう一度かみしめ、そして、自分がいまそんなことを思つてゐるのを相手に気づかせてはならないと考へて、しばらく笑ひつづけた。それは癌の患者（もちろんそのことを当人に伏せてゐる）を見舞ひに行つて冗談を言ふときの気持にかなり似てゐる。笑つてゐる梨田の脳裡に、まるで陽炎《かげろふ》に揺れるやうにしてゆらゆらと、媽祖廟の埃《ほこり》つぽい情景が浮んだ。正面奥には天上聖母が二人の侍女（？）を従へて立ち、ずつと前方には両脇に千里眼と順風耳が守つてゐる。向つて左には小手をかざして遠方を見る赤い衣裳の千里眼が踏みはだかり、右には、耳に片手を当てて遙か彼方の風に聞き入る順風耳が青い衣裳で突つ立つてゐる。懸命に海を占つてゐる二人の老船員の、どちらかの目鼻立ちは何となく洪に似てゐて、やがて洪はかういふ顔になるだらうなと、あのとき彼は思つたのだつた。しかし……それとも彼らはどちらも青い服で、左右は反対だつたらうか？

「千里眼……」

と梨田が言ひかけたとき、洪が顔から笑ひを拭き取るやうに消して言つた。

「前にもお話したことがあるかもしれませんが、朱伊正といふ男がゐましてね。国府軍の中将です。退役の中将。若いときから特務のほうをやつてゐた男で、一時は満洲国の協和会にもぐりこんでゐた。つまり国民党の秘密党員だつたわけですね。協和会の組織が潰滅……麻痺したのは彼の仕業だといふ噂もあります」

協和会は日本が傀儡《かいらい》政権として満洲国を作つたとき、ちようどドイツのナチスや後の日本の大政翼賛会に当るものとして組織した一国一党の政治団体で、もちろん日本人が主体であり、関東軍が実権を握つてゐたが、満洲国人（と言つても実は中国人）もすこしは加はつてゐた。協和会に勤めた日本人は、よく知られてゐるやうに内地から流れて来た転向者、ないし偽装転向者が多く、知力でも情熱でも格段に優れてゐたため、実質的には彼らがこの団体を支へてゐた。右翼系の者は豪傑ぶつてゐるだけで粗雑だつたし、右翼でも転向者でもない者は官僚的な事なかれ主義でちつとも働かなかつたからである。しかしこの、協和会の最良の部分は、昭和十八年にほとんど検挙され、そのため活動はまつたく停止したのださうで、このとき彼らを密告したのは朱伊正だつたと洪は言ふのである。

「ほう、それから彼はどうしました？」

と梨田が訊ねた。

「満洲から姿を消した。そして昭和二十年秋の光復のとき、台湾に現れたんですね、国府軍の将校として」

「なるほど。空白の二年間といふわけか」

と梨田は口をはさんだが、洪はすぐにつづけて、

「その朱が光宅公司の顧問といふ資格でこのあひだから日本に来てましてね」

「ほう」

「いろいろやつてるらしい」

「その何とか公司が日本刀を？」

洪がうなづいて、それからちよつと首をかしげ、その表情を見て梨田が何か言ひかけたとき、電話がかかつて来た。

「失礼」

洪は事務机へゆつくりと歩いてゆき、送受器を取つて話し出したが、どうやらそれは一階にゐる喫茶店のマネージャーとのやりとりらしく、砂糖の値段のことでしきりに何か言つてゐる。梨田は頬杖をつき、壁の国旗を見るともなしに見てゐた。砂糖をどこから買ふかが決つて、洪がこちらへ戻りかけたとき、また電話がかかつて来た。彼がやれやれといふ様子でまた送受器を取りあげ、話をしてゐるのを聞くと、今度は警視庁へデモの届出に行つた者からの連絡らしい。つまりこれは、局長か次官、あるいはひよつとすると大臣が警視庁（別の国の）の赤電話を使つて、喫茶店の五階にゐる大統領に報告し、指示を仰いでゐるのである。話はまだ手間取りさうなので、梨田が立ちあがり、

「ぢや、これで失礼しますよ」

と声をかけると、大統領は黙つたまま愛想よく手を振り、その手でネクタイをほどいてずるずると紐のやうに引き出す。

梨田はいつたん画廊に戻り、あれこれと雑務を処理してからマンションに帰つた。郵便受け

に一枚、ゴム紐で縛つた普通郵便の束とは別に、まるで風が届けたやうに航空便の絵はがきがはいつてゐて、それはパリの千屋京子からの便りである。半月ばかりのちに日本に帰るから東京のさるホテルのロビーで会ひたい、お願ひしたい件があると書いて、日時を指定してゐた。春夏のプレタ・ポルテの発表が十月末にあつたはずだから、そのあつかひ方についての詰めの会議に戻つて来るのだらうが、普段は東京に着いてからとつぜん電話で呼び出すのに、今度はかなり大事な用と見える。梨田は、今までさんざん彼女の口ききで仕事をしてゐるから、たいていのことは引受けるしかないと覚悟を決めてゐた。この数年、彼と京子との関係はもう、色恋の相手であるよりはむしろ仕事の上でお互ひに利用したり相談したりする仲間といふ感じが強くなつてゐるのである。彼は画廊の近くのスーパーマーケットで買つて来た豚肉をいためながら、京子との焼けぼつくひのやうな仲について、今度はどういふことになるのかと考へたが、これは考へるだけ無駄なことだつた。二人のあひだでは、寝るか寝ないかはすべて向うが決めることになつてゐたからである。

夕食の途中で梨田は、この日本刀の騒ぎでまづかつたのは、美術工藝課長に紹介状を書くだけにすればよかつたのに、自分で直接さぐりを入れたことだ、と反省した。台湾人である友達が馬鹿にされたり相手にされなかつたりしては気の毒だと思つたのがいけなかつた。もうこれからは洪の革命運動とはどういふ形でも接触を持たないやうにして、純粋な友達づきあひでゆかなければならない。彼は自分にさう言ひ聞かせ、そのへんのことは洪だつてよくわかつてゐるはずだし、第一、洪がもうこれ以上、何かを頼むことはしないだらうと楽観した。楽観するのは、彼にとつて、子供のころからむづかしいことではなかつた。画商は、文化庁の課長の件も、京子のことと同様、なるやうになるさと高をくくることにした。

8

廻転扉を押してホテルにはいり、腕時計を見ると、約束の時刻まで三十分以上もある。梨田はフロントへ行つて千屋京子の部屋の番号を訊ねた。むづかしいことを言ふ仲ではないから定刻前に呼び出さうと思つたのである。しかし番号を教へてくれたフロントの男は、ついでに鍵の棚を横目で見て、出かけてゐると言ひ添へた。画商はやむを得ず、ロビーの大きなテレビの前の大きなソファーに腰をおろして待つことにする。

サッカーは一方的な試合で、日本チームがまごまごしてゐるうちにドイツが着々と点をあげてゆく。おもしろくないのを我慢して見てゐた梨田は、ふと、すこし離れたソファーにゐるレインコートを着た中年男がしきりにこちらをうかがつてゐるのに気づいたが、次の瞬間、その男は腰を浮かせて、ふらりと近づいて来る。梨田は立ちあがり、相手がどこの誰かわからぬまままあわてて会釈した。

しかしその男は無愛想に言つた。

「やはりあなたでしたか」

「はい」

「どうも見たことがあると思ひました」

「ずいぶんお久しぶりですね」

「なるほど、さう言へばまあさうです」

と言つて男は腰をおろしたので、梨田もやむを得ず元の位置に腰かけ、

「お元気で結構です」

と意味のない挨拶をしながら、この男はずいぶん顔色が黒くて馬面だなと感心し、その途端、さうだ、台湾民主共和国のパーティで会つたと思ひ当つて、できるだけさりげなく、

「洪さんとは近頃お会ひになりますか?」

と訊ねた。相手は、

「ええ、まあ」

と曖昧に答へて、

「たしか明後日、デモをするはずですよ。ぼくは出ませんがね」

「ほう、それは……」

と答へながら、梨田がそのさきをどうつづけようかと考へてゐると、男はせせら笑ふやうにして言つた。

「デモと言つたつてね、警視庁御用のデモですから……」

「金が出てるんですか?」

「……にちがひないと思ひますね。どうもさうらしい」

「ははあ」

「村川といふ男の情報ね、あれは誤報とわかりました。しかし火のないところに煙は立たぬわけでして、台湾にある十万本の日本刀を日本に売らうとしてゐた」

本数が十万にふえたな、と思つてゐると、男は訊ねた。

「あなた、何も知らなかつた?」

梨田は嘘をついた。

「ええ。まつたく個人的なつきあひですからね、わたしと洪さんは。呑気な話をするだけで」

男は鹿爪《しかつめ》らしい顔でうなづいて、国府軍に渡された日本刀が台北郊外の倉庫にあることを話しながら、レインコートのポケットをごそごそさせて名刺を出した。梨田も自分の名刺を渡し、それから相手が、その十万本の日本刀を処分しようといふ計画のあること、朱伊正のこと、日本の法規のこと、右翼を使つて運動がおこなはれたこと、朱伊正に働きかけられた政界の上層部がぐらついてゐること、などを述べてゐるあひだ、ちらちらと名刺に視線を投げた。その名刺には、右に小さく「台湾民主共和国政務委員」、真中に大きく「劉《りゆう》明農」と刷つてあるが、肩書のほうは細い万年筆の線で見せ消《け》ちになつてゐる。つまり以前は日本で言へば大臣格の男で、今はこの職にないわけだが、ひよつとすると独立運動そのものから脱落してしまつたのかもしれないと梨田は考へ、それにしても相変らずかういふ名刺を使ふ心理はおもしろいと思つた。劉はここで急にあたりを見まはして声をひそめ（と言つても金髪の男の子二人がサッカーを見てゐるだけだ）、これだけ多くの日本刀が持ち込まれては警察が取締りに手を焼くことは明らかだから、そこで警視庁は、総理大臣をも含む政治家たちに日本刀輸入を断念させるための一手段として、台湾独立運動を利用し、反対デモを打たせようとしてゐると語つた。どうやら劉は、洪の一派は日本刀の輸入については何も意見の持合せがなく、ただ警視庁のあやつるままに動いてゐるだけだと言ひたいらしい。

「なるほど」

と梨田は社交的にうなづいて、日本チームが最初の得点をあげたのをちらりと見ながら、

「で、デモにはお出にならない。さうおつしやつてましたね」

「出ませんよ。まつたく意味のないことですから。だつてさうでせう」

と劉はここから声が大きくなつて、

「大体ぼくはね、この日本刀問題にはタッチしないほうがいい、事態を傍観するほうがいいと最初から主張してました。十万本の刀を売込んだつて、中華民国の儲けは高が知れたものでせう。われわれの店ならいざ知らず、一つの国家にとつては、およそ問題とするに足りない。それつぽつち、儲けさせたつてかまはない」

画商はこれを聞いて、

「さうでせうな」

とつぶやいた。

「ね。ですから別に邪魔立てする必要はない。はふつて置いてかまはない」

と劉は勢ひ込んで断言し、それから次のやうなことを述べた。

それならこの商取引を妨害することが台湾独立運動にとつてどういふ効果があるかといふと、プラスは大統領以下のささやかな自己満足だけで、結局のところ、日本人の反感を買ふといふ大きなマイナスが残るにすぎない。何しろ日本人は戦死者の遺骨を持ち帰ることにあれだけ情熱的になる国民だから、没収された日本刀にだつて無関心でないことは目に見えてゐる。それに日本人はもともと刀剣に対して非常な愛着をいだいてゐて、これは刀剣愛好家だけではなく、いはば全国民的な心理になつてゐるから、その入手をさまたげるならば、国民感情を刺戟する危険が大きい。おそらく反対運動に対して好意的なのは、警視庁を別にすれば左翼だけだらうし、つまり台湾民主共和国は左翼的な性格のものとして誤解される恐れがある。ところが台湾独立運動が北京と気脈を通じてゐるといふのは、蔣政権がかねがね言ひふらしてゐることだから、その逆宣伝が正しいなどと受取られぬやう、くれぐれも注意しなければならないではないか。それに近頃は台湾系の極左、台湾赤軍といふ妙なグループもあるらしいから、よほど気をつけなければならない。

劉が、サッカーの放送をしてゐるアナウンサーよりも早口にまくし立てて、ちよつと一休みしたとき、梨田が口をはさんだ。

「台湾赤軍ですつて？　そんなものがあるんですか？」

「ええ。あるらしい。どうせ子供のいたづらでせうが……」

「今はそれが一番あぶないんですよね。それはもちろん日本で活動してるんでせう？」

「活動といふほどでもないが、どうもあるらしい」

「台湾独立運動の別の派、つまり民主共和国ぢやない派とも違ふわけですね」

「ええ。正体が不明で噂だけですから、はつきりしたことは言へませんが、どうも台湾独立には反対らしいし、それに北京にも批判的で、非常に過激な連中らしい」

劉は急におとなしくなつて、気味わるさうな顔をしたが、すぐに気を取り直してしやべりつづけた。

「それはともかく、日本刀の件に戻りますと、日本の国民感情をそこなつてはいけない。日本人は国民的なプライドがむやみに強いから……」

「それはさうかもしれません」

「いや、はつきりとさうです。たとへば……」

劉の説によると、六〇年安保で内閣が倒れたのもこのせいだつた。アメリカ大統領来日に間に合ふやう安保採決を急いだのが、まるで日本がアメリカの属国であることを露骨に認めさせる作業のやうに見えたため、民衆が激昂《げきこう》したといふのである（これには梨田も異論がなかつた）。

しかしさらにつづけて、二月十一日を建国記念日にしてゐるのもアメリカに張合ふ自尊心のあらはれだといふ説には、梨田は呆気に取られた。劉に言はせると、このことは、近代国家としての日本が形成されたのは明治維新によるもので神武天皇などとはこれつぽつちの関係もないといふ事情を考へればよくわかるのださうである。近代日本は明治維新のせいで出来た。それなのに日本人は維新のことをなるべく忘れようとしてゐて、たとへば大政奉還の日とか、王政復古の宣言の日とか、あるいはまた五箇条の誓文の日とかを祭日にしようなんて誰も言ひ出さない。明治維新といふ大事業を記念する精神がこんなにきれいさつぱり欠落してゐるのは、われわれ台湾人にはじつに不可解なことなので、いろいろと考へてみたのだが、その結果かういふことがわかつた。これはおそらくペルリの来航によつてアメリカから圧力をかけられ、やむを得ず藩の連合体としての古い日本をこはし、近代国家としての日本を作つたといふいきさつを、みんなが恥辱に思つてゐるせいではなからうか——心の表面ではともかく意識の深いところで。黒船にさんざんおどしをかけられて出来あがつた国家だといふ屈辱感が尾を引いて、近代日本の発端のことはなるべく忘れようと彼らは努め、そこで全国民の無意識の合意によつて建国をできるだけ遠いところへ持つてゆかうと企てたのだ。そのためとうとう神武天皇といふおぼろげな存在までさかのぼることになつたのではないか、といふのである。

これを聞いて梨田が、

「うーむ」

と唸つたきり絶句したのは、一つにはペルリと明治維新と神武天皇といふ取合せに意表を衝かれたせいもあるが、それだけではなく、むしろ、この台湾人が明治維新に対していだいてゐる尊敬の念、日本が近代国家を作りあげたことへの羨望の思ひがをかしな議論のせいでよくわかつて、ひどく感銘を受けたためであつたらう。この男は自分の近代国家がほしくてたまらないのだといふことが、異様な鮮明さで心に迫つて、彼をへどもどさせてゐたのである。もつとも、梨田が当惑と感動のいりまじつた気持で、どう答へたらいいかわからなくて困つてゐると、劉は、

「牽強付会《けんきょうふかい》?」

とつぶやいてほんのすこし笑つたから、幾分かは冗談のつもりだつたらしい。梨田も曖昧に微笑して、

「びつくりしましたが、でも、おもしろい。非常にユニークな紀元節論」

と褒めてからかう訊ねた。

「それで、デモには反対したんですね?」

「ええ。一人だけでしたね。あとはみんな異議なしでした」

「ははあ」

「大統領の統率力は台湾民主共和国にとつて喜ぶべきことです。しかし、参加者に賃銀を払ふデモなんてをかしい。まるで蔣経国主催のデモか、それとも……日本のデモみたいだ」

「これは辛辣ですな。右も左もさういふものださうですね」

「以前でしたら、われわれも手弁当で立派なデモをかける力がありましたよ。今はもう弱体になつて、金を払はなければとても人数が集まりません。いや、さうしたつて何十人……」

と劉は愚痴つぽい口調になつたが、話が変な方角に行つたことに気づいたらしく、

「何もデモなんかする必要ないんです。ぼくに言はせればですね、大量の日本刀がこの国にはいつて来たつて、台湾独立運動の面目がつぶれるわけではない。そのせいで、蔣政権の安定性が増すわけでもありませんしね。もちろん日本刀が十万本も持込まれれば、治安はいくらか乱れるかもしれませんが、それだつて最近のアメリカほどにもゆかないでせう。第一、ピストルとくらべれば、ずつと危険度がすくないし、携帯に不便ですし……」

「なるほど。しかしチャンバラ映画の幕末みたいになるのは困りますよ」

と梨田がやんはり抗議して、劉が何か言ひかけたとき、すぐ横で女の声があつた。

「お待たせしました？」

梨田は視線をあげて、半年ぶりに見る千屋京子の、ちようど半年分だけ老けた、しかしそれでも実の年よりずつと若い顔を見た。京子の服装は例によつて四十代といふ年齢にふさはしいものではなく、しかしデパートの服飾のほうの顧問といふ職業には似つかはしいものだつた。タートル・ネックのところがむやみにゆるやかなセーターとタイツは明るいグレイの毛糸編みで、その上に濃い紫の木綿の上衣とスカートを重ね着し、それをピンク・ベージュの毛糸編みのキャップとマフラーでもう一ひねりアクセントをつけてゐる。化粧と言へば口紅だけのやう

に見える四十女は、極端な若づくりの服装をまるで普段着のやうに着こなしてゐた。

「おや、ミッソーニですか？」

と梨田が訊ねると、京子は、

「いいえ、クリツィア」

と答へてから、

「かなりいい線、行つてます」

と褒めてくれる。こんなふうに丁寧な、距離を置いた言葉づかひは、二人のあひだの約束事として定着してゐた。ただしベッドのなかではまるで違ふ言葉づかひになるのだが。その二通りの言葉づかひは、梨田と京子のあひだの、距離が自由に伸び縮みする（京子の気持次第で伸び縮みする）をかしな関係を、絵に描いたやうに示してゐるとも言へた。かういふことになつたのは、京子の好みといふ条件のほかに、まづスペインで彼女に助けられ、画商になつてからは彼女の父のおかげでいささか後暗い儲け方をしてゐるため言ひなりになるほうがいいせいもあつたが、しかし梨田はそのことを別に恥ぢてはゐない。人間の生き方にはいろいろあるのが当り前で、自分はたまたまかういふ籤《くじ》を引いたにすぎないと考へてけろりとしてゐるし、たとへ気に病むことがあつても、長くはつづかないのである。

二人が微笑しあひ、梨田が立ちあがるのを見て、劉は何かつぶやきながら席を離れた。そして梨田は彼にちよつと声をかけてから、京子に言つた。

「ぢやあ、向うでお茶でも飲みながら……」

コーヒーを半分ほど飲むと、京子は、グレイの柔い革の、これも突飛な恰好のハンドバッグから写真を十枚ばかり出して、

「ねえ、ごめんなさい。あなたの儲かる話ぢやないんです。智恵をお借りしたいと思つて」

とあつさり断つてから、用件を切り出した。

それは彼女がいま親しくしてゐる（これは体の関係があるといふ意味だらう）フランス人の若い画家の個展を東京の「かなりの所」で開きたいといふ話である。その「かなりの所」には、版画が主たる営業品目である梨田の画廊ははいつてゐない。つまり昔の（そして今のと言つて言へないこともない）女の、現在の恋人のため、無報酬で相談に乗つてくれといふことだつたが、画商の心は騒がなかつた。慣れてしまつて、かういふ仲だと割り切つてゐるからである。

その画家が一部で評判がいいことは知つてゐたから、日本に紹介する値打は充分あると思つたものの、この話にはいくつかむづかしいところがあつた。まづ、ついてゐる画商が名打ての因業者《いんごうもの》で、勘定高いこと。まあそれは目をつむるとしても、第二に、デパートの展覧会は困る、会場は一流の場所でなければいけないと要求してゐること。一般にヨーロッパでは、アメリカおよび日本と違つて、デパートは大衆向けの安売りの店といふ感じで、非常に格が低いから、画商としては折角の新人に傷をつけたくないのである。

梨田は、画家の近作をもう一度、一枚づつ眺めたあげく、煙草に火をつけてから訊ねた。

「デパートでない一流の場所と言つたら、美術館ですよね。画廊は問題にならないから。でも、ちやんとした美術館で個展を開いて売るといふのは無理な話でせうね。売りたいんでせう？」

「それはもちろん。バステはいま、お金がほしくて仕方がありませんの」

と彼女は画家を本名ではなくて渾名《あだな》で呼んだ。そのことをかすかに意識しながら、梨田はつづけた。

「それに、れつきとした美術館に承知させるのはずいぶん骨が折れるし、新聞社の協力だつてむづかしいでせう」

「あたしもいろいろ説明しましたのよ、日本の事情を。でも、わかつてもらへなくて」

と京子は愚痴をこぼして、それからゴシップを一つ披露する。

オランダのある美術館の館長が、日本の新聞社に懇望されて秘蔵の絵画を出すことに決め、彼もやつて来た。ところが会場がデパートの特売場のすぐ隣りで、しかも特売の催しが全国漬物祭だつたため、館長は憤慨のあまり卒倒した。当然、この話は全ヨーロッパの美術館関係者のあひだに広まり、そのせいで日本のデパートの展覧会は開きにくくなつたといふのだ。

「その噂は聞いてましたが、なるほど漬物祭だつたのか。肝心のところが抜けてたらしい。あの展覧会、つい見そびれてしまつて」

と梨田は嬉しがつてから、独言のやうに言つた。

「漬物がうまいつてこと教へるのもむづかしいが、日本のデパートがどういふものか説明するのも……」

「不可能ぢやありません？」

「うん」

それから食べものの話になつて、二人はかなりのあひだその話題に熱中した。たとへば、京子は海苔巻の海苔がこの前日本に帰つたときよりもさらにまづくなつたと寂しがり、梨田は、味噌の味がすつかり落ちたので、いくら工夫してみてもうまい味噌汁が作れないと嘆いた。

京都の日本料理屋の品さだめが一通り終つたとき、京子がふと、彼女が顧問になつてゐる百貨店が今度、道路を一つへだてたところに家具のための店を建てるといふ話をはじめた。梨田は短い放心状態のあとで、

「それですよ、京子さん」

と大声で言つて彼女を驚かせ、それからゆつくりと煙草を消して（ただし煙草はうまく消えないでいぶつてゐる）、その建物に、デパートの名を取つて「＊＊美術館」と命名するといふとんでもない思ひつきを発表した。京子の反応は早かつた。

「そこでバステの個展を開く？」

「さうです。それしかない。もちろんそれ以外の展覧会も開く」

しかし、反応は早くても、京子はためらひ、迷つてゐる。

「でも……」

「うん、これで万事解決。誰が考へてもこれ以上の案は無理だと思ひますよ」

「それはデパートも……」

「大喜びでせう。西洋の絵を大つぴらに借り出せるから。いや、西洋の美術館だつて大歓迎ぢやないでせうか。あいつらだつて、本当は絵を貸して儲けたいんですから」

京子はしばらく口をあけてゐたが、やがて、恥しさうに笑ひだし、

「わかりました。ありがたう」

とつぶやいた。デパートの社長である老実業家に京子は気に入られてゐるし（ひよつとすると何かあつたのかもしれない）、それにこの着想はたしかに小手がきいてゐるから、採用される見込みはかなり大きいだらう。

「ね」

と梨田がこの突飛な目論見《もくろみ》に満足して、いたづら仲間に合図するやうに目くばせすると、京子も同じ表情で黙つてうなづいた。おだやかな顔で、視線だけで語りあつてゐると、遠い以前、知り合つたばかりのころの幸福感がとつぜんどこからか押し寄せて来て、彼らを包んだやうに感じられる。どこだつたらう？　それはガウディの設計した、バルセローナのサグラーダ・ファミリア贖罪《しよくざい》教会で、受難のファサードの天井を見ようとして、二人ならんで床に寝ころんだときの気持に似てゐた。工事場の柵が邪魔なので、さうしないと天井が充分に見えないため、二人は梨田が持参した（もとはと言へば日本から僅かばかりの衣類を包んで持つて行つた）唐草

模様の馬鹿ばかしく大きな風呂敷の上に横になつて、巨大な海星《ひとで》のやうな、凄味のある濃い緑の意匠を眺め、圧倒され、恍惚《こうこつ》とし、それから二人で顔を見合せて黙つてゐたのだつた。コーヒーの澱《お》りが鱗《うろこ》のやうな模様をつけてゐるコーヒー茶碗と、煙草がいぶつてゐる灰皿のそばで、男は女の恋人のため名案を出せたことに満足し、そして女は昔の恋人がまだぼけてゐないことに安らぎを感じてゐる。梨田は二人の長くつづく沈黙をさう解釈して平らかな気持でゐたのだが、どうやら京子のほうも、まるで一種の感応作用のやうに、同じときのことを思ひ出してゐたらしい。彼女は霞《かすみ》のかかつた向う岸を見るときのやうな妙なけだるい口調でつぶやいたのだ。

「覚えてらつしやる？　受難のファサードで、コールタールで汚れたこと」

「ええ」

忘れるはずはない、たぶんいつまでも。ドイツ人の若い夫婦が通り過ぎたほかは四五人の人夫たちしかゐない閑散とした工事場で、あまり長いあひだぼうつとして寝ころんでゐたため、風呂敷からかなり離れてゐたはずのコールタールが溶けて来て、二人の服がところどころ黒く染まつたのだつた。梨田と京子は、十数年前の二人の睦《むつ》み合ひ方を、まるで伝説のなかの恋人の姿のやうに遠い距離から眺めながらゆつくりと微笑した。

その幸福感にそそのかされたやうに、梨田は訊ねた。

「さて、これからどうしませう？　食事でも……？」

彼らのあひだでは、ずいぶん以前から、二人きりで夕食をすればそのあとで寝ることに決つてゐて、それゆゑ夕食の相談は暗号めいた性格のものになつてゐた。梨田は、いま京子のそばで味はつてゐる充足した気持をもしできることならこのままつづけてゆきたいといふ願望と、しかしこの女との仲はいくら何でももうこのへんで打切らなければならないし、それに明々後日《しあさつて》は朝子と約束してあるからなるべくなら今日は慎しむほうがいいといふ抑制とのあひだで迷ひながら、それでもいちおうこちらから切り出さなければ悪いと思つてさう言つたのである。しかし京子はその問に対してさりげなく、明るい表情で答へた。

「さうね。久しぶりに麻雀をしたいの」

それは今夜のことをはつきりと断りながらすこしも角を立てない、上手な返事だつた。梨田はこの答へ方に感心し、これで朝子のため力を取つて置けると安心し、しかしちよつと残念なやうな気持で、

「なるほど、日本に帰つたといふ実感を味はふにはあれが一番いいかもしれない。面子《メンツ》はどうします?」

と言つた。

残る二人は梨田が集めることになつたが、これは意外にむづかしかつた。最初は例の美術評論家に電話をかけてみたが、彼は今夜、座談会があるとかで、自分の運の悪さをしきりに嘆いた。次は当然、美術書の出版社の社長だが、これは親類の娘の婚礼で上方へ行つてゐる。画商仲間の親しい者三人ばかりに口をかけたがみな都合が悪いし、高等学校の同級生たちも今夜は

無理だと言ふし、画廊の顧客も不在だつたり風邪気味だつたりする。デパートや千屋代議士の関係で誰かゐないかと京子に訊いても、さういふ人たちではどうも気が進まないといふ返事だつた。そこで梨田は新しく硬貨を用意して、あれこれと考へたあげく、やむを得ず、洪のところへ電話をかけてみた。

大事なデモの前だから留守に決つてゐると思つたのに、電話を受けたのは洪自身である。従つて梨田の挨拶は、

「おやおや、いらしたんですか」

といふ妙な台詞からはじまり、次いで、

「やはりデモの準備は大臣たちでするんですか？　次官？」

といきなり言つてから（それに対して大統領は上機嫌で、「何しろ局長クラス、課長クラスに人材が揃つてますからな。日本国とおんなしですよ」と答へた）、

「御報告が遅れましたが、文化庁のほうはどうつてことなかつたみたいです。あの課長に会つて問ひただしましたら、どうも話がゆき違つてるみたいだ、気にしないでくれ、なんて言つてました。謝りやしませんでしたけど。どうやら、課員のなかに一人か二人、おしやべりがゐるみたいですね。そいつらのせいらしい。よくはわかりませんが、まあ、そんなわけで……」

と話した。

「ははあ」

とつぶやいて黙つてゐる洪に、梨田はつづけた。

「ところで……よろしいですか？」

「どうぞどうぞ」

「実はここにフランスから来た美人、美人と言つたつて年齢不明ですが、千屋代議士の娘です、それがゐましてね」

「千屋？　大物ですな」

「はい。麻雀を打ちたいと言つてるんです。どうしても打ちたくて仕方がないんですつて。腕前は、まあ洪さんよりすこし上かな？　で、一ついかがでせうか？　ここには二人しかゐなくて困つてるんですが」

「これから？」

「ええ」

「うー、しかしねえ、出かけるところですから。ちよつとお待ち下さい」

と洪は言つて、それからしばらく何も聞えないのは、送話器を掌で押へて、たぶん細君と相談してゐるのだらう。やがて洪の声があつて、十分後に改めて連絡してくれと言つた。そしてふたたび電話をかけた梨田は、洪の細君から、

「どうぞいらして下さいまし。もうお二人、手配がつきましたので。お食事は麻雀しながら、何か店屋物を召上つたらいかがでせうか。どちらもなかなかお上手ですから、小切手帳をお忘

れなく」

とおどされたのである。

洪の妻の頼子は、玄関に現れた二人に向つて、浜次のところですつかり用意が出来てゐると告げながら、京子の髪からブーツまでちらちらと検分した。画商は、

「でも、ろくに挨拶したこともないんですがね」

とためらつたが、

「かまひませんよ。大家と店子《たなこ》ぢやありませんか」

と大時代な見立てで励まされる。頼子はつづけて、

「お婆さんなんて呼んぢやいけませんよ。お姐さんとか、浜次姐さんとかおつしやつて下さい。さう呼んでいらしたやうですよ、引かせてからも。あ、それから、チワワを褒めること」

と笑つた。何しろついこのあひだ、新任の銀行の支店長が来て、「おや、これはかはいいブルドッグですな」とお世辞を使つたためすつかり機嫌をそこねてしまひ、定期預金を全部解約されてしまつたのださうである。

浜次のことを二人がかりで京子に説明してから、梨田は訊ねた。

「で、もう一人は？」

しかし頼子は、

「いらつしやればわかります」

と言ふだけで教へてくれないし、京子はそれにはこだはらないで、

「奥様はなさいませんの？」

とお義理に訊いてから、

「では本当にお世話になりました」

とお辞儀をしたので、梨田の質問はそれきりになつた。

インターフォンを鳴らすとすぐに返事があつて、浜次の姪（管理人の妻）が迎へ出、それといつしよにビスケットいろの小さな犬が吠えながら飛び出して来て叱られた。

「さあどうぞ、お待ちかねでございます。お軽、いけません」

と管理人の妻は言つて犬を抱きあげ、犬は嫌ひぢやないかと訊ねる。二人とも好きだと答へてから、梨田は名をなのり、大急ぎで犬を褒めた。

「これはいい犬だ」

「かはいいチワワですこと」

「これをブルドッグなんてひどい。第一にブルドッグといふのは大きくて、第二に顔がつぶれてゐて、第三に……とにかく正反対ですよ、何から何まで」

その、ブルドッグとは正反対の犬は、もうおとなしくなつて、黒い大きな眼をうるませながら梨田の匂ひを嗅ぎたさうにしてゐる。近い距離でよく見ると、歯が抜けたせいだらう、唇は厚くたるんで、口のまはりには白毛が多く、かなりの老犬だといふことが明らかである。それ

はまるで、娘役で鳴らした女優の晩年のやうに見えた。

「すこし肥つてますでせう？」

「いや、痩せすぎのチワワといふのは嫌ひですね。何だか、食べさせてもらつてないみたいで、かはいさうでせう。すこし肥り気味なくらゐがいいんです。女の人も……いや、これはまあさまざまですけどね」

京子がブーツを脱ぎ終るのを待つて、暖房のきいた広い居間へ通されると、絨緞の上に雀卓《ジヤンたく》が据《す》ゑてあつて、派手な模様の座蒲団が四つ囲んでゐる。奥のほうに坐り、点棒を四つの箱に配つてゐる革ジャンパーの男が顔をあげて、梨田と京子に笑ひかけた。店長の林である。梨田は言つた。

「おや、あなたでしたか。どうぞよろしく」

「何しろ社長命令でして。美人お二人のお相手ができて光栄です。はじめまして」

林が名刺を出し、京子もさうする前のほんの一瞬、しかし奇妙に長い一瞬があつて、彼女は林の顔をみつめた。梨田は、さりげない化粧で上手に年をかくしてゐる四十女の、こころもち上気したと彼にはわかる横顔を見て、あ、これはこなひだの家政婦と同じ反応だ、きつと浜次姐さんも管理人の妻も、さつき林が訪れて来たとき、これと同じやうに（しかしもつとあらはに）ぼうつとしたのだらうとおもしろがつた。

名刺のやりとりがすんだとき、入口の近くから、くぐもつたアルトの、しかしよく張つた声が挨拶した。

「ようこそおいで下さいました」

そこには、こまかな鳥の模様をつらねた茶いろい紬《つむぎ》に銀鼠《ぎんねず》の帯の、束髪の老女が、絨緞の上にぺたりと坐り、ひどく古びた、そのくせ手入れのゆきとどいた人形のやうな顔で、にこやかに笑ひかけてゐる。髪は半白で、左の眼は上下の瞼《まぶた》に一つづつある灰いろの大きな疣《いぼ》で飾られてゐた。

梨田はあわてて向き直り、鹿爪らしくお辞儀をして、

「とつぜん参上しまして……。これまではゆき違つてばかりをりまして失礼いたしました」

と言ひながら名刺を渡すと、京子も小ぶりの名刺を浜次に差出して、

「お姐さんのことはかねがね父から……」

などと見えすいた嘘をつく。浜次はもつともらしくうなづき、

「千屋様もすつかりお立派になつて……。すぐに千屋様の天下でございませうね、もう一息。でも、こんなにおきれいなお嬢様がいらつしやるとは存じませんでした」

などとお世辞を言つて、それから、京子の膝の匂ひを嗅いでゐるお軽をすばやくすくひあげた。

浜次の家のルールが説明され（その説明は年のせいなのか、かなりくどい）、レートが決り（レートそのものは高くないがウマは大きい）、麻雀がはじまると、犬は窓のそばに二つ重ねて置いてある大きな丸いクッションの上の、タータン・チェックの小さな毛布にもぐりこんで、黒

く濡れた鼻だけを出す。

林が、これは父から聞いた話だがと断つて、台湾人の婚礼のとき、披露宴がはじまるまで、集つて来た客が会場で何卓も麻雀を打ち、勝つた者は儲けを全部、真赤な祝儀袋に入れて花嫁に渡すといふ話をした。梨田は、これは自分が台湾系だといふことをさりげなく打明けてゐるのだらうと考へ、この男はなかなか頭がいいと感心した。林の狙ひは浜次にも京子にもわかつたらしいが、二人はこの話をおもしろがるだけで、彼の血筋についてはもちろん訊ねなかつた。

管理人の妻が、おしぼりとお茶を四人のそばに配り、

「幕の内は一時間たつたら届くやうにして置きました。そのときは参りますけど、これでちよつと失礼します」

と挨拶して、

「ほんとに元気ねえ。二日つづけて麻雀なんて」

と浜次に言つた。

「まあ、昨夜《ゆうべ》もなさつたんですか?」

と京子が驚くと、

「だつて宵の口だけの遊びですもの」

と浜次は言つて、

「リーチ。さあお軽、ダイヤ入りの首環《くびわ》を買つてやるよ。妃殿下が指にはめてらつしやるやう

なピカピカのダイヤだよ」

「まあすてき、ティファニーのダイヤ入りの首環。お軽、いいわねえ」

「ティファニーの首環なんて、とんでもない。われわれの出費なんですよ、ねえ、林さん」

「贅沢はいけません、いくらかはいい牝犬でも。あ、それです」

と店長は梨田の捨てた牌《パイ》で安くあがり、これは幸先《さいさき》がいい、この調子なら歳末の売上げは去年を上まはるにちがひないと喜んだ。十二月は休店日なしで、ただし二日だけかはるがはる休暇を取るのだが、彼は今日その休みに当つてゐて、しかし念のため午後おそく店に顔を出したところを社長からの電話でつかまつたと言ふだけあつて、林はずいぶん商売熱心だつた。

「総売上げを調べるのは洪さんの奥さんがして下さるんですつて」

と浜次が説明すると、店長は、

「それから、銀行の夜間金庫にあづけるのの監督、これもお願ひしました。今夜は存分に打てます」

と言ひ添へた。

幕の内が届いたときは半荘《ハンチヤン》のおしまひで、これがすんでから食事にしようと決めたけれど、流れてばかりゐてなかなか終らない。管理人の妻は、

「ぢやあ、お軽のほうを」

とつぶやいて、居間の隣りの台所へ去つた。犬は自分の名が会話のなかに出て来ても聞き流

して、クッションの上でうとうとしてゐたが、やがて料理鋏《ばさみ》にちがひない、硬くてリズミカルな音が軽く響くと、するりと飛び出して台所の近くへ駈けてゆく。

「チンチンしてる」

と京子が叫んだのでいつせいに振り向くと、ビスケットいろの小型犬は前大統領に仕込まれた藝を懸命にそして自発的に披露してゐたが、管理人の妻が台所から現れるとチンチンをやめ、今度は嬉しさのあまりくるくる廻つてから、前に置かれた小ぶりの凝つた皿の肉を食べはじめた。食事は一日一回夕食だけで、煮た鶏肉を食べるのだといふ。ただしそのほかに浜次姐さんの食事やおやつのとき、分けてもらふのだけれど。そしてお軽は、こまかく刻んだ鶏肉を食べ終ると、部屋の隅に置かれた、これはどうやら九谷らしい小皿から水を飲んで、また二つ重ねのクッションの上に乗り、毛布をかぶつておとなしくしてゐる。

やうやく半荘がすんで（一位から順に、林、梨田、京子、浜次）、四人が台所に近い食卓に移り、ビールを飲んだり幕の内弁当を食べたりしても、ねだりに来ようとはしない。それを京子が褒めると、浜次は、

「普段はうるさいんですよ。一度お客様のときにお行儀わるくして、奥の部屋に閉ぢこめられてから、しなくなりました。本当に頭のいい子で。これだけ賢い犬はちよつと珍しいんぢやないでせうか」

と自慢した。梨田は心のなかで、いつだつたかパーティでイギリス人が言つた、「死んだ犬

はその飼主である家族にとつて美徳のかたまりである」といふ冗談を思ひ出し、今からこれではゐなくなつたらすごいことになるぞと思つたが、もちろんそのことは口に出さない。彼はその代り、食卓の近くの壁にかけてある軸（紺地の立派な表装で、風鎮は下げてない）を眺め、

「なるほど、実に見事な書ですなあ」

とつぶやいた。そこには奔放な行書で濃淡おもしろく、

碧飛紅斷正傷春萬里天涯一
病身芳草路長樓百尺樓中更
有凭欄人
錄王銍詩　周道

と書きつけてあるのだ。言ふまでもなく大田黒周道が書き与へたもので、そのことはほかの二人にもすぐにわかつたから、京子は、

「さすがにうちの父の揮毫なんかとは大違ひですね」

と批評し、林は、

「英雄の書ですね」

とまじめくさつた表情でうなづいた。梨田は、林や京子と相談しながら、つかへつかへ、

「碧《ミドリ》飛ビ紅《クレナキ》断《タ》チテ正ニ春ヲ傷ム。万里天涯《テンガイ》、一病身。芳草路長クシテ樓《ロウ》百尺。樓中更ニ欄ニ凭《ヨ》ル人有リ」

と読んでから、

「王銍《おうちつ》といふ人は知りませんが、中国の人でせうね」

と言つたが、浜次はあまり自信のない口調で、

「ええ、たしか昔の……」

と答へ、

「四角い字ぢやなくて仮名をとお願ひしましたのに」

と愚痴をこぼした。漢詩では読めないからつまらないのださうである。

「欄干によりかかつて待つてゐるのはきつとお姐さんなのでせうね。とてもロマンチック」

と京子が慰めても、浜次は、

「書いていただきたい歌がございましたのに、惜しいことをいたしました」

と嘆いて、それから昔話をはじめた。

赤坂藝者だつた浜次は、大田黒といい仲になると、何しろ、旦那はもちろん置屋の主人の目も盗んでの恋だけにすつかり熱くなつて、大田黒のネクタイを貰つて草履を作らせる始末だから、ときどき待合で逢ふだけではもの足りない。四十六の男ざかりで、満鉄の研究所の所長で、大学教授で、丈が高くて、西洋人のやうな彫りの深い顔の男が、三月事件、十月事件と二度も

クーデター計画に失敗したせいで愁ひに沈んでゐる風情がとてもよかつた——きつい東北訛りさへ何となく外国語のやうな気がしたくらゐ。さいはひ「先生」は毎朝、馬を乗りまはす日課だつたので、浜次は目黒の不動様にお詣りすると嘘をついて、馬事公苑へ行つた。よく晴れたおだやかな冬の朝、うつかり寝坊して遅れてゆくと、馬に一汗かかせて引上げて来た大田黒が上機嫌で浜次の香水を褒め、ちよつとうつむいて、

君が代に枝も鳴らさで吹く風は花たちばなの匂ひにて知る

と低くつぶやいたといふのである。

「なるほど、枝も鳴らさで吹く風……。同じ君が代でもこれは段違ひにきれいだ」

と梨田は唸るやうにして言ひ、

「典型的な日本人の趣味ですね。優美で艶麗《えんれい》で……」

と林が感心し、さらに梨田が、

「かういふのにわれわれは弱いんですよね。くらくらと参つてしまふ。ほら、イギリス人が壁紙やチョコレートの箱にあしらふ昔ふうな草花の絵、あれとイギリス人の関係みたいなもので」

と口をはさむと、京子は、

「まるで『源氏物語絵巻』か何かのやうな場面……」

とうつとりしてから言ひ添へた。

「ミツコでせうね、オレンジの花の匂ひ」

浜次は大きくうなづいて、

「よく御存じでいらつしやる。先生はあれがお好きでしてねえ。あたしの肌の匂ひとあの香水のまじつたのが殊のほかお気に入りで……」

と言つたため、林は笑ひ出してビールにむせ、浜次に色つぽく……色つぽさにほぼ近い感じで睨まれた。

店長があわてて謝つたり言ひわけをしたりしたあとで、画商はもう一度ゆつくりと和歌を口ずさみ、

「しかしこの歌はやはり……」

と言ひかけたが、これはもちろん一首が大田黒周道の即興の作ではなく、彼が記憶のなかから引用した古歌ではないかといふ気持であつた。インド哲学の権威で崎門《きもん》の学に詳しい思想家ではあるけれど、『伊勢』『源氏』についてはいつこう語つてゐないらしい革命家兼学者が、しかも激しい乗馬のあとで、たちどころにこれだけの秀歌をものせるとはとても思へないから、これはむしろ厖大な読書量と名打ての記憶力の然らしむるところと見るべきだらう、作者が誰なのか見当もつかないけれど、と咄嗟に考へたのである。しかしそのとき京子は、すばやく梨田に目くばせしながら浜次に語りかけた。

「歌もお上手なんですね、大田黒先生は」

「ええ、滅多にお作りになりませんでしたが、いざとなればねえ」

と浜次は、お軽の賢さを自慢するときと同じやうに嬉しがつて、それから卵焼きを口に運ぶ。

「さうでせう、あれだけの学者ですから」

と横から林が調子のいいことを言つた。梨田はあわてて話題を転じ、

「で、お二人の仲は旦那にばれませんでした?」

浜次はこの問に相好を崩して、

「それは隠しとほせるものぢやございません。御主人はいい方で気づかぬふりをして下さいましたが、やがて旦那に知れて大変な騒ぎ」

もつともこれは日本橋の木綿問屋の主人だつたといふ旦那のほうに同情するのが筋かもしれない。浜次のことが耳にはいつたのが昭和七年、五・一五事件の直前で、天皇機関説排撃その他、物情騒然としてゐたから、相手が右翼の大物ではさぞかしこはかつたらう。大田黒はこのクーデターに連座して獄に下つたので、浜次は上手に詫びを入れてごまかしたが、九年の十一月に大田黒が保釈で出て来るとまたよりを戻したので、とうとうほんとに旦那を怒らせてしまつた。といふよりもむしろ、骨身に徹して恐しくなつたのかもしれない。とにかくすつぱりと縁が切れて、やがて大田黒に囲はれることになつたのが十年の春、忠犬ハチ公が死んだころで、浜次は流行にかぶれて血統書つきの秋田犬を飼つたが、その秋、エチオピア戦争がはじまつた

ころ、犬はふらりとゐなくなつたきり帰らなかつた。

そのとき梨田が、

「実は大田黒先生にお目にかかつたことがありましてね。ええと、昭和十七年」と言ひ出して、幼年学校だけでやめるので相談したことや、「ライフ」を貰つたことなどを披露した。

「口数はすくないけれど、たいへんはつきりと、厭ならやめたらいいとおつしやつて下さつて、助かりました」

「これは不思議な御縁で」

「何かかう、堂々としてました。怪物といふよりも大家といふ感じで……。おいくつだつたんでせう?」

「昭和十七年でございますか。先生は明治十九年、犬年でいらつしやるから……」

ほんのちよつとあひだを置いて、

「五十七でせうか」

と言つたのは林である。

「ふーむ、五十七。まだかなりありますね、ぼくは」

画商がつぶやいたとき、浜次は言つた。

「本当に無口で……。でも、ここぞといふときになると、それこそ熱弁をふるふんですよ。三月事件のとき、宇垣《うがき》さんが寝返りを……」

しかしその昭和史秘話は途中で切れた。浜次は耳を澄まし、部屋の隅、二つ重ねのクッションの近くへすばやく視線を投げた。そこではチワワが九谷の小皿の前で、右の前足を激しく打ちつけるやうにして二打ちづつ、絨緞を掻いてゐる。それはお軽のモールス信号だつた。

「さうか、さうか。水がなかつたの」

浜次が小走りに寄つてゆき、小皿を手に取ると、犬はわかつてもらへたことを喜んで、あるいは水を飲めると期待して、尻尾を振りながらくるくるまはる。その表現は、水を入れた小皿が下に置かれるまでつづき、それからチワワはまるで大事な仕事のやうに、水を飲むことに熱中した。

飲み終つた小型犬は、ゆつたりと台所へ行つた。梨田と京子と林はいつせいに吐息をつき、それから顔を見合せて微笑した。彼らはまるで、自分が水を飲んだやうに、そして同時に自分が水を与へでもしたやうに、二重に満足してゐたのだ。

気がつくと浜次はもう雀卓へ行つてちよこんと坐り、待ち構へてゐる。三人はお軽の信号を褒めながら椅子から立ちあがり、また麻雀がはじまつた。

しかし今度の半荘は浜次にさらはれた。と言ふよりも、思ひ出話がおもしろいのでみんながつい気を取られてゐるうちに、浜次が何度もあがつたのである。きつかけを作つたのは林で、牌をかきまぜながら、

「どちらが先に手を出したんです？　お姐さんと先生と」

と訊ねたところ、

「それは先生ですよ。でもねえ……」

といふ思はせぶりな返事だつたため、梨田が、

「そこをもうすこし詳しく」

と催促し、結局……男二人が大きく沈むことになつたのである。浜次の話によると、十月二十一日にクーデターを起すといふ計画だつたのに、それまで乗気だつた参謀本部の若手が上層部の圧力で崩れ、つひに中止と決つたとき、大田黒は長身を折り曲げるやうにして泣いた。それがあまりかはいさうなので浜次は将校たちに、

「大体みなさんがいけないのよ、こんなに心のきれいな先生をだますなんて」

と口走つてしまつた。四人の将校はすつかりしらけて引上げると言ふし、ほかの藝者二人は
「気がきかなくて」（と浜次はもつぱら二人を責めてゐたが）うまく取り成せないし、大田黒は相変らずすすり泣きしてゐる。

将校たちを見送つてから、浜次ひとりはまた二階に戻つたが、女中がすつかり片付けた座敷の窓際に大田黒が坐つて、こちらに背を向けてゐた。頰杖をついて、外の闇を見てゐるのだ。いつ思ひ浮べてみてもその座敷は仄暗かつたやうな気がするが、そんなはずはない。灯《ひ》は一つも消してなかつた。浜次はそばに寄つて、さつきの出過ぎた振舞ひを詫びた。大田黒は黙つた

ままそつと右手を握り、浜次も無言で握り返すと、男はそのまま袖口からするすると手を入れて優しく乳房に触れた。

「あれがコツでございましてね。八口からですとああはゆきませんもの。そのへんのところ、よく御存じでしたよ。さすがに神楽坂《かぐらざか》で苦労なさつただけあつて……。で、さうなすつてから先生は……」

「ふむ、それから?」

「どうしました?」

「はい、それであがつて置きます」

と言つて浜次があけた手は、ドラが三枚はいつてゐる三色同順だつた。振り込んだ梨田はもちろん、林も京子もすつかり呆れて大騒ぎしたが、浜次はけろりとしてゐる。

が、しばらくすると林が配牌の最中に、

「さつきの話ですがね、どうもわからないんですよ。さういふ大事な話の席にお姐さん方がゐたわけですか?」

と訊ねた。浜次がけげんな顔で、

「はい、たいていはさうでございました」

と答へると、林はつづけて言つた。

「しかしそれでは……無用心ぢやありませんか? さうでもないのかな?」

「勤王の志士が祇園で相談するのと同じわけでせう」

と梨田が横から口を出したとき、京子が、

「およしなさい、また振り込みますよ」

と言ひながら林の膝をつついたが、その触り方はほんのすこし触りすぎのやうだと梨田は思った。

林がまた訊ねた。

「すると、秘密が洩れやしませんか？」

「いいえ」

「大丈夫ですかね」

「ええ、それはもう」

「だつてお姐さん方は口が堅いし、それに戦前のことですもの」

「なるほど」

「それはさうだ。ポン。バーとは違ふから」

「しかしねえ」

「五・一五だつて、あたしたち存じてをりましたのよ」

と浜次は言つて、実は三月事件では自分たち赤坂藝者十人ばかりで、新橋の人たちこれも十人ほどといつしよに、三越本店と松坂屋の屋上から音だけの爆弾を投げる手はずになつてゐたと打明け、三人を驚かせた。

「さういふものだつたんですか」

と林が感に堪へたやうに言つたのは、どうやら、昭和史に名高い未遂のクーデター、三月事件なるものはその程度のチヤチなものだつたのかといふ気持らしく、つづいて梨田が、

「さうだつたらうな」

とつぶやいたのは、まさしくそれくらゐの粗雑な計画にすぎなかつたらうと賛成したのだが、浜次は二人の男のさういふシニックな感慨ないしひそやかな批判には平気なまま、

「当日の衣裳をどうするかでもめましてねえ。今でしたら洋装で簡単でせうが、何しろ昭和六年……」

「今ならカーキいろのミリタリ・ルック」

と京子は口をはさんでから、自分で自分の軽薄さに照れたらしく、ひよいと首をすくめ、

「それでどう決りましたの？」

「それが途中で、どういふわけか、あたしたちは加はらないことになりまして……。あ、つもりました」

京子は点棒を渡しながら、

「ね、ツカせたでしよ」

と林を切れ長の眼で睨み、そして男二人は、

「ふーむ、さういふものだつたのかな」

「さうでせうね」

と、クーデターと麻雀の双方に対して憮然たる表情でつぶやいた。それに対して京子は、

「とにかくお姐さんに話をさせちやいけません」

と注意する。

しかししばらくしてから次に質問したのは京子で、ただし今度は物騒な話題は避けてゐた。

「ねえ、こんなこと伺つていいかしら。先生といい仲になつてから、浮気は？」

浜次は短く答へた。

「しましたとも。藝者ですもの」

「まあ」

といふ京子の声は非難ではなく、返事があまり論理的なのに驚いたのである。二人の男が喜ぶと、浜次は調子に乗つて、

「あのころはいい役者がをりましたからねえ」

と言ひ添へ、遊んだ相手を二人ばかりあげたが、屋号や町名で言ふのだから、梨田や林にはどうもはつきりしない。本当は京子にだつてわかるはずはないのに、

「いい男ばかり」

などとおだてて機嫌を取り、

「それで、そのあとは？」

浜次はちよつとしなを作るやうにして、

「やはりいろございましたねえ。いけませんよ。枕に立ちます。ロン」

もつともツキはここまでで、この先は大したことがなかつたけれど、それでもこの半荘のトップは断然、浜次である。三人は、かういふのも一種の色じかけだとか、さすがに三味線はうまいものだとか、口々に批評した。

姪が、遠慮がちにではあるけれど、あまり遅くならないやうにと牽制するので、次の半荘で終りにすることにしたが、今度は四人とも大きいのを取つたり取られたりの乱戦になつた。それがふと停頓《ていとん》状態に陥つたとき、浜次が、

「洪さんのお仕事だつて望みはございますよ」

と言つたのは、明らかに、さつきのクーデターの思ひ出が心に尾を引いてゐて台湾独立を連想したのだが、これで見ると、どうやら彼女は、三月事件や十月事件も成功する見込みがかなりあつたと今でも信じてゐるらしい。

京子はすかさず、

「ええ、さうでせうね。やはりあれだけの方々がなさつたことですもの」

と如才なく相槌を打つたが、梨田は麻雀に夢中なふりを装つて口をきかないでゐる。これは、独立運動は絶望的だと言ふのは洪に悪いといふこともあるし、場所柄が話題に不向きだと思つ

たせいもあるし、嘘をつきたくない気持もあつたし、それに、浜次の惚気と友情との混合に水をさすのが厭だつたせいもある。たぶん気持は同じだらう、林も自分の前の十三枚の牌を黙つてみつめてゐる。

が、浜次は男二人のそんな気配には平気で、ツモつて来た牌をちらりと見て、

「ダメノコたはしのゆで小豆《あづき》」

と妙な台詞をつぶやきながら捨て、それから、

「でも、台湾の陸軍さんをどれだけ抱きこんでらつしやるのかしら。やはり台北で待合遊びをなすつて、軍人さんと意気投合しなくては」

と言つた。梨田はこの意見の後半はともかく前半にはまつたく同感で、大きくうなづきたいくらゐだつた。といふのは、独立運動は結局クーデターによるしかないし、クーデターには武力が必要だけれど、その武力を私兵に求めるよりは軍隊に求めるほうがずつと手つ取り早いし頼み甲斐がある（ナポレオンのブリュメール十八日が典型的にさうぢやないか）、ヨーロッパやアメリカには外人部隊に傭はれて荒稼ぎしようといふ命しらずの連中がゐて、さういふ男たち専門の雑誌まであるとロンドンで小耳にはさんだが（これはたしかアメリカ人の政治学者がパーティでしやべつてゐた）、そんなのを大勢かかへたら外人選手ばかりでプロ野球のチームを十二つくるよりももつと金がかかる、だからやはり国府軍を抱き込むのがいい、こんなことは常識以前だとかねがね思つてゐたからである。それに権力が一箇所に集中してゐる政治形態

は、そこさへ短時間に崩せばいいのだからクーデターには持つて来いだが、その点、今の台湾ほどこの種の企てに向いてゐる国はない。それはほとんど世界一と言つても差支へないくらゐだらう。だから台湾独立運動は、東京で共和国ごつこなんかする暇があつたら国府軍の中堅層あるいはもつと上でもいいし下でもいいけれど、とにかく軍隊に働きかけるべきだと彼はまへまへから思つてゐて……しかし洪には語らないでゐたし、今もそのことには一言も触れない。

彼はただ、

「ダメノコたはしのゆで小豆」

と口真似しながら三枚目の紅中《ホンチユン》を捨てた。すると林がろくすつぽ見もしないで牌を捨てながら、

「社長はアメリカでせう。どうもさうらしい」

と言つた。

「アメリカ？」

「ええ、大使館の連中と会つてるなんて言つてました。詳しいことは知りませんが」

「軍人さん？」

「書記官……軍人の人もゐるでせうね」

「赤坂？　築地？」

「いや、さうぢやなくて……。家《うち》でパーティを開いてるやうです」

と林が答へたとき、浜次は眉をひそめて、

「このマンションで相談？　恰好がつかないねえ」

それはまるで、洪がアメリカ大使館の若手を、赤坂か築地かそれとも祇園、とにかく一流の土地に招いて密議を凝らしてゐるのなら蔣政権の壊滅は近いといふかのやうである。三人は笑ひ声をあげ、そして浜次も嬉しさうにして、それから四人は麻雀に励んだが、その回は流れてしまつた。

その半荘が京子の満貫でけりがついて、麻雀が終つたのは（「もう半荘、いかがでせう？」と浜次は誘つたけれど、誰も応じなかつた）、十時をちよつとまはつたころである。結局、京子がトップ、あとは浜次、林、梨田の順だつた。つまり男二人がマイナスだが、さう大きく沈んだわけでもない。梨田と林は口々に、われわれは女に優しいのだと慰め合ひながら金を払つた。そして画商は、スーパーマーケットの店長が同年配の会社員にくらべれば段違ひの給料をもらつてゐることを知つてゐるので、林がこのくらゐ損をしたとて別に同情はしない。

計算は店長に任せて梨田は水割りを飲んでゐたのだが、それに林が加はつたとき、これもグラスを手にしてゐる京子が、

「お軽、どうしたの？　そんな目つきで見ないでよ」

と言つた。見るとなるほど、小さな毛布を絨緞の上にずり落し、二つ重ねた大きなクッションの上にうづくまつてゐるお軽が、意地の悪さうな目で上目づかひに京子を見て、低く唸つてゐる。夜が更けて疲れたせいもあるのか、前足を口の両脇に揃へて踏ん張つてゐるチワワは、

すつかり老犬じみて、因業な感じである。睨まれながら京子は、

「こら」

と叱り、それから、

「あ、何かくはへてません？」

と言つた。

浜次の手がすばやく動いた。その手が犬の口から容赦なく取つた白いものは（チワワは一声、低く吠えたきりで、おとなしくしてゐる）、皺くちやになつた、肩書なしの名刺で、その小さな紙にはインクで何か書いてある。浜次は雀卓に老眼鏡が置いてあるのに、取り上げようとせず、名刺を梨田に渡した。それはかういふものである。


おかげ様にて河島武臣氏と面談の栄を得ました、あつく御禮申上げます

朱　伊　正

画商が読みあげ、そして浜次が、なぜこんなものがここにあるのかわからないと不思議がったとき、京子が、

「ちよつと拝見」

と名刺を受取つて、

「河島武臣。やはりあの河島さんですね。たしか今度、警視総監におなりになつた……。御存じでいらつしやいます?」

と訊ねたが、浜次は首を横に振る。

「ぢやあ、朱伊正さんのほうは?」

といふ問にも反応は変らない。浜次が怪訝な顔で、

「どうしてこんなものがあつたのかしら?」

ともう一度つぶやいたとき、梨田が、

「あの朱伊正ぢやないでせうか」

と手持ちの知識を披露した。国民党の秘密党員でありながら満洲国協和会の中心部に勤務し、協和会を壊滅させ、やがて台湾に渡つたといふ謎の男についての情報は、京子と林をたぢろがせたが、浜次は平気らしく、ちよつと小首をかしげて考へ、

「妃殿下ですね」

と独言のやうに言つてうなづいた。それは戦後、臣籍に降下した華厳宮《けごんのみや》家の妃殿下、正し

くは元妃殿下のことである。野球の球場とテニス・スタジアムの役員をしてゐる殿下のほうはブリッジに目がないけれど、何しろ勤めのある身なので、週に一度、友達を家に招いてブリッジ・パーティをするだけだが、妃殿下は麻雀が道楽で、多いときには週に三日も、これはたいていよその家で遊ぶ。昨夜、彼女はこの部屋で、洋裁学院の院長、日本舞踊の師匠の妻、それに浜次といふ顔ぶれで卓を囲み、かなり負けたから、清算するときについうつかりこの名刺を落したのではないか、ほかの二人は警視総監とも台湾の中将とも縁がないはずだ、といふのが浜次の推論であつた。

「ははあ」

と梨田が言ひかけたとき、浜次は、

「名刺にお書きになるのは宮様のお仕事ですしね。お父様もさうでございませう」

と、終りのところは京子に話しかける。つまり頼まれて紹介状を書き、然るべき報酬を得るのが商売だといふ意味である。宮様の一筆は今でも意外に利き目があるし、妃殿下の名刺だつて馬鹿にならないらしい。それに元殿下および元妃殿下の商売で殊に多いのは、帰化手続きを取らうとする中国人、朝鮮人、台湾人を総理府総務長官あるいは副長官に紹介することだから、その線でも朱と結びつくのではないか、と浜次は言ひ添へた。

「お姐さん、冴えてますね」

と京子が褒めた。それはお世辞ではなく心底から言つてゐる感じだつただけに、浜次はなほ

さら照れて、照れかくしに、さつきからしきりに目で合図してゐるお軽にそつと毛布をかけてやり、

「いいえ、とんでもない。もともと悪い頭が近頃はもうダメノコたはし……」

とつぶやいたが、言ふまでもなく、かういふ人間関係のたぐり方は彼女が大田黒周道から知らず識《し》らずのうちに学んだものにちがひない。

浜次をじつと見てゐた京子が言つた。

「警視総監に紹介していただいて、お会ひして、その報告ですよね、これは。ずいぶんゆきとどいてますね。ああいふ方はこんなふうにされるのがお好きだと聞きました。でも、警視総監なら……帰化ぢやないでせうね」

「朱伊正は帰化するやうな男ぢやありませんよ。第一いきなりでは権利がないし、それに日本人になつたつて別に得するわけぢやないでせう」

と梨田は答へ、

「やはり日本刀の件かな?」

と、日本刀をめぐるいきさつおよび明後日のデモのことを一通り説明したが、その彼にも、朱伊正の狙ひがこれだと断定する自信はない。相槌を打つたり問ひ返したりしながら聞いてゐた三人も、半信半疑といふ表情である。

「うーん。つまり日本刀の輸入を許可してくれといふ陳情なんでせうか？　あり得ることです

ね。でも……」

と林は自問自答し、京子は、

「それともデモをさせるなと圧力をかけたのかもしれませんね。しかし……」

と言ひよどんでゐる。浜次は、

「何か別の話でいらしたんぢやありません？　誰かつかまつてる人を釈放……」

と言つたが、これは自分でも変だと思つたらしく、

「お軽、わからないねえ」

と眠つてゐるチワワに語りかけ、毛布の上から頭を撫でる。うとうとしてゐる老犬は、もちろん相手にならうとしなかつた。そのとき京子が、雀卓の上に置いてある例の皺くちやの名刺をちらりと見て、

「お軽、ほんとに偉かつたねえ。大手柄でした」

と褒めそやしたので、浜次が、

「さうさう、御褒美をやらなくちやね」

と立ちあがつた。押し入れをあけてプラスチックの小箱の蓋を取るかすかな音で、お軽は眼をあけ、耳を大きく立て、起きあがる。そして二つ重ねたクッションから飛び降り、精悍な、ほとんど若々しい気勢を小さな全身にみなぎらせて浜次のところへ駈けてゆく。食卓のほうに控へてゐた浜次の姪は、

「現金ねえ」

と批評し、京子は、

「あ、まるで猛獣みたい」

と言つた。林がにやにやしながらそつとつぶやいた。

「いつたい猛獣つてのは現金なもので、現金つてものは猛獣に似てるんですね」

この台詞を聞いて梨田と京子はにぎやかに笑つた。そして笑ひながら林を見やる京子の目の使ひ方は今までの林に対する視線と違つてゐて、スーパーマーケットの店長が単なる美男ではなく、哲学的（？）なことを言へる男だといふことに深い興味を寄せてゐるのがわかる。もともと京子は、それはもちろん女だから美男は好きだけれど、ひどい面くひといふわけではなく、むしろちよつと顔立ちの気に入つた男が知識人であるとき、妙に心を刺戟されるたちらしい。今までの例を見るとどうもさうだつた。いつかパリの画商の家のパーティで、このときは梨田といつしよだつたが、アメリカから来た黒人の小説家がヘンリー・ジェイムズの小説について論じた途端、彼女自身はジェイムズなんて読んだことがないはずなのに、急に気を惹かれてパーティのあひだぢゆうそばにゐたことがあつた。ただしその小説家は男色者で、別にどうといふことにはならなかつたけれど。梨田は、この目つきの本質は例の知的＝色情的なものだと考へながら、

「キャッシュといふ名前、つけてもよかつたですよね。お軽といふのもとつてもいいけどさ」

と言つた。

それを浜次がすかさず受けて、

「キャッシュ！　キャッシュ！」

と呼びながら、そしてくるくるまはる犬にまつはりつかれながら、雀卓へ戻つて来た。きちんと坐つた浜次は、真剣に見まもるチワワの前で、手にしてゐる染付の小皿（と言つてもこれは今出来のもの）に九谷の皿の水をしたたらせ、そのしめりで小さな落雁《らくがん》をほとびさせる。水で溶いてぺとぺとになつた落雁で見込のところが桃いろに塗られた小皿が下に置かれると、お軽は熱心に、嬉しさうに、そして優しい表情でなめまはす。その勢ひで小皿は前に押され、座蒲団で動きが止り、やうやくなめやすくなつた。

「若い女の子みたい」

と京子が批評し、

「急に美人になつた」

と林が言ひ添へた。黙つて犬を見てゐる梨田に、浜次が言つた。

「これはやはり耳打ちしておくんでせうね」

「あ、大統領に？」

「はい」

画商は立ちあがつて電話をかけ、名刺の件のあらましを大統領夫人に伝へたが、そのあひだ

に浜次は、

「ぢや、お軽、これでおしまひだよ」

と二つ目の落雁ペーストをこしらへ、なめさせ、そして、

「もういけません。デブになつてしまふ。女はスタイルが大事ですよ」

と言ひ聞かせた。

席に戻つた梨田が、報告とも愚痴ともつかぬ口調で言つた。

「警視総監に何を頼んだのかしらと訊かれてもねえ。困りますよ」

「しかし台湾に関係のあることでせう、やはり。ですから台湾民主共和国に関係があるわけで……」

と林が梨田をいたはつた。浜次が遠くを見るやうにして、

「先生がいらしたらねえ。その河島さんとやらにお手紙を書いていただけますのに。宇垣さんへのお手紙なんか、それはそれは見事なものでしたよ。支那の紙に支那の筆ですらすらと……」

と思ひ出話に耽りさうになつたが、京子がぽつりと、

「日本刀なんてあんなものを。どうせお金を費ふなら、イタリアの金細工のほうがずつといいのに」

とつぶやくと、浜次はたちまち旦那を偲《しの》ぶのをやめて、

「宝石を輸入するほうがずつとお国の役に立ちさうでございますね」

と言ひ出し、それから二人で、あれもいい、これもいいなどと、うんと大規模な、そして架空のショッピングの話をはじめた。しばらく黙つて聞いてゐた梨田が、同じやうに苦笑ひしてゐる林に言つた。

「たしかに台北近辺の国府軍さへこつちのものにしてしまへば、見込みはかなりありますよね。テレビ局を押へて台湾語放送だけにすれば、ずいぶん効果的でせう。うんと気勢があがる」

「クーデターを純粋に技術の問題として考へれば、言葉の問題といふのは非常に有利ですよね、社長の側に」

「世界一クーデターのやりやすい条件ぢやないでせうか、言葉の点では」

「ええ」

このやりとりについて梨田が説明して、今の台湾人が一握りの中国人によつてどれほどひどい目に会つてゐるかを述べると、もともと台湾民主共和国に好意的だつた二人の女はいつそう好意を寄せ、ちようど甲子園の高校野球をテレビで見物して、かはいい顔立ちの投手がゐる、リードされてるほうのチームに応援するやうに、独立運動にひいきした。浜次が、

「アジア人がアジア人を奴隷にしてゐるんですねえ」

と眉をひそめたのは、おそらく「大アジア主義者」大田黒の言葉づかひが記憶のどこかからよみがへつたのだらう。そして京子が、

「便利ねえ、字をちゃんと知つてゐて、よく働く奴隷ですもの。それにおとなしくて」

とシニックなことを言つたのは、もちろん同情のあまりだつたのだが、ふと気がついて、

「あ、ごめんなさい、こんな言ひ方」

と林に詫びた。

林はおだやかな顔で言つた。

「いや、かまひません。わたしは独立運動に関係ないんですから」

「全然？」

「ええ。台湾系の日本人ですけれど、これだつて仮りに日本人だといふのと同じやうに、まあ、仮りに台湾系といふわけで。すくなくとも自分ではさう思つてゐます。社長のところに勤めたのもまつたくの偶然でした」

「さうでしたの」

「社長はわたしの考へ方を認めてくれてましてね。別に褒めてはくれませんが、非難もしない。そんな具合なんですよ」

そばから梨田が説明した。

「洪さんとすれば、店長として月給分だけ働けばそれでいいと割切つてゐる……」

「ええ、月給の倍か三倍働けばそれでいい、といふ気持でせうね」

そこで三人は笑つたが、浜次はどうやら居眠りしてるらしく、まるでお座敷にゐるやうに絨

緞にきちんと坐つたまま眼をつむつて、声を立てない。京子が訊ねた。

「ぢやあ……左翼?」

「いや、マルクス主義者ぢやありませんよ」

「でも……」

「あれは性に合ひませんから。つまり、政治嫌ひといふのかな?」

「といふと?」

「今あまりはやらない考へ方なんです」

「わかつた。アナーキストでせう」

「ええ。大体そんなところですね」

と林が不承不承のやうに認めたとき、京子は、テレビのクイズ番組に出て答が珍しく当つた大学教授のやうに満足した。

「さうでせう。さうだと思ひました」

林が言ひわけするやうにして言つた。

「でも、何もしないんですよ。ただ黙つて、心のなかで思つてゐるだけです」

そして彼は、前に梨田に話したことのある台湾民主共和国論——洪は非常に立派な人だけれど、もしひよつとして革命に成功し、洪の一派が権力を握るならば、その政府は数十年ののちには、いや、いや、それまで待たなくたつて、かならず民衆を圧迫することになるにちがひない、なぜなら国家といふのは独裁国家だらうと民主主義国家だらうとみんな個人の敵なのだから、といふ見とほしを述べた。

「さういふことがわかつてゐるのに、苦労するのはをかしいでせう。無駄なことですもの」

「それで……何もなさらないわけ？」

と京子が訊ねた。

「ええ。物騒なことも、さうでないことも、何もしません。一人で思つてゐるだけですから」

「ですね。何もしないし、第一、仲間もゐません。そこが昔のアナーキストと違ふんですね。何もしないし、第一、仲間もゐません。一人で思つてゐるだけですから」

と林は答へ、水割りをすこし飲んでから、アナーキストの祖、ゴドウィンを引合ひに出した。ゴドウィンの思想は、フランス革命の原理である自由、平等、博愛をうんと徹底化したものだが、批判者たちは、さういふ極端な思想を彼がいだくことができたのは、何しろイギリス人だから、ドーヴァー海峡の向うにゐてフランス革命の実状をちつとも知らなかつたせいだ、もし知つてゐたらとてもあんな無茶な考へ方——すべての国家と政府は悪で、あらゆる法は理性と正義の敵で、結婚も私有財産も否定するなんて考へ方はできなかつたらう、と言つてゐる。しかし現実ばなれしてゐるのがどうしてよくないのか。政策論なら困るかもしれないけれど、哲学や道徳論なら、むしろ現実ばなれしてゐることが必要だらう。それにゴドウィンのやうに思想として宣伝するのならともかく、自分のやうにたつた一人の夢想として、実現不可能な幻想として、心のなかで育て、楽しむ分には、それで一向かまはないではないか。自分はただ国家がなくなり政府がなくなつた状況を夢みてうつとりする普通の人間にすぎない。組織とか、指導とか、破壊とか、そんなことに手を染める気は毛頭なく、ただ自分ひとりの孤独な意識のなかで、まるで阿片《アヘン》中毒者が見わたす限りつづく花ざかりの罌粟畠《けしばたけ》を夢みるやうに、絶対的に自由な共同体とか、それからこれはシュティルナーの用語だけれど、規則も規制もないエゴイスト同盟などといふ虚妄《きよもう》に憧れる。憧れながら、伝票の整理をしたり、仕入れた菠薐草の質を調べたり、女店員の喧嘩の仲裁をしたり、競争店の値段のつけ方を毎日スパイする役の近所の主婦たちに愛想を言つたりする。

さういふ趣旨のことを、自嘲的な感じはちつともなく、しかしのんびりした口調で述べてから、林は言つた。

「ゴドウィンといふ男は言行不一致で有名でしてね。結婚を否定してゐながら、こつそり結婚しましたし、さんざん国家を弾劾したくせに、うんと晩年、すつかり落ちぶれて、大蔵省の守衛になつたんです」

「おもしろい人」

と京子がつぶやいた。それはイギリス十八世紀の過激な著述家だけでなく、いま眼の前にゐる台湾系の美男の店長をも批評する、といふよりはむしろ鑑賞する、言葉であるやうに聞える。そして京子の顔立ちはとつぜん若々しく美しく見えてきて、肌はつややかになり、眼はくつきりした——ちようど落雁ペーストをもらへるとわかつたお軽が不意に老犬でなくなつたと同じやうに。梨田は中年女の顔のあざやかな変化に驚き、さらに、こんなふうに感じるのは嫉妬のせいでの目の迷ひなのかと疑つた。梨田が、新書本で仕入れたばかりの逸話を披露することをためらつたのは、そのためである。それは、シュティルナーの結婚式は教会でなく彼のアパートでおこなはれ、牧師がやつて来ると新郎と立会人がワイシャツ姿でトランプをしてゐたし、遅刻して現れた新婦は花嫁衣裳でなく、それに結婚指環は用意してなかつたといふ話なのだが、彼は、ここで横から口を出せば、林に張合ふやうに見えるかもしれないと心配したのだ。

林はうなづいてつづけた。

「ええ、愉快ですよね、ゴドウィンて男。つまり、それほど結婚や国家を馬鹿にしてる、とも言へるでせう……まあ、無理に理屈をつければね。本当はさうぢやないんでせうが」

「林さんは結婚していらつしやる？」

「ええ」

「本式のアナーキストですね」

梨田は二人の会話を聞きながら、どうやら京子はこのアナーキズム論ですつかり林が気に入つてしまつたらしい、この分では明日さつきの名刺のスーパーマーケットに電話をかけるどころではなく、今夜この男と寝るつもりだらう、それはまあいいけれど、問題なのは自分がどういふふうに振舞へば見苦しくなく、いかにも分別ざかりの男といふ感じで二人を見送ることができるかだ、と思案してゐた。彼はそつと手洗ひに立ち、そのあひだぢゆうも考へたあげく、自分は酒を飲んで運転できないから送つてやつてくれと林に頼むのがいい、といふ結論に達した。いくら智恵をしぼつても、それしか浮ばなかつたのである。戻つて来ると、ゴドウィンの話がまだつづいてゐる。

「……と思ふんですよ。みんなはそれ見たことかと悪口を言ひますけど、実行できないからと言つて、その幻想が馬鹿げてゐるとは言へない。むしろ、絶対に実行不可能、実現不可能なことだから、夢を見る意味があるんでしてね」

「社交界が舞台の映画みたい」

「なるほど。さうですね。貧乏人の暮しなら何もわざわざ映画館にゆくことはないんで、自分の家《うち》や隣りの家《うち》を見ればいいわけですから」

梨田が横からからかつた。

「うーん、何だかとてもうまい理屈だな。手がこんでゐて、すつきりしてゐて、名人の手品みたいですよ、これは。それにこれだけ居直つてしまへば、こはいものは何もないわけだ」

視線ではそれに興味を示しながら、しかし言葉ではその批評を無視して、京子が言つた。

「おもしろいですねえ、アナーキズム。もつと詳しくお聞きしたいくらゐ……」

はふつて置けばこのあとは、だから今夜これからホテルに送つて来てくれといふことになるはずで、それゆゑ梨田は、用意してある文句を今ここで口にしなければならないと思つたのだが、そのとき浜次が眼をあけて、眠さうな声で梨田に言つた。

「上等のブランデーがあるんですよ。ええと、ほら、何と言ひましたかしら?」

「レミ・マルタン?」

「いいえ」

「マルテル? ヘネシー?」

「さうぢやなくて、ほら。本によく出て来る……」

横から小さく叫ぶやうにして京子が、

「ナポレオン!」

「偉い」

と浜次はうなづいて、

「そのナポレオンがありますから、梨田さん、お残りになりません? 実はちよつとお願ひしたい筋のことがございまして」

「結構ですな」

「千屋様のお嬢様を送る忠信《ただのぶ》の役は林さんにお任せして」

「ええ、さうしませう、浜次姐さんのためなら」

「お酒のためでせう」

京子が誰に言ふともなく、

「ではお願ひします、忠信の役」

と微笑すると、林はさらりとした口調で答へた。

「ええ、ちようど通り道ですから」

そして梨田は、これならまあ、うまく結着がついたほうだらう、おれの立つ瀬がまつたくないといふわけでもない、と思つた。

マンションの正面玄関はもう閉めてあるため、横の通用口から出るしかない。それで管理人の妻が、お軽をひよいとかかへて、二人といつしよに降りてゆく。エレベーターが一階に着いたと思はれるころ、浜次が言つた。

「お見通しでせうけれど、ナポレオンはございませんのよ。様子から察して、ああしたほうがいいと思ひましたので、差出がましいことをいたしました。やはり色事といふのは、見て見ないふりをするのがよろしいやうですので」

梨田はすつかり驚いて、

「ははあ、さうすると、用事といふのもないんですか？」

「はい」

「さうぢやないかといふ気は、ちらりとしたんですがね。でも、居眠りしてるとばかり思つてたから」

「いいえ」

「なるほど、おかげ様で助かりました。ありがたう。野暮なことになるのは厭だと思つて、心配してたんですよ、内心」

と礼を述べる画商に、浜次は冗談を言った。

「それとも……勘ちがひなさいました？　あたしが十《とを》、若ければねえ。これだけのいい男をはふつては置かないのに」

それが、連れの女をほかの男に取られた男の体面を立てる台詞だといふことはよくわかる。

梨田は、

「これは惜しいことをした。十年早く生れればよかつたわけですな。残念」

とにぎやかに受けた。ほどよい間合で、浜次はまじめな表情になつて言つた。

「でも、あの名刺のこと、妙に気がかりですねえ。何となく胸さわぎがして……」

そのときお軽が帰つて来て、飼主の膝にひらりと乗つた。

9

梨田は朝子を居間に案内して、暖房装置のスイッチを入れたが、部屋があたたまるまでは外套のままでゐるほうがいいとすすめ、自分もさうした。とりあへず、壁の真中を大きく占めてゐるクリムトのデッサンについて説明し、それからほかの何枚かについてもしやべるつもりだつたのに、解説はクリムトだけであつけなく終りになつた。椅子に腰かけようともせずに聞いてゐた朝子が外套を脱いで、

「ねえ、見て、見て」

と甘えたからである。仕立ておろしと一目でわかる、明るいグレイの毛糸に紫や枯葉いろやオールド・ローズを編み込んだニットのワンピースは、きれいだつたし、品がいいし、そのくせ体のかたちを露骨にほのめかして男ごころをそそる。彼は、

「ほう」

と声をあげてから、

「後ろを向いてごらん。体を前にかがめて。うん、もうすこし」

と促した。そして腰と臀《しり》の曲線を充分に眼で味はつてから、右手の人さし指でそつと二つの

丘のあひだをすばやく撫でて、女を小さく叫ばせ、

「とてもいいよ。君の今までの服でいちばん気に入つた」

と褒める。

「いいでせう」

「うん」

「高かつたのよ」

「あそこでこしらへたの？」

これはもちろん二人がはじめて会つた編物の店を指してゐるのだが、推測は当つてゐた。編物屋の女主人は、梨田があれから電話をかけて来たかどうかを訊ねたさうで、朝子はそれに嘘をついたけれど、向うは半信半疑だつたといふ。ゆるやかに寒さが去つてゆく部屋で、二人はその初老の女についての噂話をした。朝子は、その女主人ははじめ星占に無関心だつたのに、編物の弟子の若い娘たちにかぶれて気にするやうになつたし、さうなると女の子たちの軽い冗談としての占とは違つて何となく迷信じみて来たとをかしがつた。やがて梨田は外套を脱ぎながら、ふと、朝子がぐづぐづ言つたあげく結局のところここへ来たのはワンピースを見せたかつたせいかもしれないと考へ、それを口に出して彼女を恥しがらせた。つまりこの冗談は、幾分かは真実を衝いてゐるのだらう。

今日の午後、彼女は久しぶりの同級会に出て、それが終つてから親しい数人で軽い夕食を取

つたのち、梨田と落合つた。しかし何しろ十二月の土曜の夜なので、高いホテルも安いホテルもみな満室である。すこし待つていただければあきますからと引止めるところもあつたが、ついその気になつて待合室へはいらうとすると、まるでテーブルのない喫茶店のやうな仄暗くて広い部屋の壁際の椅子に、二人づつ、十組あまりの男女が黙りこんで腰かけてゐる。それは交合の順番を待つ獣たちのやうで、その各人は籤引きによつて任意に入替へ、新しい組を作ることができさうな気配である。梨田と朝子はその異様な光景を一瞥して入口で立ちすくみ、すぐに引返してホテルから出ると、二人とも妙に口数がすくなくなつて寒い街路を歩いた。ずいぶん歩いてから、梨田は、家政婦が風邪をひいて今週は来てゐないため、家のなかがすつかり汚れてゐるのが困るなとは思つたけれど、思ひ切つて自分の家へ誘つた。しかしこの提案はあつさり断られたし、

「それなら君のところへゆかうか?」

と訊ねると、気が進まない様子である。そこでもう二つばかりホテルに電話をかけてみたが、これも部屋が取れない。どうしようかと思案してゐると、朝子は、

「ねえ、今日はこれで帰りませうよ」

と言つたが、梨田が渋つてゐると、やうやく、男の家へゆくことを承知したのだ。

奇妙なことに梨田は、朝子が彼を自分の住ひへ連れてゆかうとしないし、彼の家へも来たがらないことに、淡い満足を感じてゐた。それは二人のあひだの関係を深い仲にするつもりがな

いことの證拠で、つまりこの女は色恋を結婚と結びつけないくらゐ粋なのだと、彼は漠然と考へてゐたらしい。その満足と、女がとうとういつしよに来るのを承知したせいでの喜びとは両立したし、そしてここへ来てからの、先程までとは打つて変つた彼女のはしやぎ方は、梨田の心をいつそう楽しませた。彼は二人の外套をハンガーにかけ、それから白葡萄酒を冷藏庫に入れたり、チーズを食卓の上にのせたりしたあげく、朝子には画集を何冊か当てがつて、寝室へ行つた。せめてすこしは片付けて置かうと思つたのである。シーツの取替へが終つたとき、ふと気がつくと横に女が立つて笑つてゐる。男としては風呂にはいつてから葡萄酒を抜いて、それからといふつもりだつたのに、順序が逆になつてしまつた。

湯あがりに二人は並んでベッドに腰かけ、葡萄酒を飲んだ。チーズはうまい具合に柔くなつてゐる。

「今日は晝すぎからお酒ばかり飲んでゐる」

と朝子は、まるで一日の総決算のやうに言つたが、その口調は、今夜はここに泊るつもりでゐることを語つてゐる。さつきのホテルの待合室にびつくりしたといふ話から男女の仲が話題になつて、

「口説く男、多いだらうな」

と梨田が訊ねた。朝子は微妙な表情で、

「でも……」

と答へた。小当りに当つてみる男は多いけれど、やんはり受け流すとみなそれきりになつて、もう言ひ寄らうとしないといふのである。

「もの足りない？」

と梨田はからかつた。

「ええ、ちよつとね」

と朝子は媚びる目つきで見て、

「でも、みんな気に入らなかつたから、あれでいいの」

「ぢやあ、ぼくは粘り勝ちといふわけぢやなくて、もともと気に入られてゐた……？」

「両方ね」

二人はにぎやかな笑ひ声を立てた。朝子は男たちの口説き方の滑稽な例をいくつかあげた。そして梨田は白葡萄酒を飲みながら、二十代、三十代のころ、いや、四十代も前半までは、かういふ種類の打明け話を女から聞くと、まるで自分が運動会の徒競走の一等になつて係員から小旗を渡された小学生で、口説きそこねた男たちが敗者であるやうな優越感が湧いて来て、ひどく楽しかつたものだが、今はその種の誇らしい気持がないし、たとへあるとしてもずいぶん淡い、といふことに気がついて寂しがつてゐた。もちろんこの感想は口にしないし、女は男が微笑を浮べながら寂しがつてゐるあひだも、彼が会つたことのない男たちのささやかな愚行、失敗した冒険、軽い気持の片恋について語りつづける。梨田は葡萄酒の杯を重ねて、ほかの男たちが小当りに当るだけでしつこく追ひかけないといふのはこの女の断り方が当人の言葉とは違つて実はきついのか（自分にはさうでもなかつたけれど）、この女がときどき、殊に一人きりのとき漂はせる妙に寂しさうな、といふよりもむしろ荒涼とした気配のせいか（しかし自分はかへつてそれに惹きつけられた）、などと考へた。朝子がチーズをつまみながら言つた。

「ですから、二年ぶりだつたのよ」

「ほう。それはずいぶん間隔が長いや。どういふふうにするのか、もう忘れてた？」

「まさか」

「眼をあけてるのか、つむるのか……」

「厭ねえ。ちやんとつむつてたでしよ？」

「女の人が忘れてててもいいけど。男が忘れてたら大変なことになる」

そして梨田がもつとあけすけな冗談を口にしようとしたとき、朝子は、違ふ話題になることを自分では意識しない様子で言つた。

「昨日、常務がぶらりとうちの課にはいつて来て、ここはずいぶん平均年齢が高いな、なんて言ふのよ。厭ねえ」

「女性では君が最年長？　ぢやないだろ？」

「ええ」

梨田は、今までの話とこの話に何か関連があるとすれば、おそらく常務は彼女に小当りに当

つてはねつけられた男たちの一人なのだらう、それしかなささうだと推定し、しかしそのことには触れずに、

「それならいいぢやないか。年の話は気に入らないだらうけどね。でも、無神経な軽口と思へばいい。偉い人つてのはときどき変なことを言ふもんだから。自分ではしやれてるつもりで」

「さう？」

「まして偉くない人はもつとひどい」

画商は顧客が口にした悪趣味な冗談のいくつかを披露し、女は眉をひそめながらそれを批評した。カメラ会社の嘱託は同僚やデザイナーや印刷屋が言つた気のきかない台詞を思ひ出し、男は彼らを軽蔑した。一方だけが知つてゐる、そしてもう一方は顔も見たことのない人々の悪口が、恋の風味を増す香辛料になるのは、不思議なくらゐだつた。朝子は嘱託で勤めてゐることの気苦労を一しきり嘆いてから言つた。

「酔つたのかしら。暖房を切つて下さらない？」

翌朝、梨田が人通りのすくない日曜の街に食料を買ひに出て、帰つてみると、居間と台所がすつかりきれいになつてゐる。朝子がキャベツや胡瓜《きうり》を刻む包丁の使ひ方は、彼の手際とはもちろん、家政婦のそれとも大違ひなくらゐあざやかである。横に立つて見てゐる彼に、朝子が話しかけた。

「ねえ、日本刀がこれになつたんですつて、中国に行つて」

「包丁？」

「ええ」

「日本刀が包丁になる？　どういふこと？」

「雑誌で読んだの。昨日、美容院で。名前は忘れましたけど、小説家の随筆」

と断つて彼女が説明するところを聞くと、その小説家の推論はかうである。足利《あしかが》時代に日本刀が明へたくさん輸出されたことは有名だけれど、何十万本も売れたのに、今の中国にはほんの僅かしか残つてゐない。これは実にをかしなことだ。いくら何でも、せめて一万本くらゐは残つてゐていいはずなのに。どうしてこんなことになつたかといふと、当時の中国は濫伐《らんばつ》のせいで禿山ばかりになつて、鉄を鍛へるための木炭に不自由してゐたから、日本から刀を輸入した。（日本は雨量が多く、森林がよく茂るせいで、木炭に事欠かない。）そこで中国側は買ひ込んだ刀を切つて、包丁や鉋《かんな》にしたのではないか。

「つまり、包丁や鉋の材料として輸入したらしいのね。武器とか美術品としてぢやなくて」

「ふーむ」

「ね、おもしろいでせう」

と言ひながら朝子がサラダを作るそばで、梨田は、

「ほう」

と唸るきりだつた。遣明船が運んで行つて足利幕府が大儲けした大量の刀のことはいちおう

知つてゐたし、それは何となく日本刀の卓越のしるしといふふうに受取つてゐたけれど、さうは思ひながら疑惑がぼんやりとないわけではなかつた。それがかう考へればきれいに理屈がついて、年来の疑問、といふほど意識の表面にあるのではなかつたけれどしかし一種の疑問が、氷解するのである。

鋭利、鉄をも断つ三尺の秋水が何十万本も船に積まれて海を渡り、上海や広東で小さく割られたあげく、鉋になる。それを使つて大工が家を建てたり、指物師《さしものし》がテーブルを作つたりする。あるいは柄《え》をつけて包丁になり、豚のモツやフカヒレや豆腐や鮑《あはび》を切る。剃刀《かみそり》や鋏に化けた刀もあつたにちがひない。元陸軍幼年学校生徒はその一部始終を思ひ描き、武士の魂もひどいことになつたものだと茫然としてゐた。彼は神聖なものを冒瀆《ばうとく》するやうな満足を味はひながら(それは豚を聖獣としてあがめる土人のなかの不信心な者が、トンカツや焼豚のことを噂に聞いて驚くのに近い)、その仮説を信じかけてゐる。

「ふーむ、おもしろいな。本当かもしれない。しかし、あのころ、やきものはたくさん来てるよね。やきものの窯《かま》では、どうしてたんだらう? 石炭だらうな。鉄を鍛へるのに、石炭はどうして使はなかつたんだらう? ま、そのへんはわからないが、おもしろい説だ。虚を衝かれたつて感じで、びつくりする……」

「きつと、おもしろがると思つたわ」

と朝子は満足さうにつぶやいて、今度はフライパンをあたためる。

「なるほど、あり得ることだよ」

とまだ感心してゐる梨田に、目玉焼を作りながら朝子は言つた。

「デモはどうでしたの？　新聞では見かけなかつたけれど」

「ぼくも見なかつた。あれ以後、会つてないからわからないんだが、無事すんだんだらうな。新聞は、まあ、ニュース・ヴァリューがないといふのを表向きの理由にして。本当は北京に遠慮してるんだらうが。爆竹でも鳴らして問題を起せばよかつたのに」

「あんなこと言つて」

「だつて、台湾人だもの」

梨田はそこで、香港の中国人は大晦日に何度も火事を起したため爆竹を禁じられ、とうとう爆竹の音のテープに取つたのをかけて歳末気分を盛りあげるといふ、たしか去年の暮、洪から聞いた話をした。

「カラオケみたい」

「ほんとだ」

朝子が、会社の忘年会の二次会について行つたら、みんながカラオケで何曲も歌ふのにびつくりしたといふ話をした。

「おれにも歌はせろ、なんて喧嘩するのよ。変ねえ」

梨田は、たぶんこの女の亭主は唄を歌はないたちだつたのだらうと頭の隅でちらりと思つたが、

「洪さんもテープで練習してたらしい。大統領就任のパーティのあと、二次会で歌ふつもりで。それがぜんぜん駄目なんだなんて、細君が笑つてた。どうなつたかな？」

「台湾の唄？」

「うん」

二人はここでまた一しきり、彼らがどちらも知つてゐる台湾の唄、つまり台湾民主共和国国歌の悪口を言ひ、それから皿を食卓に運びながら朝子が訊ねた。

「日本刀の輸入はどうなつたのかしら？」

「さあ」

「許可になるかもしれないとおつしやつてたでせう」

「うん。でもね、刀が輸入されたつて、されなくたつて、台湾独立運動にとつては実質的にどうつてことないからな。体面の問題だけでね。国家にとつては、威信といふのは大事かもしれないが、洪さんのあれは国家の卵みたいなものだから、威信なんてどうでもいい……」

「何でも賄賂次第なんて、ひどいのね、保守の政治家つて」

朝子は保守党の政治家の腐敗ぶりを咎めた。

「革新側だつて似たやうなものだらうな」

「さうかしら」

「うん。台湾の革新側のことは知らないけれど。あれはまあ、大丈夫。権力がちつともないんだから」

梨田はかう言ひながら、一瞬、微妙な表情になつた。画商としての彼は千屋代議士その他、保守党の代議士が金を受取るのに（それから銀行の頭取の収賄にも）しよつちゆうではないがときどき一役買つてゐて、そのせいで一度などは検事の取調べを受けた、そして幸ひにうまく逃れた身だからである。しかし彼は、さういふ商売をしてゐる自分のことを、まるで同級生の行状を風のたよりに聞くやうにして見まもつてゐる——ほう、あの男もさうなつたかといふ感じで。それは多少の感慨を伴ふにしても、しかしその男の運勢を嘆いてゐるのでも悲しんでゐるのでもなく、むしろその男なりの健在のしるしとして噂を聞くやうな趣であつた。彼は自分の職業につきまとふ当然のこととして、その商ひを肯定してゐた。さうである以上、画商稼業の内実を女に、まして一時的な恋の相手に、打明ける気はもちろんなかつた。彼はそのかはり権力一般の悪口を言ひ、内心、これではまるで林の意見のやうだと苦笑した。

家で誰かといつしよに食事をすることは滅多にないから、折角の珍客なのに花が生けてないのは残念だつたが、それ以外は文句のつけやうのない朝食だつた。三つづつ食べた、皮の薄い小さな蜜柑《みかん》も、二人を満足させた。

通りまで送つてゆかうと言つて出ると、マンションの玄関で浜次に会つた。挨拶をするよりもさきに、抱きかかへられてゐるお軽が二人に吠え、浜次は犬を叱つたり、彼らに詫びたりしながら、しきりに朝子のほうに目をやる。朝子はその視線に堪へながら微笑して会釈し、そして梨田は、外套のせいでニットのワンピースが見えないことを惜しんだ。

〈下巻に続く〉

〔1982（昭和57）年8月『裏声で歌へ君が代』初刊〕

P+D BOOKS ラインアップ

早春　庄野潤三　●静かな筆致で描かれる筆者の「神戸物語」

天使　遠藤周作　●ユーモアとペーソスに満ちた佳作短篇集

ブルジョア・結核患者　芹沢光治良　●デビュー作を含む著者初期の代表作品集

海の牙　水上 勉　●水俣病をテーマにした社会派ミステリー

街は気まぐれヘソまがり　色川武大　●色川武大の極めつきエッセイ集

こういう女・施療室にて　平林たい子　●平林たい子の代表作2篇を収録した作品集

P+D BOOKS ラインアップ

マカオ幻想
新田次郎
●
抒情性あふれる表題作を含む遺作短篇集

緑色のバス
小沼 丹
●
日常を愉しむ短篇の名手が描く珠玉の11篇

虚構のクレーン
井上光晴
●
戦争が生んだ矛盾や理不尽をあぶり出した名作

浮草
川崎長太郎
●
私小説作家自身の若き日の愛憎劇を描く

塵の中
和田芳恵
●
女の業を描いた4つの話。直木賞受賞作品集

鉄塔家族（上下）
佐伯一麦
●
それぞれの家族が抱える喜びと哀しみの物語

P+D BOOKS ラインアップ

散るを別れと　野口冨士男　●伝記と小説の融合を試みた意欲作3篇収録

白い手袋の秘密　瀬戸内晴美　●「女子大生・曲愛玲」を含むデビュー作品集

ゆきてかえらぬ　瀬戸内晴美　●5人の著名人を描いた珠玉の伝記文学集

愛にはじまる　瀬戸内晴美　●男女の愛欲と旅をテーマにした短篇集

お守り・軍国歌謡集　山川方夫　●「短篇の名手」が都会的作風で描く11篇

演技の果て・その一年　山川方夫　●芥川賞候補作3作品に4篇の秀作短篇を同梱

P+D BOOKS ラインアップ

（お断り）

本書は1990年に新潮社より発刊された文庫を底本としております。あきらかに間違いと思われるものについては訂正いたしましたが、基本的には底本にしたがっております。また、一部の固有名詞や難読漢字には編集部で振り仮名を振っています。

本文中には老婆、未亡人、後家、気ちがひ、妾、文盲、内縁の妻、外人、百姓、バーテン、支那、女優、後進国、酋長、人夫、女中、帰化、土人などの言葉や人種・身分・職業・身体等に関する表現で、現在からみれば、不当、不適切と思われる箇所がありますが、著者に差別的意図のないこと、時代背景と作品価値とを鑑み、著者が故人でもあるため、原文のままにしております。

差別や侮蔑の助長、温存を意図するものでないことをご理解ください。

丸谷 才一（まるや さいいち）
1925(大正14)年8月27日—2012(平成24)年10月13日、享年87。山形県出身。東京大学文学部英文科卒業、同大学院人文科学研究科修士課程修了。小説家、文芸評論家、翻訳家、随筆家。1968年『年の残り』で第59回芥川賞を受賞。代表作に『たった一人の反乱』『後鳥羽院』などがある。

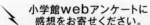

裏声で歌へ君が代(上)

2024年9月17日　初版第1刷発行

著者　丸谷才一
発行人　五十嵐佳世
発行所　株式会社　小学館
〒101-8001
東京都千代田区一ツ橋2-3-1
電話　編集　03-3230-9355
販売　03-5281-3555
印刷所　大日本印刷株式会社
製本所　大日本印刷株式会社
装丁　おおうちおさむ　山田彩純
（ナノナノグラフィックス）

ISBN978-4-09-352494-0

P+D BOOKS